HARTSVILLES SEAL HELDEN

Die Scheinehefrau des SEALs

Das Überraschungsbaby des SEALs

Die plötzliche Familie des SEALs

Die Mitbewohnerin des SEALs

Die Behandlung des SEALs

Die Affäre des SEALs

Dies ist ein fiktives Werk. Namen, Charaktere, Orte und Handlungen sind entweder Produkt der Vorstellungskraft der Autorin oder werden fiktiv verwendet. Jegliche Ähnlichkeit mit realen Personen, ob lebend oder tot, Ereignissen und Orten ist rein zufällig.

Leslie North ist ein Pseudonym, welches von Relay Publishing für gemeinsam verfasste Liebesroman-Projekte erstellt wurde. Relay Publishing arbeitet mit hervorragenden Teams von Autoren und Redakteuren zusammen, um die besten Geschichten für unsere Leser zu erstellen.

Cover Design von *Mayhem Cover Creations*

RELAY PUBLISHING EDITION, JANUAR 2025

www.relaypub.com

Die Mitbewohnerin des SEALs

HARTSVILLES SEAL HELDEN: BUCH 4

USA TODAY BESTSELLER

LESLIE NORTH

KLAPPENTEXT

Die Mitbewohnerin des SEALs: Ein brandheißer, packender Navy SEAL-Team-Liebesroman mit knisternder Spannung

Können diese beiden einsamen Seelen ihr Glück in der Liebe finden?

Harley Von hatte noch nie Glück im Leben, geschweige denn in der Liebe. Und ihre Pechsträhne setzt sich fort, als ihr lang vermisster Bruder stirbt, gerade als sie kurz davor waren, sich wieder einander anzunähern. Auf der Flucht vor einer unglücklichen Beziehung ist sie alles andere als begeistert darüber, sich die Bruchbude ihres Bruders mit seinem ruppigen, aber hinreißenden Freund Garrett teilen zu müssen. Harley hat schon genug damit zu tun, dass ihr Ex ihr auf den Fersen ist und sie ein Baby erwartet. Sich auch noch in einen sexy SEAL zu verlieben, gehört nicht zu ihrem Plan.

Navy SEAL Garrett Moore ist nicht auf der Suche nach einer festen Beziehung. Sein Leben sind die SEALs – Ende der Diskussion. Dennoch ist er entschlossen, alles in seiner Macht Stehende zu tun, um Sebastians Schwester zu helfen, denn er trauert nicht nur um seinen Teamkameraden, sondern fühlt sich auch schuldig an dessen

Tod. Harleys Verletzlichkeit, kombiniert mit Entschlossenheit, fasziniert ihn. Sie ist wie ein scheues Rehkitz, das sich weigert, vor einem Berglöwen zurückzuweichen.

Er kann nicht anders, als sich schützend vor sie zu stellen, vor allem, als ihr Ex auftaucht und handgreiflich wird. Aber Garrett ist nur so lange in der Stadt, wie es dauert, das alte Haus zu renovieren.

Die Liebe hat jedoch ihre ganz eigene Art, alles zu verändern.

INHALT

PROLOG

Garrett hob sein Glas. „Auf Sebastian", sagte er, bevor er den Whiskey hinunterkippte. Er wusste, dass er mehr sagen sollte, um seinen besten Freund zu ehren, aber nachdem er am Morgen bei der Beerdigung auf einem ruhigen Friedhof in Sebastians Heimatstadt die Trauerrede gehalten hatte, fehlten ihm die Worte.

Ihre Arbeit war riskant. Als SEALs nahmen er und die anderen fünf Männer, die sich im Hinterzimmer der *Main Street Tavern* versammelt hatten, in Kauf, bei der Ausübung ihrer Pflicht getötet oder verletzt zu werden – das hatte Sebastian auch getan. Garretts Blick fiel auf die Hand seines Kumpels Matthew, die immer noch bandagiert war, während die Verbrennungen und Knochenbrüche von dem Einsatz, der Sebastian das Leben gekostet hatte, heilten. Den ultimativen Preis zu zahlen, war immer ein Risiko, aber das änderte nichts am Leid der Hinterbliebenen. Vor allem wenn einer von ihnen das Gefühl hatte, er hätte es verhindern und einen Weg finden müssen, seinen besten Freund zu retten.

„Ich möchte euch allen dafür danken, dass ihr geblieben seid, um auf Sebastian anzustoßen.“ Nach der Beerdigung und den Formalitäten war es Zeit für die SEAL-Tradition, sich zu versammeln, um des gefallenen Kameraden zu gedenken und einander Geschichten über ihn zu erzählen.

„Hast du eine Erinnerung, die du mit uns teilen möchtest?“, fragte Patrick. Er war einer von drei SEALs, die ebenfalls in Hartsville, South Carolina, zu Hause waren. Patrick, Anderson und Kenton waren ein paar Jahre älter als Garrett und dienten in einem anderen Team als Garrett, Matthew, Jonathan und Sebastian, aber als Waffenbrüder hatten sie dennoch eine enge Bindung.

„Ja. Um ehrlich zu sein, ist es schwer, mich für eine zu entscheiden.“ Garrett drehte das leere Schnapsglas zwischen seinen Fingern. „Sebastian und ich kannten uns seit fast zehn Jahren. Wir waren Teamkameraden und Freunde. Ihr wisst, wie es ist. Aber ich habe eine andere Seite von ihm gesehen, als wir an seinem Haus am Lake Hart gearbeitet haben. Wenn man nachts um drei Uhr mit einem Brecheisen alte Gipswände herausreißt, kommt das wahre Wesen eines Menschen zum Vorschein. Sebastian konnte ein Träumer sein, mit all diesen fantastischen Ideen, was er aus der alten Bruchbude machen könnte. Als er sie mir das erste Mal zeigte, lachte ich ihn aus und sagte ihm, dass er über den Tisch gezogen worden sei, wenn er mehr als fünf Dollar für das Haus bezahlt habe, aber er schüttelte nur den Kopf und meinte, dass er sehe, was daraus werden könne. Sebastian wusste immer, wie man das Potenzial von Dingen erkennt und das Beste aus allem und jedem herausholt.“

Weil er alles für seinen besten Freund getan hätte, hatte sich Garrett bereit erklärt, diese Träume zu verwirklichen. Als Teenager hatte Garrett im Sommer für seinen Vater, der Handwerker war, gearbeitet, also hatte er Sebastian seine Hilfe angeboten und dadurch zwischen den Einsätzen eine Unterkunft gehabt. Ihre Zusammenarbeit würde ihm immer in guter Erinnerung bleiben. Die Tatsache, dass Sebastian das Haus nie vollständig renoviert sehen würde, versetzte ihm einen weiteren Stich ins Herz.

Garrett grinste über etwas, das in der Woche vor ihrer Abreise passiert war. „Ich habe mir im Keller immer wieder den Kopf an den Bodenbalken gestoßen, also hat Sebastian sie leuchtend orange gestrichen. Jetzt kann man sie nicht mehr übersehen."

„Das wäre nicht nötig gewesen, wenn du nicht so verdammt groß wärst", neckte ihn Matthew und die anderen lachten. Mit 1,90 Meter war Garrett für einen SEAL ziemlich groß, was seine Arbeit in engen Räumen manchmal zu einer Herausforderung machte. „Aber ja, es überrascht mich nicht, dass Sebastian einen Weg gefunden hat, dir zu helfen. Das hat er immer getan – für uns alle. Er hat mir oft den Hintern gerettet, und das nicht nur im Einsatz. Vor Jahren kaufte ich eine gebrauchte Harley von einem Mann, der aus dem Dienst ausschied. Ich fuhr damit ein paar Tage auf dem Stützpunkt herum und sie schien gut zu laufen, also dachte ich, sie sei einsatzbereit. Ich schwang mich in den Sattel und fuhr über die Chesapeake Bay Bridge nach Norden. Es war schon spät und ich hätte umkehren sollen, aber ich genoss die Fahrt … bis das Motorrad auf einer Landstraße mitten im Nirgendwo von Virginia kurz nach elf Uhr abends den Geist aufgab. Also rief ich Sebastian an. Er brachte mir genug Benzin, um zurück zum Stützpunkt zu gelangen, und folgte mir den ganzen Weg, um sicherzugehen, dass ich auch dort ankam. Es stellte sich heraus, dass die Tankanzeige nicht richtig funktionierte."

„Ich wette, er hat dir auch geholfen, das Motorrad zu reparieren", sagte Jonathan.

„Ja, am nächsten Tag. Du bist als Nächster dran." Matthew griff mit seiner unversehrten Hand nach der Whiskeyflasche und schenkte jedem einen weiteren Drink ein.

„Sebastian hat mir im Laufe der Jahre oft das Leben gerettet, aber meine beste Erinnerung an ihn ist hier am Lake Hart. Wir hatten nach einem Einsatz in Afghanistan Heimaturlaub. Es war ein harter Einsatz gewesen.“ Jonathan verstummte und schien sich zu sammeln.

Garrett erinnerte sich an jenen Einsatz. Was sie damals in einer Grundschule erlebt hatten, verfolgte ihn immer noch. Er war für zwei Wochen nach Hause nach Idaho gefahren, um seine Familie zu sehen und seine Nichten und Neffen zu umarmen. Als Teamleiter belastete Jonathan der Verlust derer, die sie nicht retten konnten, sicher noch mehr als Garrett.

„Wie auch immer“, fuhr Jonathan fort. „Sebastian hat mich zu sich nach Hause mitgenommen. Wir tranken Bier auf seinem Boot, taten so, als würden wir angeln, und redeten einfach. Das hat geholfen.“ Er lächelte. „Wir haben ein paar Forellen gefangen und sie waren wirklich lecker, als wir sie gebraten haben. Verdammt, ich werde ihn vermissen. Auf Sebastian.“ Dieses Mal hob Jonathan sein Glas.

„Ich wünschte, wir hätten ihn alle so gut gekannt wie ihr“, sagte Anderson. „Meine erste Erinnerung an ihn ist, dass ich ihn im Sommer an einem kleinen Grillstand arbeiten sah. Sebastian war dünn und schlaksig, aber nicht schlecht im Umgang mit dem Football.“ Er gestikulierte zwischen sich, Patrick und Kenton. „Wir waren damals alle noch in der Highschool, aber wir konnten sehen, dass er Talent hatte.“

„Stimmt“, pflichtete Kenton ihm bei. „Ich habe ihn an der Navy-Akademie spielen sehen. Er war verdammt gut.“

„Da hast du recht. Und ein gutes Herz hatte er auch“, fügte Patrick hinzu. „Wusstest du, dass er dabei geholfen hat, den neuen Spielplatz hinter der Grundschule und dem Kindergarten anzulegen?“ Garrett erinnerte sich daran, dass Patricks Frau Vorschullehrerin war. „Es ist ziemlich ungewöhnlich, dass vier Navy SEALs bei einem Gemeinschaftsprojekt mitmachen, vor allem in einer Stadt dieser Größe.“

„Ich habe Sebastian immer gesagt, dass hier irgendetwas im Trinkwasser sein muss“, sagte Garrett. „Diese kleine Stadt hat eine Menge SEALs hervorgebracht.“

„Wir sind hier alle harte Kerle.“ Patrick grinste und spannte seine Armmuskeln an, was die anderen zum Lachen brachte.

„Da muss etwas dran sein“, stimmte Garrett ihm zu.

„Also … für diejenigen von uns, die nicht dabei waren … Was zum Teufel ist passiert?“, fragte Kenton, nachdem das Gelächter verstummt war. Die Frage überraschte Garrett nicht. Es war kein einfaches Thema, aber Sebastians Freunde verdienten es, die Details zu erfahren – und sie hatten alle die erforderliche Sicherheitsfreigabe, sodass sie befugt waren, die ganze Geschichte zu hören. Er warf einen Blick auf Matthew und Jonathan. Sie kämpften alle auf unterschiedliche Weise mit den Folgen der missglückten Mission.

„Es war ein Desaster“, sagte Matthew. „Erzähle es ihnen, Garrett.“

Garrett wollte nicht, aber er zwang sich dazu, um es seinen Teamkameraden zu ersparen. „Wir hatten den Auftrag, den Anführer eines Drogenkartells in Kolumbien zu eliminieren. Wir hatten über einen Monat lang Informationen gesammelt und das Zeitfenster eingegrenzt, um den Kerl auszuschalten und die Drogen zu beschlagnahmen. Wir hatten uns auf ein Datum für die Razzia geeinigt – aber am Tag nach der Entscheidung und zwei Tage vor dem eigentlichen Termin waren Sebastian und ich auf einer Aufklärungsmission und merkten, dass der Kerl sich zum Abhauen bereit machte. Er wusste, dass wir ihm auf der Spur waren. Er hatte einen Hinweis bekommen. Ich weiß nicht, von wem.“

„Ich habe die Entscheidung getroffen, die Razzia vorzuverlegen“, erzählte Jonathan weiter. „Seine Kontakte waren zu gut. Er wäre auf und davon gewesen.“

Die anderen SEALs nickten. Es war nicht ungewöhnlich, den Zeitrahmen aufgrund neuer Informationen anzupassen, aber es war immer ein Risiko, da so viel von einer sorgfältigen Planung abhing.

„Sebastian und ich hatten die Nacht mit Aufklärung verbracht, also waren wir seit über vierundzwanzig Stunden wach, aber mir gefiel der Gedanke nicht, dass das Team ohne mich dort hineingehen würde. Ich beschloss, an der Razzia teilzunehmen, und Sebastian kam mit mir." Garrett dachte über diese Momente nach. Sie hatten beide gewusst, dass sie Schlaf brauchten, aber Garrett hatte darauf bestanden, dabei zu sein.

Wenn du gehst, komme ich mit, Bruder. Ich halte dir den Rücken frei. Sebastians Worte hatten sich für immer in sein Gedächtnis gebrannt. Garrett hätte eine andere Entscheidung treffen können. Hätte er das getan, wäre sein Freund noch am Leben. Aber so war es nicht gekommen.

„Ich brauchte jeden Mann", sagte Jonathan. „Das heißt, jeden Mann, dem ich vertrauen konnte." Es war immer noch ungewiss, wer dem Kartell den Hinweis gegeben hatte. Garrett stimmte Jonathans Schlussfolgerung zu, dass es jemand aus ihrem SEAL-Team gewesen sein musste. Wer auch immer es war, er hatte Blut an den Händen und eine Katastrophe zu verantworten.

„Die Razzia verlief von Anfang an völlig chaotisch." Garrett nahm die Erzählung wieder auf. „Das Areal war voller Menschen, hauptsächlich Zivilisten, die dort leben, arbeiten und die Drogen herstellen mussten. Sie gerieten in Panik, sobald sie uns sahen. Es war ein totales Durcheinander." Er sah zu Matthew, der nickte und dann weitersprach.

„Ich suchte nach Minen und anderen Sprengstoffen, während der Rest des Teams das Gelände sicherte. Ich fand eine Bombe, von der ich wusste, dass ich sie nicht entschärfen könnte, bevor sie explodierte. Wir mussten uns beeilen, aber die Leute rannten panisch durch die

Gegend und versuchten, uns zu entkommen, ohne auf unsere Warnungen zu hören, dass sie das Gebäude verlassen sollten." Matthew senkte den Kopf und zerrte an dem Verband an seiner Hand. Er war nicht weggelaufen. Er hatte bis zur letzten Sekunde an der Bombe gearbeitet und sich dabei Verletzungen zugezogen, die ihn seine Karriere kosten könnten. Ein Sprengstoffexperte brauchte Hände in einwandfreiem Zustand – und eine vollständige Genesung war vielleicht nicht mehr möglich. Niemand konnte mit Sicherheit sagen, ob er wieder für den aktiven Dienst geeignet sein würde.

„Wir hatten unser Team und so viele Zivilisten wie möglich evakuiert … aber dann ging Sebastian wieder hinein", sagte Garrett schnell, um den schlimmsten Teil hinter sich zu bringen. „Er dachte, er könne zu den letzten Zivilisten durchkommen, bevor die Bombe explodierte. Er hat es nicht mehr rechtzeitig nach draußen geschafft."

Es gab nichts, was Garrett jetzt noch tun konnte, um etwas daran zu ändern, aber die Last der Verantwortung würde er trotzdem für den Rest seines Lebens mit sich herumtragen.

„Das ist schlimm, Kumpel", murmelte Patrick mit einem Blick auf seine eigenen Teamkameraden. „Können wir irgendetwas tun, um zu helfen? Hat er noch Familie? Ich habe bei der Beerdigung keine Angehörigen gesehen."

„Ich habe gehört, dass Sebastian seit Kurzem wieder mit seiner Schwester Kontakt hatte", sagte Kenton. „Was hat es damit auf sich?"

Garrett wusste, dass er nur zu fragen brauchte – die fünf anderen Männer würden alles in ihrer Macht Stehende für Sebastians Schwester tun. Er war nur nicht sicher, was sie brauchte, da er sie noch nicht kennengelernt hatte. „Ich weiß nicht viel. Ihr Name ist Harley Von. Ihre Mutter starb, als sie und Sebastian noch klein waren, und die beiden wurden in Pflegefamilien untergebracht."

„Getrennt?", fragte Patrick.

„Sie hatten unterschiedliche Väter und unterschiedliche Nachnamen, also konnten sie nicht zusammenbleiben. Sebastian war aber immer auf der Suche nach ihr – er hat einen Privatdetektiv angeheuert und alles getan, um Einsicht in die Akten zu erhalten. Vor etwa zwei Monaten fand er sie in Florida. Sie haben per E-Mail kommuniziert und sich einmal über Zoom unterhalten, während wir auf der Mission waren." Sebastian war so aufgeregt gewesen, als er seine Schwester gefunden hatte. Andere Geschwister hatte er nicht gehabt. Er hatte ununterbrochen davon geredet, dass er sie treffen würde, sobald er zurück in den Vereinigten Staaten wäre. „Er hat mir erzählt, dass er sein Testament geändert hat, um sie als seine Erbin einzusetzen. Ich weiß nicht, was genau das in diesem Fall bedeutet, aber er wollte alles für sie tun, was er konnte. Er hatte den Eindruck, dass sie in einer schlechten Beziehung war, aber er hat mir keine Details verraten. Laut Sebastians Anwalt wird sie in ein paar Tagen zur Testamentsverlesung herkommen. Ich schätze, sie hat es nicht zur Beerdigung geschafft."

„Das ist wirklich Pech", bemerkte Anderson. „Seinen Bruder zu finden und ihn so schnell wieder zu verlieren. Wenn sie etwas braucht, sagst du uns Bescheid, okay?"

„Das mache ich." Allerdings hatte er vor, so viel wie möglich selbst zu erledigen. Das war das Mindeste, was er für Sebastian tun konnte. Garrett würde lange genug bleiben, um sicherzugehen, dass Harley gut versorgt war, und dann würde er aus Hartsville verschwinden. Er mochte den Ort, aber es war eine Stadt für Familien und er war noch nie daran interessiert gewesen, die richtige Frau zu finden und sesshaft zu werden. Er hatte Respekt vor Kameraden wie Patrick, Kenton und Anderson, die ihre Karriere als SEALs irgendwie mit Frau und Kindern unter einen Hut brachten, aber diese Art von Leben war nichts für ihn. So wie er es sah, war er mit der Navy verheiratet.

„Ich fahre jetzt besser zurück", sagte Jonathan und stand auf. „Ich muss mich noch mehr Befragungen stellen." Die Führungsriege beim Militär verlangte Antworten auf alles, was bei der Mission schiefgelaufen war – wahrscheinlich hatte er aus diesem Grund zum Gedenken an Sebastian nur einen Schnaps getrunken.

„Ja." Matthew stand ebenfalls auf. „Und ich muss herausfinden, was die Ärzte *dazu* sagen." Er hielt seine verletzte Hand hoch. „Pass auf dich auf, Garrett. Halte uns auf dem Laufenden, wie es weitergeht."

„Verstanden." Garrett begleitete die Männer nach draußen und sah ihnen nach, nachdem er ihnen zum Abschied die Hand geschüttelt und sie umarmt hatte. Er würde seine Teamkameraden schon bald wieder auf dem Stützpunkt sehen … doch bis dahin stand ihm der schwierigste Teil bevor. Er würde in Sebastians Haus wohnen und die Renovierungsarbeiten fortsetzen, die sie gemeinsam geplant hatten, aber sein Kumpel würde nie mehr durch die Tür kommen. Irgendwie musste Garrett sich damit abfinden. Und mit der Tatsache, dass es seine Schuld war.

1

„Hallo, ich bin Harley Von.“ Eine leise, unsichere Frauenstimme erreichte Garrett durch die offene Tür, während er im Büro von Sebastians Anwalt wartete. „Ich bin für eine Testamentsverlesung bei Mr. Burke hier.“

Garrett setzte sich ein wenig aufrechter hin. Da war also die geheimnisvolle Harley, nur ein paar Schritte von ihm entfernt. Verdammt, er wünschte, er würde Sebastians Schwester nicht unter diesen Umständen kennenlernen. Warum zur Hölle konnte Sebastian nicht noch am Leben sein und sie in seinem Haus willkommen heißen? Die Tatsache, dass er nie wieder mit Harley zusammenkommen würde, machte seinen Tod zu einer noch größeren Tragödie.

„Hallo. Er musste kurz weg, um einen dringenden Anruf entgegenzunehmen, aber Sie können in seinem Büro warten“, sagte die Rezeptionistin. „Er kommt gleich. Die andere Partei ist bereits dort. Kann ich Ihnen Kaffee oder Tee bringen?“

„Nein, danke. Ich brauche nichts. Hier entlang?“ Warum klang ihre Stimme so schüchtern? War sie von Natur aus zurückhaltend … oder hatte Sebastian recht mit seiner Vermutung gehabt, dass sie in einer schlechten Beziehung war?

„Ja, genau. Nehmen Sie schon einmal Platz.“

Garrett stand auf und drehte sich zur Tür. Er war nicht sicher, was ihn erwartete. Würde Harley wie Sebastian aussehen? Er machte sich innerlich bereit, es herauszufinden.

Verdammt, das tat sie wirklich. Dunkles Haar, sonnengebräunte Haut, volle Lippen und große braune Augen, die eine Sekunde lang in seine blickten, bevor sie sich abwandten. Es war lange genug, um diese Augen zu erkennen. Sie waren genau wie die von Sebastian – dieselbe Größe, Form und Farbe. Aber ihnen fehlten die Wärme und die Freundlichkeit von Sebastians Augen. Stattdessen war dort eine an Angst grenzende Wachsamkeit.

Harley war überdurchschnittlich groß für eine Frau, aber so schlank, dass sie fast zu dünn wirkte. Er betrachtete ihr Gesicht. Sie hatte sich sorgfältig geschminkt, aber es sah aus, als hätte sie einen Bluterguss in der Nähe ihres linken Auges. Seine Bedenken über ihre Beziehung wuchsen.

„Ms. Von“, sagte er. „Ich bin Garrett Moore. Ich habe mit Ihrem Bruder gedient und ihn als meinen besten Freund betrachtet.“ Er hielt ihr die Hand hin und sie schüttelte sie so schnell, dass er kaum den Druck ihrer Finger spürte, bevor sie sich wieder zurückzog. „Vielleicht sollten Sie sich setzen?“ Er wollte es ihr nicht befehlen, aber er befürchtete, wenn sie sich nicht setzte, würde sie entweder weglaufen oder in Ohnmacht fallen.

„Danke. Können wir uns duzen? Bitte nenne mich Harley.“ Er nickte und sie nahm den Stuhl neben ihm, schob ihn diskret ein wenig weiter weg und schlug schnell ihre Beine übereinander. Lange Beine, von denen ihr schwarzer Rock viel zeigte. Er wandte seinen Blick ab und erinnerte sich daran, dass dies weder der richtige Zeitpunkt noch der richtige Ort war, um so etwas zu bemerken – und schon gar nicht die richtige Person. Er konzentrierte sich auf ihr Gesicht und beobachtete, wie sie ihr langes Haar nervös hinter ihr Ohr strich und es dann wieder nach vorn zog. Versuchte sie, den Bluterguss zu verbergen?

„Das mit deinem Bruder tut mir leid“, sagte Garrett.

Sie warf ihm einen kurzen Blick zu. „Es tut mir auch für dich leid, wenn du sein Freund warst. Ich wünschte, ich hätte es zu seiner Beerdigung geschafft. Ich … ich wollte kommen.“

„Sein SEAL-Team war dort. Und andere, die ihn kannten. Willst du mehr darüber hören?“, fragte er. Er wollte die Beerdigung nicht noch einmal durchleben, aber sie hatte es verdient, die Details zu hören, wenn sie es wollte.

„Bitte.“

Er sprach einige Minuten lang über Matthew und Jonathan und den Salut in Form von einundzwanzig Schüssen, gefolgt von der Nationalhymne, wobei er betonte, wie sehr Sebastian respektiert und geliebt worden war. Als der Anwalt immer noch nicht kam, erzählte er ihr von Patrick und seiner Frau Imogen, Anderson und Violet sowie Kenton und Mia. Wenn Harley in Hartsville bleiben wollte, brauchte sie Freunde, und seine SEAL-Kameraden und ihre Ehefrauen waren ein guter Anfang. Er wusste, dass sie gern bereit wären, ihr dabei zu helfen, sich hier wie zu Hause zu fühlen.

„Danke, dass du da warst“, sagte sie, als er fertig war. Er versuchte zu verbergen, dass er bei ihren Worten zusammenzuckte. Sie sollte sich nicht bei ihm bedanken. Wenn sie wüsste, was passiert war und welche Verantwortung er für den Tod ihres Bruders trug, würde sie ihn vielleicht verfluchen. Das bezweifelte er jedoch, denn sie schien sehr nett zu sein. Er wollte ihr das Richtige sagen, aber er wusste nicht, was das war. Bevor er sich entscheiden konnte, was er antworten sollte, betrat der Anwalt den Raum.

„Entschuldigen Sie die Verspätung“, sagte der Mann, bevor er zu Harley hinüberging. „Anthony Burke, Rechtsanwalt. Sie müssen Ms. Von sein.“ Als sie nickte, streckte er ihr zur Begrüßung die Hand entgegen. Garrett fühlte sich ein kleines bisschen besser, als sie die Hand des Anwalts nicht länger festhielt als seine. „Mein herzliches Beileid für Ihren Verlust. Danke, dass Sie den weiten Weg für die Testamentsverlesung auf sich genommen haben. Ich will das Ganze nicht unnötig in die Länge ziehen. Mit dem Tod eines Familienmitglieds umzugehen, ist schwer, aber noch schwerer ist es, wenn er so unerwartet eintritt. Sollen wir anfangen?“

„Wir wüssten es zu schätzen“, antwortete Garrett für sich und Harley, die nur nickte.

Burke setzte sich hinter seinen Schreibtisch und öffnete einen Ordner. Er zog mehrere Dokumente heraus und breitete sie aus. „Die Verfügungen von Sebastian Valentis Testament sind ziemlich einfach. Alle SEALs müssen ein aktuelles Testament auf dem Stützpunkt hinterlegen, aber Ihr Bruder hat zusätzlich ein unterschriebenes Original hier in Hartsville aufbewahren lassen.“

Garrett warf einen Blick auf Harley. Sie sah noch zerbrechlicher aus als zuvor.

„Möchten Sie, dass ich die offizielle Verlesung vornehme, oder soll ich Ihnen den juristischen Fachjargon ersparen und das Wichtigste für Sie zusammenfassen?“, fragte Burke.

„Die Zusammenfassung, bitte“, sagte sie.

„Kurz gesagt, Sebastian hat Ihnen alles hinterlassen, mit Garrett Moore als Nachlassverwalter.“ Burke richtete seine Aufmerksamkeit auf eine Seite, auf der die Vermögenswerte aufgelistet waren. „Mit ‚alles‘ meine ich sein Haus am See hier in Hartsville – einschließlich des Bootes, das dort vor Anker liegt –, sein Auto, das Geld auf seinen Bankkonten und seine Investitionen. Er nennt ausdrücklich eine

Investition, die er in das Start-up-Unternehmen eines Freundes getätigt hat, mit dem Zusatz, dass er hofft, dass Sie das Unternehmen weiterhin unterstützen werden."

„Oh", hauchte sie.

„Hier sind Kopien der letzten Kontoauszüge seiner Bank und eine Übersicht über seine Investitionen." Er reichte ihr einen Stapel Papiere.

„Das hatte ich nicht erwartet …" Sie biss sich auf die Unterlippe und verstummte.

„Ihr Bruder hat sein Vermögen gut verwaltet." Burkes Stimme war sanft. „Sie bekommen auch seine Lebensversicherung und das Sterbegeld von der Navy. Alles davon ist korrekt." Er bemerkte Garretts Blick und nickte in Richtung einer offenen Schachtel nahe der Schreibtischkante. „Mr. Moore, könnten Sie …"

Garrett hatte die Schachtel dort abgestellt, als er das Büro betreten hatte, also war er nicht überrascht über Burkes Bitte. Er nahm die Schachtel an sich, denn er wusste, dass es schwer für Harley sein würde, den Inhalt zu sehen.

„Harley, die Navy überreicht den Angehörigen bei einem Militärbegräbnis eine Flagge. Ich habe sie in deinem Namen entgegengenommen. Sie ist hier drin, zusammen mit Sebastians Dienstmedaillen und seinem offiziellen Porträtfoto. Wenn du dir all das jetzt lieber nicht ansehen willst …"

„Nein, ich würde es gern sehen", sagte sie und richtete sich auf. Sie nahm immer noch keinen Blickkontakt zu ihm auf, aber sie starrte auf die Schachtel, als wäre sie das Wertvollste auf der Welt. „Ich habe ihn nur bei diesem einen Zoomchat gesehen – ich meine, seit wir Kinder waren – und ich kann mich nicht mehr genau erinnern, wie er aussah. Ich war erst sechs, als wir getrennt wurden."

Garrett zog das zwei Jahre zuvor aufgenommene Porträtfoto heraus und reichte es ihr. Sie betrachtete es einige Sekunden lang sorgfältig und strich mit den Fingern über das Glas. Garrett hatte noch viele weitere Fotos von Sebastian auf seinem Handy. Er würde sie ihr zeigen und ihr Geschichten über ihren Bruder erzählen, bevor er zum Stützpunkt zurückkehrte, damit sie sich ein besseres Bild von Sebastian machen konnte. Das hatte sie verdient.

„Da ist auch eine Nachricht für Sie. Sie wurde mir per E-Mail zugeschickt. Möchten Sie, dass ich sie vorlese?“, fragte der Anwalt. Als sie nickte, begann Burke mit dem Datum – nur zwei Wochen vor Sebastians Tod. Er war bereits in Kolumbien gewesen, um sich auf den Einsatz vorzubereiten.

„Wenn du das hier liest, bedeutet das, dass ich tot bin. Es tut mir so leid, kleine Schwester. Ich hatte gehofft, dass wir mehr Zeit haben würden, um uns richtig kennenzulernen, aber wie es aussieht, hat es nicht sein sollen. Ich möchte, dass du weißt, wie viel es mir bedeutet, dich endlich gefunden zu haben. Du sollst wissen, dass ich dich liebe und du einen Platz in meinem Herzen hast.“

Burke hielt inne, als Harley leise schluchzte, aber sie bedeutete ihm mit einer Geste, weiterzumachen. Garrett wollte ihre Hand nehmen und sie trösten, aber sie sah nicht so aus, als würde sie sich über eine Berührung freuen.

„Ich weiß, dass ich dich nicht allein zurücklasse, denn mein bester Freund Garrett sollte bereits an deiner Seite sein. Wenn du etwas brauchst, frag ihn. Das meine ich ernst. Es gibt niemanden auf der Welt, dem ich mehr vertraue. Ich wünsche dir ein glückliches Leben, Harley. Es tut mir leid, dass ich nicht da sein werde, um es mit dir zu teilen. In aller Liebe, Sebastian.“

Garrett spürte die Worte seines Freundes tief in seiner Seele. Sebastian hatte ihm vertraut, aber Garrett hatte ihn am Ende im Stich gelassen. Er hatte Sebastian nicht gezwungen, an der Razzia teilzunehmen, aber als er sich freiwillig gemeldet hatte, wusste er, dass Sebastian es auch tun würde. Sie hatten immer alles zusammen gemacht. Wenn einer von ihnen irgendwohin ging, war der andere mitgekommen.

Das war vorbei. Garrett war allein, aber er konnte Sebastians Andenken ehren, indem er dessen Schwester half. Er würde für sie tun, was er konnte.

„Gibt es sonst noch etwas?“, fragte sie und schien es kaum erwarten zu können, das Büro zu verlassen.

„Nur eine kleine Verzögerung, von der Sie wissen sollten. Das Testament muss offiziell anerkannt werden, aber wegen der Rotation am Gericht haben wir den Besuch des für Nachlässe zuständigen Bezirksrichters knapp verpasst. Er ist erst wieder in vier Wochen am örtlichen Gericht anzutreffen. Ich hoffe, das wird kein allzu großes Problem sein. Garrett hat Zugang zu dem Haus, dem Boot und dem Auto. Sie können alles sofort in Besitz nehmen, aber Sie können nichts verkaufen, bis der Nachlass geregelt ist. Das einzige Problem sind die Bankkonten. Ich fürchte, Sie werden erst nach der Rückkehr des Richters darauf zugreifen können.“

„Das ist in Ordnung, solange ich eine Bleibe habe.“ Sie stand auf. „Ich danke Ihnen. Dir auch, Garrett.“ Mit diesen Worten nahm sie den Papierstapel und die Schachtel und ging zur Tür.

Garrett holte sie auf der Straße ein, als sie in einen älteren Buick einstieg. „Harley, warte kurz.“ Sie warf ihm einen nervösen Blick zu, als er sich ihr näherte. „Du weißt nicht, wo das Haus ist. Ich nehme an, du willst dorthin fahren.“

„Ja. Wird die Adresse nicht in den Dokumenten genannt?“ Sie hielt sie immer noch in der Hand.

„Wahrscheinlich schon, aber die Straßen zum See können verwirrend sein, wenn man sich in der Stadt nicht auskennt. Warum folgst du mir nicht?“

Sie antwortete nicht sofort, als sie die Straße hinunterblickte. Hartsville hatte ein altmodisches Stadtzentrum mit Backsteinfassaden, hinter denen kleine Geschäfte untergebracht waren. Ob ihr gefiel, was sie hier sah? Ihm gefiel es, auch wenn es für ihn nicht sein Zuhause war. Er hoffte, dass es das für sie sein würde. Der Aufenthalt in Hartsville könnte ihr den Neuanfang ermöglichen, den sie seiner Meinung nach brauchte.

„Sebastian hat dir vertraut. Ich schätze, ich kann das auch tun", sagte sie nach einem Moment, aber sie klang nicht überzeugt.

Hier draußen im Tageslicht war es einfacher, unter ihrem Make-up das wahre Ausmaß des Blutergusses zu erkennen. Er sah aus wie etwas, das entstand, wenn einem mit der Faust ins Gesicht geschlagen wurde. Es lag Garrett auf der Zunge, sie danach zu fragen, aber er kannte sie noch nicht gut genug. Trotzdem regte sich sein Beschützerinstinkt. Er würde jedem helfen, der in Schwierigkeiten war, aber Harley hatte etwas an sich, das Garrett faszinierte. Er redete sich ein, dass es nur daran lag, dass sie Sebastians Schwester war … aber tief in seinem Inneren fragte er sich, ob mehr dahintersteckte.

2

Als Harley Garretts Truck folgte, war sie sich ihrer zitternden Hände nur allzu bewusst. Sebastians Testament und seine Nachricht waren fast zu viel für sie gewesen, und sie hatte Mühe, nicht zusammenzubrechen. Der Anwalt und Garrett waren freundlich gewesen, aber sie wollte unbedingt allein sein. Dann könnte sie sich vielleicht … sicher fühlen.

Garrett bog in eine mit Kiefern gesäumte Einfahrt ein und hielt vor einem Haus an. Als sie aus dem Auto stieg, musste sie zugeben, dass das Grundstück, das ihr Bruder ihr hinterlassen hatte, nicht ganz so aussah, wie sie erwartet hatte. Das Haus wirkte gut erhalten und hatte eindeutig das Potenzial, ein Prachtstück zu sein, aber es wurde ganz offensichtlich gerade renoviert. Neben dem Haus stand ein Müllcontainer, und in der Nähe konnte sie Werkzeuge und Maschinen für die Holzbearbeitung sehen.

Sie versuchte, all das zu ignorieren und sich auf das Gebäude zu konzentrieren. Die umlaufende Veranda und das steil aufragende Dach deuteten darauf hin, dass es mindestens hundert Jahre alt sein musste. Lange, schmale Fenster und eine Doppeltür zierten die

Fassade. Oh ja, es könnte wunderschön sein. Und es gehörte ihr. Es dauerte eine Weile, bis sie das begriff.

Sie trat an die Seite, sodass sie den Garten und den See dahinter sehen konnte. Lake Hart, wenn sie sich richtig an ihre Recherchen über die Stadt erinnerte. Und es gab ein Boot – das hatte der Anwalt erwähnt. Sie hatte zwar keine Ahnung, wie man ein Boot steuerte, aber sie sah, dass es am Ende des Stegs dümpelte. Es gab sogar eine kleine Hütte, eine Art Sommerhaus, genau dort, wo der Steg mit dem Festland verbunden war.

Hier könnte es friedlich sein. Und sicher, dachte sie. Ein sicherer Ort für sie, während sie die Scheidung von Thomas einreichte und darauf wartete, dass sie rechtskräftig wurde. Sie rieb mit einem Finger über die Stelle in der Nähe ihres linken Auges, wo ein Bluterguss von dem letzten Mal, als er sie geschlagen hatte, zeugte. Sie hatte noch weitere blaue Flecken an ihren Oberarmen und Oberschenkeln, die aber von ihrer Kleidung verdeckt wurden.

Gott sei Dank hatte er ihr dieses Mal nicht in den Bauch getreten. Er genoss es, sie zu Boden zu stoßen und mit seinen Füßen zu attackieren. Sie hatte Glück gehabt – sein Handy hatte geklingelt und ihn abgelenkt. Er hatte den Anruf entgegengenommen und sofort die Maske des charmanten Mannes aufgesetzt, in den sie sich verliebt zu haben glaubte. Dieser Mann war weit entfernt von dem Monster, mit dem sie in den letzten Monaten zusammengelebt hatte.

Nie wieder, sagte sie sich. Nie wieder würde jemand so mit ihr umgehen. Sie würde bald frei von Thomas sein. Frei, hier zu leben und ihr Kind großzuziehen, wo niemand ihnen beiden etwas antun konnte.

„Mach deinen Kofferraum auf. Ich hole dein Gepäck."

Sie drehte sich um und sah Garrett an. Warum war er aus seinem Truck ausgestiegen? Sie hatte den Hausschlüssel. Sie brauchte seine Hilfe nicht und wollte ihn nicht in ihrer Nähe haben. Er war breitschultrig, groß und einschüchternd. Sie schluckte schwer. Er sah auch gut aus, auf eine raue Art und Weise, mit seinem hellblonden Haar und den grünen Augen. Aber das zog sie nicht in seinen Bann. Gutes Aussehen bedeutete nicht, dass jemand einen guten Charakter hatte. Thomas hatte ihr diese Lektion erteilt. Auf sehr schmerzhafte Weise.

„Nicht nötig", sagte sie. „Danke für deine Hilfe, aber ich schaffe das allein."

Er zögerte. „Ich schätze, das ist in der Anwaltskanzlei nicht klar geworden. Ich habe in dem Haus gewohnt, während ich es renoviert habe. Das war meine Abmachung mit Sebastian – Arbeit im Gegenzug für mietfreies Wohnen. Und ich habe die Arbeit fortgesetzt … seit ich von der Mission zurückgekehrt bin."

„Von der Mission, auf der er gestorben ist?" Niemand hatte ihr irgendwelche Details über Sebastians Tod genannt, außer dass er irgendwo in Südamerika eingetreten war.

„Ja."

„Du warst also dabei?"

Er senkte seinen Kopf. Sie konnte nach weiteren Informationen fragen. Aber wollte sie das wirklich wissen? Vielleicht. Eines Tages. Doch zuerst musste sie sich um andere Dinge kümmern, wie zum Beispiel darum, diesem Mann klarzumachen, dass sie lieber allein sein wollte. „Ich würde gern mehr über … all das erfahren, aber nicht heute. Ich will mich erst einmal hier einleben."

„Hör zu." Er hob seine Hände und sie wich instinktiv einen Schritt zurück. Sein Gesichtsausdruck veränderte sich. Als er weitersprach, war seine Stimme sanfter. „Mir ist klar, dass du nichts über mich weißt, aber ich würde alles für deinen Bruder tun – und dazu gehört auch, dass ich mich um dich kümmere und dafür sorge, dass du einen sicheren Ort zum Wohnen hast. An dem Haus muss noch einiges gemacht werden, bevor es darin sicher ist. Es gibt Probleme mit den

Böden, den Schränken, dem Dach, den Fenstern … Du solltest nicht allein hier sein, wenn du nicht weißt, wo die Gefahrenstellen sind. Sebastian hat das Haus gekauft, weil er wusste, dass er bei der Renovierung auf mich zählen konnte. Ich werde meinen Teil der Abmachung nicht verletzen."

Harley zögerte. Er hatte nicht ganz unrecht damit, dass sie die momentanen Eigenheiten des Hauses nicht kannte … aber wäre es wirklich so schwierig, sie kennenzulernen? Sie war deutlich leichter als Garrett – es war möglich, dass dieselben Dielen, die unter seinem Gewicht brechen würden, ihrem Gewicht standhielten. Und die Aussicht auf einen instabilen Boden schien viel weniger bedrohlich zu sein, als einen Fremden in ihrem neuen Zuhause willkommen zu heißen. Sie hatte schon zu viele schlechte Erfahrungen gemacht, als dass sie so etwas riskieren wollte.

Garrett war allen Anzeichen nach ein guter Kerl. Aber so hatte Thomas auch gewirkt. Er hatte sich früh in ihrer Beziehung als Ritter in glänzender Rüstung präsentiert und sie dazu gebracht, bei ihm einzuziehen, damit er sich um sie kümmern konnte. Sie hatte bald herausgefunden, dass er sie eigentlich nur unter seine Kontrolle bringen wollte. So viele Erfahrungen, die sie als Kind in Pflegefamilien und Wohngruppen gemacht hatte, ähnelten sich. Nichts, was gut schien, war von Dauer. Freundlichkeit ließ nach. Wenn man Glück hatte, verschwand sie einfach. Manchmal wurde sie aber auch zu Bösartigkeit.

Wie sollte sie sich in dieser Situation verhalten? Mit einem Mann, der der beste Freund ihres Bruders gewesen war und ebenfalls trauerte? Seine Trauer könnte sogar stärker sein als ihre, denn Garrett hatte Sebastian in den letzten Jahren tatsächlich gekannt. Es fühlte sich falsch an, ihn aus dem Haus zu werfen, das sowohl sein als auch Sebastians Zuhause gewesen war.

„Ich verstehe, dass es dir wichtig ist, dein Wort zu halten, aber ich werde dich nicht darauf festnageln. Und …“ Sie musste es einfach aussprechen. „Mir ist nicht wohl bei der Vorstellung, dass du im Haus bleibst. Es tut mir leid. Ich weiß, dass dir dieses Haus viel bedeutet, und Sebastian war offenbar froh darüber, dich hier zu haben, aber du bist trotzdem ein Fremder für mich. Das wird nicht funktionieren.“

Er musterte sie lange und sie fragte sich, was er sah, als sein Blick zu ihrer linken Wange wanderte. Las er in ihrem Gesicht, als ob es die Geschichte all dessen erzählte, was sie durchgemacht hatte? Sie befürchtete es. Ein weiterer Grund dafür, ihn nicht in ihrer Nähe haben zu wollen. Sie wollte keine Fragen über ihre Vergangenheit beantworten, nicht gegenüber jemandem, den sie nicht einmal kannte.

„Lass mich dir wenigstens das Haus zeigen, bevor du dich entscheidest. Es hat ein paar Eigenarten, die du kennen solltest, vor allem, was die Bauweise betrifft.“ Er schenkte ihr ein warmes Lächeln, das charmant hätte sein können, wenn sie nicht so misstrauisch gewesen wäre. Aber sie nahm an, dass sie eine Führung durch das Haus gebrauchen könnte.

„In Ordnung“, willigte sie ein und öffnete ihren Kofferraum. Sie hatte nur einen Koffer, einen Karton und ihre Laptoptasche dabei.

„Ist das alles?“, fragte er, als er nach dem Koffer und dem Karton griff.

„Ich reise mit leichtem Gepäck.“ Sie hängte die Laptoptasche über ihre Schulter und versuchte, die Erinnerung daran, wie sie sich aus Thomas‘ Haus geschlichen hatte, zu verdrängen. Sie hatte viele ihrer Sachen zurücklassen müssen, aber das konnte sie nicht bereuen. Der Verzicht auf materielle Dinge war ein kleiner Preis dafür, dass sie ihm entkommen war. Außerdem hatte sie keine Lust mehr, die Kleidung zu tragen, die Thomas für sie ausgesucht hatte. Die Kleidungsstücke waren zu auffällig und zu protzig. Ganz und gar nicht nach ihrem Geschmack. Trotzdem hatte er darauf bestanden, dass sie sie trug. Es hatte ihr nichts ausgemacht, das meiste davon zurückzulassen. Sie schloss ihren Kofferraum und folgte Garrett die Stufen zur Veranda hinauf.

„Wie du siehst", begann er, „habe ich die kaputten Dielen an diesem Ende ersetzt." Die unlackierten Bretter hoben sich von den abgenutzten, schiefergrauen Dielen ab. „Ich arbeite mich zur anderen Seite vor. Wenn du also dort hinuntergehst, könnte der Boden unter dir nachgeben. Am besten vermeidest du es, ihn zu betreten."

„Das werde ich mir merken."

„Ich würde dir auch nicht empfehlen, dich an das Geländer zu lehnen. Das muss alles ersetzt werden, aber es steht nicht ganz oben auf der Prioritätenliste. Oh, und das Schloss kann kniffelig sein." Er war an der Tür angelangt und steckte seinen Schlüssel ins Schloss. „Du musst ein bisschen am Schlüssel rütteln, bis du spürst, dass er einrastet."

„Verstanden." Sie geriet langsam in Panik. Schon drei Probleme, bevor sie überhaupt durch die Tür gekommen waren. Worauf hatte sie sich da bloß eingelassen?

„Da wären wir." Er schwang die Doppeltür auf und stellte sich an die Seite, damit sie eintreten konnte. „Der Eingangsbereich ist neu gestaltet und die Treppe habe ich auch schon fast fertiggestellt. Sie ist solide – sie muss nur noch etwas hübscher gemacht werden."

Die Treppe führte direkt von der Haustür aus ins Obergeschoss. Der Eingangsbereich selbst und ein Flur, der links an der Treppe vorbeiführte, sahen wunderschön aus. Die frisch lackierten Böden glänzten und die Wände waren cremeweiß. Das war besser, als sie erwartet hatte, und es machte ihr ein bisschen Hoffnung.

„Das Wohnzimmer ist hier." Er stellte ihren Koffer ab und öffnete zwei Flügeltüren. Der Raum dahinter war bis auf die kahlen Wände leer. Eine Leiter, eine Arbeitsleuchte und Werkzeug waren die einzigen Gegenstände, die auf dem stark beschädigten Holzboden verstreut waren. Ihr Herz sank erneut. „Es sieht noch nicht nach viel aus, aber es wird großartig, das verspreche ich dir. Komm und sieh dir das Arbeitszimmer an. Hier ist es.“ Er durchquerte den Raum zu einer anderen Tür.

Okay, das war schon besser. Es gab neue Trockenbauwände und die Holzelemente sahen aus, als wären sie vor Kurzem erneuert worden. Die Wände waren noch nicht gestrichen, aber es war schon viel besser als der andere Raum.

„Das Wi-Fi ist ausgefallen, aber ich kann es schnell wieder zum Laufen bringen, wenn du es brauchst“, sagte er.

„Ich arbeite von zu Hause aus, also brauche ich morgen Zugang zum Internet.“ Sie hatte am nächsten Morgen eine Besprechung mit dem Verleger, für den sie arbeitete, und sie wollte sie nicht verpassen.

„Ich kümmere mich gleich morgen früh darum.“ Er führte sie durch den Rest des Erdgeschosses, wo die Küche noch im Bau, aber benutzbar war. Das Esszimmer befand sich in einem ähnlichen Zustand wie das Wohnzimmer, aber die Toilette sah fertig aus. Garrett plauderte ununterbrochen über das Haus und die Pläne für die verschiedenen Bereiche. Der fröhliche Tonfall seiner Stimme war so beruhigend, dass sie sich schon fast wohlfühlte, als sie in den Eingangsbereich zurückkehrten.

„Du hast vier Schlafzimmer und zwei Badezimmer im Obergeschoss. Die Arbeiten dort oben sind auch schon halb erledigt. Wir haben die Schlafzimmer, die wir zum Wohnen brauchten, zuerst fertiggestellt.“ Er griff wieder nach ihrem Koffer und sie folgte ihm die Treppe hinauf. „Ich habe dieses Zimmer benutzt.“ Er zeigte auf eine offene Tür auf der linken Seite. „Und Sebastian war dort drüben im Hauptschlafzimmer. Ich dachte, du würdest …“

„Ja, das ist in Ordnung.“ Sie ging zu der Tür und warf einen Blick in das Zimmer. Es hatte tiefblaue Wände und die gleiche dunkle Holzverkleidung, die im ganzen Haus vorherrschte. Es war männlich, ohne aufdringlich zu sein. Ein gerahmtes Foto, das auf einer Kommode stand, zog ihre Aufmerksamkeit auf sich. Es war ein Schnappschuss von ihr und Sebastian, als sie noch klein waren und zusammen in einem Leiterwagen saßen.

Sie konnte nicht älter als drei gewesen sein und hatte keine Erinnerung an den Moment. Sie griff nach dem Rahmen und betrachtete das Foto. Sebastian stand hinter ihr und ihr Kopf verdeckte die Hälfte seines Gesichts. Sie kniff beim Anblick des körnigen Fotos die Augen zusammen. Seit Sebastian sie kontaktiert hatte, versuchte sie, sich daran zu erinnern, wie er als Kind ausgesehen hatte. Diese Aufnahme half ihr, aber nur ein bisschen, denn sie war von schlechter Qualität.

„Du und Sebastian?“ Garrett stand plötzlich hinter ihr. Sie holte scharf Luft und sprang von ihm weg. Wie hatte er so nah an sie herankommen können, ohne dass sie es hörte? Er war ein viel zu großer Mann, um sich so leise zu bewegen. „Ganz ruhig.“ Er trat einen Schritt zurück. „Ich wollte dich nicht erschrecken.“

„Ich bin ein bisschen überwältigt. Das ist alles.“ Ihr Herz raste.

„Ich kann dir einen Moment Zeit geben.“

Ein Moment würde nicht reichen. Garrett musste aus ihrer Nähe verschwinden. „Schon gut. Danke für die Führung. Ich sehe, dass es noch viel zu tun gibt, aber ich denke, es wäre besser, wenn ich einen Handwerker damit beauftrage. Es muss schnell fertig werden.“ Sie konnte an seinem Gesicht sehen, dass sie ihn beleidigt hatte, was nicht ihre Absicht gewesen war. „Verstehe mich nicht falsch. Ich weiß zu schätzen, was du getan hast, aber ich kann nicht erwarten, dass du jede Minute, in der du nicht auf einer Mission bist, damit verbringst, hier zu arbeiten.“

„Ich bin Sebastian gegenüber eine Verpflichtung eingegangen.“ Garretts Kinn reckte sich hartnäckig und das große Schlafzimmer fühlte sich plötzlich klein an. Er stand zwischen ihr und der Tür, und das gefiel ihr nicht. Sie ging das Risiko ein und beschloss, ihm gegenüber ehrlich zu sein.

„Ich habe gerade erst eine … schwierige Beziehung hinter mich gebracht.“ Das war eine gewaltige Untertreibung, aber die Details brauchte er nicht zu wissen. „Wenn ich jemanden beauftrage, der das professionell macht, muss er während der Renovierung nicht hier wohnen. Ich bin nicht sicher, ob ich schon bereit bin, wieder ein Haus mit einem Mann zu teilen.“

Er presste die Lippen zusammen, aber er sah eher besorgt als verletzt oder wütend aus. „Deine Situation tut mir leid. Ich kann verstehen, dass es für dich schwer ist. Aber ich verspreche dir, dass ich auf meiner Seite des Flurs bleiben und dir so gut wie möglich aus dem Weg gehen werde. Bitte denke nicht, dass ich dich jemals respektlos behandeln würde. Dein Bruder war mein bester Freund.“ Seine Stimme brach bei diesen Worten ein wenig. „Ich habe ihm versprochen, dieses Haus in Ordnung zu bringen. Das Material ist gekauft. Es fehlt nur noch die Arbeit. Lass mich zu Ende bringen, was ich angefangen habe. Bitte!“

Sie konnte sehen, dass er das Gefühl hatte, es tun zu müssen. Und ihr wurde klar, dass sie nicht das Geld hatte, um jemand anderen für die Arbeit zu bezahlen, da Sebastians Bankkonten während des Nachlassverfahrens gesperrt waren. Wenn Garrett es nicht fertigstellte, würde sie noch mindestens einen Monat lang in einem halb fertigen Haus leben müssen.

„Zeige mir den Rest des Hauses“, sagte sie, immer noch unsicher, wie sie sich entscheiden sollte. Sie fasste sich ein Herz und ging auf ihn zu. Er trat sofort beiseite und ließ sie in den Flur gehen. Das sprach für ihn. Er verstand es, Abstand zu halten und den Weg zwischen ihr und dem Ausgang freizumachen. „Was ist hinter dieser Tür?“ Sie griff nach dem Knauf und öffnete sie.

„Das ist der Eingang zum Dachboden. Es ist ein großer Raum, der mit etwas Arbeit nutzbar sein könnte.“

Entschlossen, das Haus, das ihr nun gehörte, kennenzulernen, ging sie die schmale Treppe hinauf und trat auf den unfertigen Dielenboden. Garrett hatte recht. Der Dachboden war groß und hatte in jede Richtung ein Fenster, sodass es dort hell war. Sie ging auf das Fenster zu, das einen Blick auf den See bot.

„Warte.“ Starke Arme legten sich gerade in dem Moment um sie, als sie bemerkte, dass ihr Fuß im Nichts schwebte. Garrett atmete aus. Sein Atem war warm an ihrem Hals und seine Stimme grollte in seiner Brust, die an ihren Rücken gepresst war. „Die Dielen reichen noch nicht über die gesamte Breite des Dachbodens.“

Sie wäre fast ins Leere getreten. Wenn er sie nicht aufgehalten hätte, wäre sie verletzt worden – oder es hätte sie noch viel schlimmer erwischt. „Danke“, flüsterte sie, als er sie zurück zur Treppe führte. Sein Griff fühlte sich fest und sicher an, aber sie wusste, dass das eine Illusion sein musste. So etwas wie Sicherheit gab es nicht. Zumindest hatte sie es nie gefunden.

Ihr lange verschollener Bruder hatte gesagt, sie könne Garrett vertrauen, aber sie hatte Sebastian nicht einmal als Erwachsenen gekannt. Auf jeden Fall musste man sich Vertrauen verdienen. Sie würde es nie wieder einfach so jemandem schenken. Sobald Garrett sie losließ, eilte sie die Treppe hinunter, weg von ihm. Im Flur lehnte sie sich an die Wand und versuchte, ihren Atem zu beruhigen.

„Harley, es tut mir leid, wenn ich dich erschreckt habe.“ Garrett schloss die Dachbodentür. „Aber ich muss bleiben und das Haus für dich sicher machen. Wenn dir etwas zustößt, würde ich mir das nie verzeihen.“

Sie verstand, worauf er hinauswollte, aber sie war immer noch so unsicher. Sie brauchte Zeit. „Ich bin erschöpft. Lass mich eine Nacht darüber schlafen. Wie auch immer ich mich entscheide, ich werde dich nicht rauswerfen, bis du eine andere Unterkunft hast.“ Ihr gefiel der Gedanke nicht, mit ihm im Haus zu schlafen, auch nicht für ein oder zwei Nächte, aber sie sah keine Alternative.

„Einverstanden. Wir können morgen früh reden. Ich gehe jetzt nach draußen und arbeite an der Veranda, falls du mich brauchst.“ Er verschwand die Treppe hinunter ins Erdgeschoss.

Sie ging zum Fenster am Ende des Flurs und sah hinaus. Ihre Hand wanderte automatisch zu ihrem Bauch. „Das ist jetzt unser Zuhause, Baby“, murmelte sie und strich mit ihrer Hand über die kaum spürbare Wölbung. „Und egal, was ich dafür tun muss – ich schwöre, dass ich es für dich sicher machen werde.“ Ob das bedeutete, dass sie es noch eine Weile mit dem beunruhigend attraktiven Garrett Moore aushalten musste, konnte sie nicht sagen.

3

Garrett stand um sechs Uhr auf und trainierte. Als Harley wach war, stellte er die Wi-Fi-Verbindung im Arbeitszimmer wieder her, damit sie online gehen konnte. Er war fest entschlossen, alles zu tun, damit sie sich in ihrem neuen Zuhause wohlfühlte.

Er verstand, dass es für sie viel zu verkraften gab. Ihren Bruder zu finden, nur um ihn wieder zu verlieren, und ein halb renoviertes Haus zu erben, waren große Veränderungen und sie brauchte Unterstützung. Er wollte, dass sie verstand, dass er für sie da war. Sie wusste wahrscheinlich nicht, wie es bei den SEALs lief, aber da sie Sebastians Schwester war, gehörte sie zur SEAL-Familie. Das bedeutete, dass es Menschen gab, die auf ihrer Seite waren, ob sie nun wusste, was sie mit ihnen anfangen sollte oder nicht.

„Guten Morgen", sagte sie, als sie in das Arbeitszimmer kam. „Ich dachte, ich hätte dich hier drinnen gehört."

„Hey", erwiderte er. „Ich kümmere mich um das Problem mit der Elektrik, damit wir das Wi-Fi neu starten können. Du hast gesagt, dass du heute arbeiten musst."

„Ja, danke.“ Sie öffnete den Mund, als wollte sie noch mehr sagen, tat es aber nicht. Ihre Augen blickten zu ihm und dann wieder weg, weil sie offensichtlich nervös war. Er war daran gewöhnt, dass sich die Leute bei ihm wohlfühlten. Er hatte schon immer ein Händchen dafür gehabt, schnell eine Beziehung zu den Menschen, denen er begegnete, aufzubauen. Genau aus diesem Grund hatte er viele Freunde. Aber es war sehr schwierig, Harley für sich zu gewinnen.

„Kein Problem. Diese Steckdose ist funktionstüchtig.“ Er zeigte auf die Steckdose neben dem Schreibtisch. „Dort kannst du deinen Laptop einstecken. Das Modem ist in der Küche. Ich werde es wieder in Betrieb nehmen, also solltest du in ein paar Minuten einsatzbereit sein. Soll ich dir etwas zum Frühstück machen?“

„Nein, danke. Ich hole mir später etwas.“

Er war in Idaho aufgewachsen und hatte den Drang, ihr etwas zu essen zu machen. Essen hatte in seinem Elternhaus immer alle Probleme gelöst und Harley schien eine Menge Probleme zu haben, die gelöst werden mussten. Aber er zwang sich, in dieser Hinsicht keinen Druck auf sie auszuüben – zumindest noch nicht. Ihre Augen wirkten unruhig und sie war in seiner Nähe immer noch angespannt.

Eins nach dem anderen, erinnerte er sich, bevor er sich um das Wi-Fi kümmerte. Er startete das Netzwerk neu und überprüfte, ob es funktionierte, bevor er nach draußen ging, um die Dielen auf der Veranda auszutauschen. Er war erst eine Viertelstunde dort, als sie mit zusammengepressten Lippen zur Haustür kam.

„Tut mir leid“, sagte sie, „aber es hat geknallt und im Arbeitszimmer ist der Strom ausgefallen. Kannst du …“ Sie gestikulierte hinter sich.

Er ließ alles stehen und liegen und folgte ihr zurück ins Haus, wo er sofort den Duft von Kaffee wahrnahm. Noch bevor er das Arbeitszimmer erreichte, ahnte er, wo das Problem lag. Tatsächlich waren ihr Laptop und eine schicke, kleine Kaffeemaschine an dieselbe Steckdose angeschlossen. Er hatte ihr gesagt, dass die Steckdose nutzbar sei, aber er hätte ihr raten sollen, sie nicht zu überlasten.

„Du hast eine Sicherung ausgelöst“, sagte er und wischte sich mit der Hand über das Gesicht. „Die Stromversorgung in diesem Raum ist heikel und Kaffeemaschinen verbrauchen viel Strom.“

„Oh … das tut mir leid. Das wusste ich nicht.“ Sie überprüfte nervös die Uhrzeit auf ihrem Handy. „Ich schätze, ich könnte irgendwo anders hingehen, wo ich einen Internetzugang habe und Zoom nutzen kann. Gibt es in der Nähe eine Bibliothek oder ein Café mit Wi-Fi?“

„Sicher, aber ich kann das schnell reparieren. Du musst nirgendwohin gehen. Du solltest nur deinen Kaffee in der Küche zubereiten“, erklärte er. Um das Problem zu beheben, musste er einfach nur die Sicherung wieder einschalten und die Stromlast reduzieren.

„Das kann ich machen.“ Dann lächelte sie – ein echtes Lächeln und das erste, das er von ihr sah. Es verschlug ihm den Atem. „Ich bin süchtig nach Nespresso“, sagte sie. „Ich werde mir den ganzen Tag über immer wieder eine Tasse machen, aber ich kann sie mir auch aus der Küche holen. Danke! Ich … ich habe das Gefühl, dass ich dir noch mehr Arbeit mache.“

„Keine Sorge.“ Er ging in den Keller, um die Sicherung wieder einzuschalten, und kehrte dann ins Arbeitszimmer zurück. Sie hatte die Kaffeemaschine auf die Küchentheke gestellt und saß mit ihrem Laptop am Schreibtisch. Sie winkte kurz in seine Richtung, aber ihre Aufmerksamkeit war auf den Bildschirm gerichtet, wo jemand sprach, dem sie zuhörte.

Er machte sich wieder an die Arbeit auf der Veranda, bis sein Magen zu knurren begann. Vielleicht würde er einen der Bagels essen, die Mia ihm gestern aus der Bäckerei mitgebracht hatte. Er hatte bereits einen Proteinshake getrunken, aber das war Stunden her. Als er in der Küche ankam, fand er Harley bei ihrer Kaffeemaschine vor, während sie gerade eine weitere Tasse zubereitete. Es war kein normaler schwarzer Kaffee, wie er ihn trank. Ihr Kaffee war mit Schaum bedeckt. Sie zog die Tasse aus der Maschine und nahm einen Schluck.

„Das trinkst du also den ganzen Tag?“, fragte er, während er einen Bagel aufschnitt und in den Toaster schob. Kurz entschlossen legte er noch einen dazu.

„Oh ja. Es ist aber koffeinfreier Kaffee, damit ich nicht so unruhig werde.“

„Darüber habe ich mir keine Sorgen gemacht.“ Er konnte sehen, dass sie viel größere Probleme hatte. Sosehr er ihre Privatsphäre auch respektieren wollte – er konnte seinen Beschützerinstinkt nicht ignorieren. Da sie nicht mit ihrer Tasse in das Arbeitszimmer zurückkehrte, gab sie ihm vielleicht die Gelegenheit, freundlich zu sein. Er würde sie nutzen, denn er wollte nicht, dass sie sich in seiner Nähe unwohl fühlte. Er holte den Frischkäse aus dem Kühlschrank. „Möchtest du einen Bagel?“

„Vielleicht einen halben.“ Sie setzte sich mit ihrer Tasse in der Hand an den kleinen Küchentisch, während er den Frischkäse auf die getoasteten Bagels strich. Er legte sie auf einen Teller und stellte ihn zwischen sie, als er ihr gegenüber Platz nahm.

„Läuft die Arbeit gut?“, fragte er, weil er dachte, dass das eine harmlose Art sei, das Gespräch zu eröffnen.

„Ja. Die übliche Morgenbesprechung. Ich habe drei Projekte in verschiedenen Stadien, also werde ich den Rest des Tages damit verbringen, an ihnen zu arbeiten.“ Sie hatte ihm am Vortag erzählt, dass sie für einen akademischen Verlag tätig war, der sich auf wissenschaftliche Lehrbücher spezialisiert hatte. „Ich bin ein bisschen im Rückstand, aber ich werde ihn bald aufholen. Woran arbeitest du?“

„Immer noch an der vorderen Veranda. Wenn ich mich bald wieder daran mache, kann ich den Rest der Dielen noch vor Sonnenuntergang ersetzen und ein weiteres Projekt von der Liste streichen."

„Es scheint eine lange Liste zu sein." Sie nahm eine Bagelhälfte in die Hand und biss hinein.

„Ja. Sebastian und ich haben uns eine Menge vorgenommen. Jetzt, da ich allein bin, bin ich …" Nach Sebastians Tod war alles aus den Fugen geraten. Das Hausprojekt war allein schwerer zu bewältigen, aber er würde es schaffen. Was ihn mehr beunruhigte, war die Frage, wie die Mission so schieflaufen konnte. Nicht, dass er Harley gegenüber etwas über die Mission sagen würde. Er konnte nichts tun, außer Jonathan zu unterstützen, der in der Pflicht war, zu erklären, was passiert war.

„Jetzt ist alles anders. Das tut mir leid." Sie hatte Mitleid mit ihm, obwohl ihr Bruder gestorben war. „Wegen gestern …", fuhr sie fort. „Ich will nicht undankbar sein für alles, was du getan hast, aber ich … ich brauche im Moment einfach mehr Kontrolle über mein Leben. Deshalb denke ich, dass es das Beste wäre, wenn du …"

„Hallo?", rief eine Stimme an der Haustür. Patrick. „Ist jemand zu Hause?"

„In der Küche!", erwiderte Garrett. Er wollte das Gespräch mit Harley zu Ende führen und seine Zusage bekräftigen, die Renovierungsarbeiten fertigzustellen. Sie brauchte nicht die Unannehmlichkeiten und Kosten auf sich zu nehmen, jemand anderen damit zu beauftragen. Er konnte alle Projekte abschließen, bevor er zum Stützpunkt zurückkehren musste.

„Hallo." Imogen betrat, gefolgt von Patrick, den Raum. Beide hielten Einkaufstüten in ihren Armen. „Wir dachten uns, dass Garrett nicht viel zu essen hat. Nicht genug für zwei." Sie warf einen Blick auf die Bagels. „Das ist schon einmal ein Anfang, aber wir haben noch ein paar andere Sachen mitgebracht. Ich bin Imogen und das ist mein

Mann Patrick. Wir sind eure Nachbarn." Sie gestikulierte in Richtung ihres Grundstücks.

Harley stand auf und schüttelte den beiden die Hand. „Freut mich, euch kennenzulernen."

Garrett bemerkte, dass Harley mit Imogen, die einer der nettesten Menschen war, die es gab, Augenkontakt hielt, aber Patrick kaum ansah.

„Das mit deinem Bruder tut mir leid", sagte Patrick. „Er war einer der besten Männer, die ich je gekannt habe. Das meine ich ernst. Er hat immer allen geholfen. Eines Abends hat er sogar spontan auf unsere Kinder aufgepasst, als unsere Babysitterin ausfiel und wir zu einer Hochzeit mussten. Unser Sohn war noch ein Baby und hat durchgeschlafen, aber unsere Tochter ist manchmal sehr anstrengend." Patrick grinste. Auch wenn er so über Ellery sprach, war das Mädchen, das inzwischen die dritte Klasse besuchte, die Freude seines Lebens.

„Wo sind die Kinder?", fragte Garrett.

„Sie spielen bei Freunden. Wir sind auf dem Weg, sie abzuholen, aber vorher wollten wir noch vorbeikommen und Hallo sagen", erklärte Imogen. „Das mit Sebastian tut uns wirklich leid. Worte können nicht ausdrücken, was er uns allen bedeutet hat."

„Danke. Ich wünschte, ich hätte ihn als Erwachsenen gekannt", sagte Harley mit leiser Stimme.

Die warmherzige Imogen umarmte Harley. „Wir alle wünschten, er wäre noch hier bei uns. Setze dich hin und iss deinen Bagel, während ich die Einkäufe wegräume. Dann lassen Patrick und ich euch in Ruhe."

Garrett half beim Auspacken der Tüten und war dankbar, dass seine Freunde daran gedacht hatten, mit Essen vorbeizukommen. Harley hatte eine Aufmunterung gebraucht. Sie war stark – das konnte er sehen –, aber er wollte, dass die Dinge für sie einfacher wurden. Der Besuch von Patrick und Imogen schien zu helfen. Er sah, wie Harley lächelte, als sie ihnen von der Veranda aus zum Abschied nachwinkte.

Die Sonne brachte die karamellfarbenen Strähnchen in ihrem dunklen Haar zum Vorschein und er war wieder einmal beeindruckt davon, wie hübsch sie war. Er spürte eine gewisse Anziehung und ignorierte sie. Sie hatten beide schon genug Probleme. Außerdem war sie die Schwester seines Freundes. Laut Bro-Code bedeutete das, dass sie tabu war. Und im Moment brauchte sie seine Freundschaft ohnehin mehr als alles andere.

Und seine Hilfe. Bevor ihre Besucher aufgetaucht waren, hatte sie ihm sagen wollen, dass er gehen sollte. Also hatte er sich ein logisches Argument zurechtgelegt, warum er bleiben musste.

„Harley, wir sollten einen Plan aufstellen, was zu tun ist, bevor ich wieder auf dem Stützpunkt sein muss.“

„Ich …“

„Lass mich nur die wichtigsten Projekte aufzählen“, fuhr er schnell fort. „Es gibt Dinge, die nicht warten können. Erstens gibt es Probleme mit der Elektrik, wie du heute Morgen gesehen hast. Dann will ich die Wände und Holzelemente im Wohnzimmer und im Esszimmer fertigstellen. Vielleicht schaffe ich es nicht mehr, die Räume zu streichen, aber ich kann zumindest die schweren Arbeiten erledigen. Ein paar Fenster schließen nicht richtig und ich will die Schlösser an den Außentüren austauschen.“

Vielleicht würde er auch eine Alarmanlage einbauen. Dazu waren er und Sebastian noch nicht gekommen, aber Garrett wollte, dass sie zumindest eine Sicherheitskamera an der Haustür hatte, wenn sie allein hier lebte.

„Ich würde auch gern mit dem Garten beginnen. Einige der Sträucher haben schon bessere Tage gesehen und ein paar Bäume müssen gestutzt werden. Und unten am Bootshaus …“

„Garrett, das kannst du unmöglich alles schaffen“, sagte sie. Sie hielt inne und sah genauso erschrocken darüber aus wie er, dass sie ihn unterbrochen hatte. Trotzdem sprach sie weiter. „Deshalb möchte ich, dass du in der Zeit, die du noch hast, Prioritäten setzt und nur das tust, was nötig ist, damit das Haus bewohnbar ist.“

Er zögerte und verarbeitete ihre Worte. Es schien, als würde sie ihn bleiben lassen, aber er wollte sichergehen, dass er sie nicht falsch verstand. „In der Küche klang es so, als wolltest du mir sagen, dass ich abhauen soll.“

„Das wollte ich auch“, gab sie zu, „aber … vielleicht habe ich mich geirrt.“ Sie strich eine Locke über ihre Schulter zurück. „Ich möchte, dass du bleibst und zu Ende bringst, was du kannst. Ich weiß, dass du nicht alles schaffen wirst.“ Sie warf einen Blick auf das Ende der Veranda, wo er an den Dielen gearbeitet hatte. „Sobald ich Zugriff auf Sebastians Konten habe, werde ich jemanden anheuern, der den Rest erledigt. Damit das klar ist … ich erwarte nicht, dass du zwischen deinen Einsätzen zurückkommst, um noch mehr Arbeit zu erledigen.“

„Das ist für mich in Ordnung“, stimmte er ihr zu. Ihm gefiel der Gedanke nicht, dass sie für Arbeit bezahlen wollte, die er gern umsonst gemacht hätte, aber er verstand, dass sie nicht darauf warten wollte, dass er vorbeikam, um die restlichen Projekte abzuschließen. Es war nicht so, dass er in der Lage wäre, hierzubleiben. Das hier war nicht seine Stadt. Sobald er das getan hatte, was Harley ihn tun ließ, würde er weiterziehen.

„Gut.“ Ihr Handy klingelte. Sie zog es aus der Tasche und tippte auf den Bildschirm, um den Anruf entgegenzunehmen.

„Du Schlampe!“, knurrte eine Männerstimme, die selbst aus der Ferne zu hören war. „Glaube nicht, dass du einfach so vor mir weglaufen kannst, Harley. Ich werde dich finden. Und wenn ich dich finde, werde ich dir wehtun. Ich werde …“

Harley legte auf. Ihre Finger zitterten sichtlich, als sie ihr Handy wegsteckte.

„Wer war das?“, verlangte Garrett zu wissen. Instinktiv suchte er ihre Umgebung nach Anzeichen von Gefahr ab, obwohl der Anrufer deutlich gemacht hatte, dass er nicht wusste, wo sie war.

Sie seufzte. „Mein baldiger Ex-Mann.“

Das war ihr Ehemann gewesen? Sebastian hatte gesagt, dass sie in einer Beziehung war, aber Garrett hatte nicht damit gerechnet, dass sie verheiratet war. Sie trug keinen Ehering. Aber warum sollte sie auch den Ring eines solchen Mannes tragen?

„Er weiß nicht, wo ich bin, also ist es okay.“

„Es ist nicht okay, dass jemand so mit dir redet. Niemals. Hat er dir schon einmal wehgetan?“, fragte Garrett, aber er kannte die Antwort bereits. Der Bluterguss an ihrer Schläfe war Beweis genug. „Das hat er, nicht wahr?“

„Das ist nicht dein Problem.“ Sie stellte sich aufrecht hin und straffte die Schultern.

„Hast du die Scheidung eingereicht? Hast du eine einstweilige Verfügung gegen ihn erwirkt?“ Rechtliche Maßnahmen waren bei Weitem kein garantierter Schutz, aber sie waren der erste Schritt, um sie offiziell von einer Beziehung zu befreien, die eindeutig missbräuchlich war.

„Noch nicht, aber das werde ich bald tun.“ Sie reckte ihr Kinn und er wurde daran erinnert, dass sie zäher war, als sie aussah.

„Es ist nicht sicher für dich, allein zu sein.“ Das war unbestreitbar. Eine Alarmanlage war ein Muss, aber das reichte ihm nicht. Er konnte die Drohung gegen sie nicht ignorieren – und er würde es auch nicht tun, wenn er es könnte. „Ich bleibe hier, bis ich überzeugt davon bin, dass du dich eingelebt hast und vor *ihm* sicher bist."

„Er weiß nicht, wo ich bin", wiederholte sie.

„Es ist nicht so schwer, Leute ausfindig zu machen. Ich möchte, dass du Verstärkung hast, falls er sich hier blicken lässt. Und du musst alles tun, was du kannst, um dafür zu sorgen, dass das Gesetz auf deiner Seite ist." Garrett wartete und gab ihr Zeit, seine Worte zu verarbeiten. Er würde auf dem Rasen kampieren, wenn sie ihn aus dem Haus haben wollte, aber er würde dafür sorgen, dass sie in Sicherheit war. Das war er Sebastian schuldig und er hatte das Gefühl, dass er es ihr schuldig war – auch wenn er sich nicht erklären konnte, warum. Vielleicht lag es an seiner Verbundenheit mit Sebastian, aber sie hatte etwas an sich – die Art und Weise, wie ihre braunen Augen seine trafen, die Art und Weise, wie sie äußerlich zerbrechlich wirkte, aber innerlich stark war.

Was auch immer es war, er ging nirgendwohin.

„Ich nehme an, du hast recht", gab sie schließlich nach. „Wenn er mich findet … Ich brauche wirklich Schutz." Es kostete sie sichtlich Überwindung, das zuzugeben, aber er war froh, dass sie es tat.

„Ich bin für dich da." Das war ein Versprechen, das er ihr geben konnte, zumindest im Moment.

4

Harley überprüfte ihr Handy und fürchtete sich vor neuen Nachrichten von Thomas. Sie hatte seine Nummer gesperrt, aber er war zu clever, um sich davon aufhalten zu lassen. Er würde nicht von einer Nummer anrufen, die sie kannte. Deshalb hatte sie vor ein paar Tagen auf der Veranda versehentlich seinen Anruf entgegengenommen und in der Folge widerwillig eines ihrer Geheimnisse preisgegeben.

Ein anderes Geheimnis verbarg sie weiterhin sorgfältig vor Garrett. Er brauchte nicht zu wissen, dass sie schwanger war. Es war noch zu früh, als dass man es sehen könnte, obwohl es nicht mehr lange dauern würde. Sie hatte die Drei-Monats-Marke überschritten. Hoffentlich wäre Garrett zu dem Zeitpunkt, an dem sich der Babybauch bemerkbar machte, schon wieder zurück auf seinem Stützpunkt und ihre Scheidung wäre im Gange. Bis dahin würde sie auf Eierschalen laufen und ständig über ihre Schulter sehen. Allein der Gedanke an Thomas machte sie nervös.

Sie atmete tief durch, um sich zu beruhigen. Aufregung war nicht gut für das Baby. Sie musste sich auf andere Dinge konzentrieren, wie ihre Arbeit und Entscheidungen über die Renovierung des Hauses.

Sie musste zum Beispiel etwas mit der Speisekammer machen. Sie betrachtete den kleinen Raum neben der Küche. Dort gab es zwar Regale, aber er war kaum breit genug, dass sie seitwärts hineinschlüpfen konnte. Das würde niemals ausreichen, wenn sie ein Kind großziehen wollte. Sie brauchte mehr Stauraum.

„Hast du eine andere Idee?", fragte Garrett, als er in die Küche kam und zum Kühlschrank ging, um eine Flasche Wasser zu holen.

„Vielleicht." Sie waren die Pläne durchgegangen, die Sebastian für das Haus gemacht hatte, und hatten sich überlegt, was Garrett noch schaffen konnte, bevor sein Urlaub endete. Sie hatte einige Änderungsvorschläge gemacht, zum Beispiel für den kleinen Raum neben dem Hauptschlafzimmer, der keinen Zweck zu haben schien. Garrett war der Meinung, dass er einen großartigen begehbaren Kleiderschrank abgeben würde, aber sie sah das anders und bat ihn, nur den Putz an den Wänden auszubessern. Für sie war es der perfekte Raum für ein Kinderzimmer. Er hatte ein Fenster, das nach Süden zeigte und viel Sonnenlicht abbekam, und er war gerade groß genug für ein Kinderbett, eine Kommode und einen Schaukelstuhl. Sie konnte sich vorstellen, ihn salbeigrün zu streichen und mit hübschen Holzmöbeln einzurichten. Um die dekorativen Details würde sie sich kümmern, wenn Garrett weg war.

„Bist du auf der Suche nach mehr Stauraum?", fragte er und lenkte ihre Aufmerksamkeit wieder auf die Speisekammer in der Küche.

„Ja. Denkst du, es ist möglich, die Bar zu entfernen?" Neben der Speisekammer befand sich ein Tresen, unter dem Platz für Wein war und über dem jemand ein Regal für Stielgläser angebracht hatte. „Könnte dieser Bereich anders genutzt werden, wenn wir das herausnehmen?" Sie gestikulierte, um Garrett zu zeigen, was sie meinte.

„Das sollte machbar sein." Er klopfte an die Wand, die die beiden Bereiche voneinander trennte. „Ich wüsste nicht, warum hier irgendwelche Rohre in der Wand sein sollten, also wäre es einfach, sie zu entfernen. Im Baumarkt gibt es sehr gute Ordnungssysteme für Küchen. Ich könnte so etwas einbauen und den Bereich mit Akkordeontüren versehen, damit man ihn nicht sieht. Etwa so."

Er griff um sie herum und zeigte ihr, wo die Türen hinkommen sollten. Seine Brust stieß gegen ihren Arm, sodass sie aufblickte. Sein Gesicht war so nah. Sie bemerkte einen flüchtigen Blick in seinen grünen Augen, der ihr sagte, dass er sich zu ihr hingezogen fühlte. Wollte er sie küssen? Ihr wurde heiß. Wollte sie, dass er es tat?

Wenn die Umstände anders gewesen wären, wenn sie ihn zu einem anderen Zeitpunkt getroffen hätte – ja.

Aber nicht jetzt. Sie war zu unruhig. So war das schon ihr Leben lang. Sie kam in eine scheinbar gute Situation, nur um dann wieder alles zu verlieren. Pflegefamilien, Wohngruppen, Wohnungen und dann Thomas. Zu oft hatte sie sich emotional gebunden, obwohl sie es besser wusste.

Sie trat einen Schritt zurück. Es war nicht klug, in Garretts Nähe solche Gedanken zu hegen. Er war nett, süß und verdammt sexy mit einem Werkzeuggürtel um seine schmalen Hüften, aber … nein.

„Das muss schwer für dich sein", sagte sie, um sich wieder darauf zu besinnen, warum sie vorübergehend mit diesem Mann ein Haus teilte. „Du und Sebastian habt Pläne gemacht, und jetzt …"

„Ich vermisse ihn jeden Tag." Garretts Stimme klang absolut aufrichtig. „Aber das war nie mein Haus. Er hat die Entscheidungen getroffen, genauso wie du es jetzt tust. Das ist dein Zuhause und ich möchte, dass du hier glücklich bist." Sie hatte es aufgegeben, Menschen zu glauben, besonders Männern, aber sie war versucht, bei ihm eine Ausnahme zu machen. „Wenn mein Plan für die Speisekammer gut klingt, dann komm und sieh dir an, was ich im Wohnzimmer erreicht habe."

Einen Moment lang dachte sie, er würde ihre Hand nehmen. Stattdessen bedeutete er ihr, vor ihm in das Wohnzimmer zu gehen. Sie stieß die Flügeltüren auf und ein Schwall von Lackdämpfen ließ sie würgen. Sie drehte sich schnell um, um dem Geruch zu entkommen, und prallte dabei gegen Garretts muskulöse Brust.

„Ich muss nach draußen." Sie stieß sich von ihm ab und stolperte zur Haustür. Sein Arm legte sich um ihre Taille und er führte sie hinaus an die frische Luft. Sekunden später saß sie mit dem Kopf zwischen den Knien auf der obersten Stufe der Veranda und Garretts große Hand rieb kreisförmig ihren Rücken, während sie gegen den Drang ankämpfte, sich zu übergeben. Bisher hatte sie noch keine morgendliche Übelkeit verspürt, aber dieser Geruch hatte etwas Schreckliches ausgelöst.

„Brauchst du Wasser? Oder einen Arzt?" Seine Stimme war ruhig, aber sie hörte einen Hauch von Nervosität heraus. Sie schüttelte den Kopf und machte die Augen zu. Langsam ließ die Übelkeit nach und sie konnte sich auf das Gefühl seiner Hand, die leichte Brise und das Zwitschern der Vögel in dem nahen Magnolienbaum konzentrieren.

„Mir geht es schon wieder gut", sagte sie und hob ihren Kopf. „Der Geruch war einfach zu viel."

„Das ist eine … ungewöhnliche Reaktion. Bist du immer so empfindlich bei Chemikalien?"

„Nein." Es widerstrebte ihr immer noch, ihm von ihrer Schwangerschaft zu erzählen, aber vielleicht sollte jemand in Hartsville darüber Bescheid wissen, falls es ein Problem gab. Und sie begann, Garrett zu vertrauen. Er war ein … Freund und Sebastian hatte ihm vertraut, also fühlte es sich sicher an. So sicher wie nur irgendetwas sein konnte. „Ich bin schwanger."

„Was?“ Er zog seine Hand schockiert zurück. „Mein Gott, Harley, das hättest du mir sagen müssen.“

„Warum? Ich meine, es ändert doch nichts an unserer Vereinbarung.“ Er würde in weniger als drei Wochen abreisen, um zum Stützpunkt zurückzukehren, und danach nicht mehr für sie verantwortlich sein.

„Doch, das tut es. Ich hatte gehofft, dass du dich noch vor meiner Abreise hier wohnlich einrichten kannst, aber das Haus wird bis dahin auf keinen Fall bereit für ein Baby sein. Und was ist, wenn es Verzögerungen bei der Suche nach einem Handwerker gibt? Ganz zu schweigen davon, dass du während der Renovierungsarbeiten hier wohnen wirst, obwohl du Schwierigkeiten mit Gerüchen hast.“ Sein Gesichtsausdruck war immer noch überrascht. „Wann kommt das Baby?“

„Ich bin in der vierzehnten Woche, also gerade im zweiten Trimester angekommen. Eine Schwangerschaft dauert vierzig Wochen.“

„Das ist mir bewusst. Ich habe zwölf Nichten und Neffen in Idaho.“

Jetzt war sie an der Reihe damit, schockiert zu sein. „Zwölf? Wie viele Geschwister hast du denn?“ Sie stellte sich eine Großfamilie vor und fragte sich, wie das wohl wäre.

„Drei ältere Schwestern. Ich kenne mich mit Babys und Kindern aus. Himmel, ich wünschte, du hättest mir gleich von dem Baby erzählt. Dann hätte ich die Prioritäten anders gesetzt.“

Sie zuckte mit den Schultern. Das Baby ging niemanden außer ihr selbst etwas an. Vor langer Zeit hatte sie gelernt, persönliche Informationen für sich zu behalten. Je mehr die Leute wussten, desto mehr konnten sie gegen einen verwenden.

Und das eine Mal, als sie gegen ihre eigenen Regeln verstoßen hatte, hatte sie einen hohen Preis dafür bezahlt. Das tat sie immer noch. Sie war bei Thomas eingezogen und hatte ihn schnell geheiratet, weil sie ihm vertraute – und aus Verzweiflung. Sie hatte ihren Job in dem Verlag verloren, in dem sie seit der Highschool gearbeitet hatte, als die Hälfte seiner Abteilungen ins Ausland verlegt worden war. Mit der Miete und den Raten für das Auto waren ihre Ersparnisse schnell aufgebraucht gewesen. Thomas schien damals die Antwort auf ihre Gebete zu sein, also hatte sie zum ersten Mal in ihrem Leben spontan etwas getan, ohne erst über die Konsequenzen nachzudenken.

Und wohin hatte sie das gebracht? Sie war schwanger und allein. Und sie lebte in Angst.

Aber sie hatte dieses Haus, das besser war, als sie jemals erwartet hätte. Trotz seines derzeitigen Zustands war es solide und würde wunderschön werden. Es könnte zu groß für sie und ein Kind sein, und sie vermutete, dass es klug wäre, es nach der Renovierung zu verkaufen oder zu vermieten, aber darum würde sie sich später kümmern. Sie hatte so viele Entscheidungen zu treffen.

Sie wünschte, sie hätte ihren Bruder noch. Der Schmerz, ihn nie wirklich gekannt zu haben, nagte an ihr. Wenn nur …

„Du kannst nicht ohne Unterstützung eine Schwangerschaft durchstehen", sagte Garrett. Er berührte sie nicht mehr, aber er blieb neben ihr auf der Treppe.

„Natürlich kann ich das. Frauen machen das ständig." Sie musste einen Arzt in der Gegend finden, aber sie hatte genug Zeit, um sich auf die Geburt und darauf, das Baby nach Hause zu bringen, vorzubereiten. Es würde nicht einfach werden, aber nichts in ihrem Leben war jemals einfach gewesen. Sie würde es schaffen. Es wäre nicht das erste Mal, dass sie eine schwierige Situation allein meisterte.

„Sebastian würde das nicht wollen." Garretts Stimme klang plötzlich weicher.

„Du bist nicht Sebastian. Und du bist nicht für mich verantwortlich", erwiderte sie, denn es schien, als müsste Garrett das hören. „Du bist mir nichts schuldig, verstanden?“ Sie kannte ihn nicht gut, aber er kam ihr vor wie jemand, der die Lasten anderer Menschen auf sich nahm. Sie wusste seine Ritterlichkeit zu schätzen, aber sie brauchte ihn nicht. Wenn er seine Pläne für das Haus zu Ende bringen würde, wäre das schon genug.

„Weiß dein Mann von dem Baby?“, fragte Garrett.

Sie schüttelte den Kopf und wollte gerade erklären, dass es so besser sei, als ihr Handy beim Empfang einer Textnachricht piepte. Sie holte es heraus und blickte auf den Startbildschirm. Die Nummer war nicht in ihren Kontakten gespeichert, aber es war Thomas. Die charmante, überzeugende Seite seiner Persönlichkeit. Es war, als wüsste er, dass sie in diesem Moment an ihn dachte.

Komm schon, Baby, stand in der Nachricht. *Gib uns noch eine Chance. Ich vermisse dich. Ich liebe dich.*

Sie drückte die Taste, um den Bildschirm zu verdunkeln, aber die Nachricht ließ sie trotzdem erschaudern. Ihr Magen, der sich endlich beruhigt hatte, rumorte wieder. Thomas hatte sie nie geliebt, und das tat er auch jetzt nicht. Es war einfach Teil seiner Routine. Wenn sie auf Drohungen nicht reagierte, versuchte er eine andere Taktik. So war es auch im direkten Kontakt mit ihm gewesen. Nachdem er sie geschlagen hatte, war er tagelang, manchmal sogar wochenlang, überaus süß und liebevoll gewesen. Gerade lange genug, um sie glauben zu lassen, dass es ihm wirklich leidtat und sie ihm wichtig war.

Wenn sie sich dann wieder sicher fühlte, kam er wütend von der Arbeit nach Hause und reagierte sich an ihr ab. Monatelang hatte sie von ihm weggewollt, aber sie war gefangen gewesen. Als sie geheiratet hatten, hatte sie den Fehler gemacht, ein gemeinsames Konto mit ihm zu eröffnen. Sie hatte nicht sofort bemerkt, dass er jede Woche ihren gesamten Gehaltsscheck abhob, sodass sie kein Geld mehr hatte, das sie ihr Eigen nennen konnte. Als sie ihn darauf angesprochen hatte, war er aggressiv geworden und hatte ihr gedroht. Ohne Geld und Familie hatte sie keine Möglichkeit gesehen, ihm zu entkommen, bis Sebastian sie kontaktiert hatte.

Auch wenn ihr Bruder nicht mehr da war, hatte er ihr die Möglichkeit gegeben, Thomas zu verlassen. Sie war frei. Daran musste sie sich immer wieder erinnern, denn sie wachte nachts auf und hatte Angst davor, was Thomas ihr und ihrem Baby antun würde, wenn er herausfand, wo sie war.

„Wenn er dich findet, sorge ich für deine Sicherheit“, sagte Garrett, als könnte er ihre Gedanken lesen. Er musste die Nachricht gesehen haben. Ein Teil von ihr war froh darüber, dass er da war und von dem Baby und Thomas wusste. Trotzdem konnte sie sich nicht an die Vorstellung gewöhnen, sich auf ihn zu verlassen. Das tat sie schon zu sehr in Bezug auf das Haus – und jetzt auch noch das.

„Ich kann auf mich selbst aufpassen.“ Sie war nicht immer gut darin gewesen, aber jetzt musste sie es sein. Ihr Baby hatte etwas Besseres verdient.

„Ich *werde* dich und dein Kind beschützen“, beharrte Garrett und sie beschloss, nicht mit ihm zu streiten.

Als sie aufstand, fühlte sie sich ruhiger. Er erhob sich ebenfalls, ohne sie zu berühren. „Danke.“

Sobald sie ins Haus zurückkehrte, ging sie in ihr Schlafzimmer, weil sie Zeit für sich brauchte. Ein Fenster war offen und sie stand eine Minute lang daneben, blickte auf den See und genoss die frische Luft. Das hier war ein guter Ort, um ihren Sohn oder ihre Tochter großzuziehen. Sie rieb sich mit der Hand über den Bauch, was sie in Garretts Gegenwart tunlichst vermieden hatte. Jetzt, da er von dem Baby wusste, musste sie nicht mehr so vorsichtig sein.

Trotz allem, was sie draußen zu ihm gesagt hatte, war sie froh darüber, dass er bei ihr war.

5

Garrett schlug mit einem Brecheisen gegen die Wand in der Küche und begann mit der Renovierung der Speisekammer. Der alte Putz musste entfernt werden, was immer jede Menge Dreck machte – aber auch befriedigend war. Ein bisschen Zerstörung war genau das, was er brauchte, denn er war nach Harleys Ankündigung vom Vortag immer noch geschockt.

Sie war schwanger. Er hatte sich schon vorher Sorgen um sie gemacht, aber jetzt war es zehnmal so schlimm. Wie sollte er auf eine Mission gehen, wenn er wusste, dass ihr Mann sie bedrohte und auch eine Gefahr für ihr Kind darstellte? Er hatte noch keine Befehle für seinen nächsten Einsatz erhalten, aber SEAL-Missionen waren in der Regel lang. Es könnte sein, dass er nicht zurück war, bevor das Baby geboren wurde.

Und was zum Teufel sollte sie allein in diesem großen, unfertigen Haus machen?

Er schlug erneut gegen die Wand und entfernte ein großes Stück Putz, sodass die Balken zum Vorschein kamen, aber zum Glück keine Rohre oder elektrischen Leitungen. Er machte weiter und sein Körper arbeitete so schnell wie sein Verstand. Er hatte Entscheidungen getroffen, als er ein SEAL geworden war. Er hatte sich entschieden, sein Liebesleben auf schnelle Affären zu beschränken, bei denen beide Parteien bald wieder auseinandergingen und niemand verletzt wurde, weil keiner mehr erwartete. Ein SEAL zu sein, kam für ihn an erster Stelle. Er war damit zufrieden, denn er wusste, dass es besser war, sich im Einsatz keine Sorgen um eine Familie zu Hause machen zu müssen.

Er hatte keine Ahnung, wie seine Freunde mit Ehefrauen das machten. Kenton, Anderson und Patrick bestanden darauf, dass es sich lohnte, eine Familie zu gründen, aber Garrett konnte das nicht nachvollziehen. Er hatte nicht einmal etwas mit Harley zu tun, nicht wirklich, aber er wollte ihr unbedingt helfen. Er wollte Sebastian stolz machen, indem er dafür sorgte, dass es ihr gut ging. Besser als gut. Sie musste wohlbehalten und in Sicherheit sein, genauso wie ihr Baby. Wie sollte er das mit seinem Job vereinbaren?

Sein Brecheisen prallte wieder gegen die Wand, woraufhin mehr Putz abbröckelte und zu seinen Füßen eine Staubwolke aufstieg.

„Das ist ein ganz schön großes Loch." Harley musste hereingekommen sein, während er gearbeitet hatte. „Ich …"

„Tritt zurück", sagte er, damit sie den Staub nicht einatmen musste. Er untersuchte den Bereich, den er bearbeitete. Alter Putz konnte unberechenbar sein. Risse zogen sich in alle Richtungen. Es würde nicht lange dauern, bis noch mehr von der Wand herunterkam.

„Sieht so aus, als ob du wirklich Platz machst. Das ist toll", sagte sie neben dem Küchentisch, den er mit Plastikfolie abgedeckt hatte.

„Die Speisekammer wird wahrscheinlich noch größer werden, als du wolltest." Putz und Staub rieselten immer noch herunter, aber er untersuchte das Loch. Irgendetwas stimmte hier nicht. Alte Häuser hatten ihre Eigenheiten. Daran gab es keinen Zweifel. Er und Sebastian hatten ein Bügelbrett in einer Wand in einem der Schlafzimmer gefunden, als sie oben den Putz entfernt hatten. Alte Zeitungen hatten unter den Dielen gesteckt und in einem der Blumenbeete hatten sie reihenweise Spielzeugsoldaten entdeckt. Irgendein Kind musste dort Krieg gespielt haben.

„Viel Platz für Babynahrung und Kindersnacks“, sagte sie.

„Stimmt.“ Die Küchen seiner Schwestern schienen von Keksen und Crackern überzulaufen, denn seine Nichten und Neffen hörten nie auf zu essen. Aber dieses Loch reichte tiefer, als er erwartet hatte. Vielleicht sollte er Patrick bitten, vorbeizukommen und seine Meinung dazu abzugeben.

„Ich bin wirklich froh, dass du dir Zeit für dieses Projekt genommen hast.“ Irgendetwas an ihrer Stimme war anders. Er drehte sich zu der Stelle um, an der sie stand. Ihre Fingerknöchel waren weiß, während sie sich an der Rückenlehne eines Küchenstuhls festhielt. War sie besorgt wegen der Entfernung der Wand? Oder …

Ihr Gesicht wurde blass und er erreichte sie mit vier langen Schritten. „Du musst dich setzen.“ Er zog einen Stuhl unter dem Tisch heraus und kniete sich dann vor sie. Sie sah nicht gut aus. Er hätte sich vielleicht nichts dabei gedacht, wenn er nicht gewusst hätte, dass sie schwanger war. Seine Schwestern würden ihm in den Hintern treten, wenn er behauptete, eine schwangere Frau sei ein zartes Pflänzchen, aber Babys konnten ihrer Mutter eine Menge Kraft rauben, während sie heranwuchsen, was dazu führen konnte, dass sie sich ausgelaugt fühlte. Außerdem gefielen ihm Harleys dunkle Augenringe nicht. Sie hatte in der Nacht wohl nicht gut geschlafen, was bei dem Stress, unter dem sie stand, nicht verwunderlich war.

Wie auf ein Stichwort erschien auf ihrem Handy-Bildschirm eine Textnachricht. Er las sie nicht, aber er hatte die gestrige Nachricht gesehen und wusste, was der Idiot vorhatte. Er hatte schon öfter

Typen erlebt, die innerhalb einer Sekunde von freundlich zu aggressiv werden konnten.

„Thomas?“, fragte er sanft.

„Er hat vorhin schon eine Sprachnachricht hinterlassen“, gab sie zu und ihre Haut wurde noch blasser, falls das überhaupt möglich war.

„Hat er dich beschimpft oder versucht, dich zu umwerben?“ Es ging Garrett wirklich nichts an, aber er hasste es, dass Thomas ihr das antat. Wenn er die Möglichkeit bekam, würde er dafür sorgen, dass der Widerling sie nie wieder belästigte.

„Das ist egal“, sagte sie achselzuckend. Sie schenkte ihm ein Lächeln, aber es war schwach und von Erschöpfung gezeichnet.

„Komm.“ Mit einer geschmeidigen Bewegung stand er auf und hob sie vom Stuhl in seine Arme. Sie brauchte ein Nickerchen und sah nicht so aus, als hätte sie die Kraft, die Treppe allein hochzusteigen.

„Lass mich herunter“, verlangte sie halbherzig, als er auf die Treppe zuging.

„Nein. Du siehst so müde aus, dass du umfallen könntest, und das kann ich nicht zulassen. Zeit für ein Nickerchen.“

„Ich mache kein Nickerchen“, sagte sie, während sie sich mit einem Gähnen an ihn schmiegte.

„Schwangere Frauen machen Nickerchen, habe ich mir sagen lassen.“ Seine zweitälteste Schwester behauptete, sie habe zwei ihrer Schwangerschaften verschlafen.

„Von deinen Schwestern?“, fragte sie.

„Ja.“

„Zwölf Kinder insgesamt“, murmelte sie. „Das ist beeindruckend.“

„Eher einschüchternd“, erwiderte er, als er sie in ihr Schlafzimmer trug und sie hinlegte. Er deckte sie mit einer Wolldecke zu, die am Fußende des Bettes zusammengefaltet war. Dann setzte er sich neben sie, obwohl er wusste, dass er gehen sollte. Er entschuldigte sein Verhalten damit, dass er sich nur vergewissern wollte, dass sie es bequem hatte, aber er konnte nicht widerstehen, einen Moment lang ihre Wange zu streicheln. Ihre Haut war weich und zart, und er merkte, dass er bei ihr bleiben wollte, bis sie einschlief.

Aber dazu hatte er kein Recht, also stand er auf und brachte etwas Abstand zwischen sie. „Ich fahre zum Baumarkt.“ Er musste ein paar Dinge besorgen. „Soll ich dir irgendetwas aus der Stadt mitbringen?“

„Nicht nötig. Danke“, murmelte sie mit halb geschlossenen Augen.

„Du bist besser noch hier, wenn ich zurückkomme.“ Bevor er ging, berührte er ein letztes Mal ihre Wange, aber sie schlief bereits.

Er war nur eine Stunde weg, weil er sie nicht länger als nötig allein lassen wollte. Als er zu ihr zurückkehrte, saß sie aufrecht im Bett und las ein Buch. Sie sah besser aus. Nicht ganz ausgeruht, aber besser.

„Hallo“, sagte sie und legte ihr Buch auf den Nachttisch.

„Hey.“ Er kam näher und zeigte ihr die Tüte, die er in der Hand hielt. „Ich habe ein paar Sachen für dich gekauft, als ich unterwegs war.“

„Oh? Was zum Beispiel?“

„Ingwer-Kaugummis.“ Er reichte ihr eine Packung. Dafür hatte er extra an der Drogerie anhalten müssen. „Meine Schwestern schwören, dass sie gegen die morgendliche Übelkeit helfen.“

„Gut zu wissen.“ Sie nahm sie an sich. „Das war sehr aufmerksam von dir.“

„Kein Problem. Ich habe dir auch ein paar Einrichtungsmagazine besorgt“, sagte er. „In dem einen geht es um Kinderzimmer und

Spielecken, in dem anderen um Häuser für Familien. Darin sind ein paar gute Ideen für Aufbewahrungsmöglichkeiten im Eingangsbereich.“ Er hatte im Laden mehrere Zeitschriften durchgeblättert, bis er welche gefunden hatte, von denen er dachte, dass sie ihr gefallen würden.

Sie lächelte, als sie die Zeitschriften von ihm entgegennahm. „Das hätte ich nicht erwartet …“

„Wenn du willst, kannst du die Fotos, die dir gefallen, markieren und ich werde sehen, was ich tun kann.“ Seine Zeit hier lief bald ab, aber er konnte sich nicht davon abhalten, ihr zu helfen. „Man weiß ja nie, vielleicht entdeckst du genau das Richtige für dieses Haus.“

„Das mache ich heute Abend.“ Mit den Zeitschriften in der Hand betrachtete sie ihn. Sie begegnete seinem Blick öfter als in den ersten Tagen, aber er war immer noch nicht sicher, was sie in ihm sah.

„Gut. Ich mache mich wieder an die Arbeit in der Küche. Ich muss den Rest der Wand abreißen und nachsehen, was wir haben.“

„Ich helfe dir.“ Sie warf die Decke zurück und stellte ihre Füße auf den Boden.

Er wollte ihr sagen, dass sie sich von dem Staub und der Unordnung fernhalten sollte, aber es war ihr Haus. Er würde einfach dafür sorgen, dass sie vorsichtig war. „Wenn du willst.“

Zurück in der Küche bestand er darauf, dass sie eine Schutzbrille aufsetzte und Handschuhe überzog, bevor sie das Brecheisen in die Hand nahm und neben dem Loch gegen die Wand schlug. Ein weiterer großer Riss erstreckte sich in alle Richtungen.

„Es löst sich“, sagte sie aufgeregt. Sie zielte ein zweites Mal auf die Wand und traf sie mit einem dumpfen Aufprall. Der Putz fiel in Kaskaden herunter. Garrett griff nach ihr und zog sie zu ihrer eigenen Sicherheit zurück, als noch mehr davon auf dem Boden landete.

Er hätte sie loslassen können, aber das tat er nicht, und sie machte auch keine Anstalten, sich von ihm zu entfernen. Es gefiel ihm, sie in seinen Armen zu halten. Er wollte nicht zu viel darüber nachdenken.

Was er tun musste, war, sich um die Trümmer zu kümmern. Als der Putz aufhörte zu fallen und der Staub sich lichtete, wagten sie sich näher heran. Er hatte schon vermutet, dass in diesem Bereich des Hauses etwas nicht stimmte. Es gab ein kleines Fenster an der Außenseite, das er im Inneren nicht finden konnte, aber mit so etwas hatte er nicht gerechnet.

Ein kleiner Raum, vielleicht eineinhalb mal zwei Meter, war abgetrennt worden. Er hatte eine gewölbte Decke, die ihm ein schickes Aussehen verlieh. Was war dieser Raum einst gewesen? Warum war er versiegelt worden? Und wie um alles in der Welt sollte Garrett sich bei seinem engen Zeitplan auch noch damit befassen?

„Verdammt", murmelte er. „Das ändert alles." Seine Pläne für die Vorratskammer waren jetzt völlig über den Haufen geworfen. Er würde doppelt so viel arbeiten müssen, um das zu bewältigen. „Vorsicht." Er legte seinen Arm um ihre Taille, als sie versuchte, sich dem Chaos zu nähern. „Ich muss das aufräumen. Ich will nicht, dass du dich verletzt."

„Ich will sehen, was da drinnen ist." Sie drängte nach vorn.

„Das ist nicht klug, solange ich mich nicht davon überzeugt habe, dass es sicher ist."

Sie drehte ihren Kopf und lächelte zu ihm hoch. „Entspann dich. Es ist eine Überraschung, keine Tragödie. Eine spannende Überraschung. Wie oft entdeckt man schon ein geheimes Zimmer? Das ist total cool."

„Es ist ein Rückschlag für deine Pläne." Auch für seine Pläne. Und die hatte er schon zu oft ändern müssen.

„Vielleicht, aber es ist schön, zur Abwechslung einmal einen aufregenden Rückschlag zu erleben“, sagte sie und erinnerte ihn daran, dass ihr Leben nicht gerade reich an guten Überraschungen gewesen war.

Vielleicht hatte sie also recht und es war ein glücklicher Zufall. Er versuchte, es aus ihrer Perspektive zu sehen.

„Der Eingang wurde zugemauert. Seltsam.“ Sie deutete auf eine Tür, die jemand mit Nägeln fixiert hatte, um dann die Wand zu bauen. „Kann man das noch retten?“

Er sah genauer hin. „Wahrscheinlich schon.“ Er zog ein paar verbliebene Putzstücke herunter und trat zwischen die Balken. Sie war ihm dicht auf den Fersen und begierig, alles zu erkunden. „Pass auf, wohin du trittst.“ Er nahm ihre Hand, als sie weiter in den Raum gingen. Er schob die alten Vorhänge am Fenster beiseite, um mehr Licht hereinzulassen. Eine Wand war mit einem Regal, einem kleinen Tisch und Stühlen in Kindergröße gesäumt.

„Das war ein Spielzimmer“, keuchte sie und ließ seine Hand los, um zu dem Regal zu eilen. „Jemand hat einfach alles hiergelassen und es verbarrikadiert. Aber warum nur? Oh, wow. Sieh dir dieses alte Monopoly-Spiel an … und das Teeservice.“ Bei den letzten Worten änderte sich ihre Stimme, während sie einen Korb aus dem Regal zog. Sie brachte ihn zum Tisch und nahm eine kleine blaue Teekanne mit passenden Tassen und Untertassen heraus. „Ich hatte nie …“

Sie verstummte, als sie begann, das Teeservice auf dem Tisch zu arrangieren, als würde sie eine Party veranstalten. Er verstand, was sie nicht gesagt hatte. Sie hatte als Kind nie ein Teeservice gehabt. Er hätte das nicht für wichtig gehalten, aber ihr bedeutete es offensichtlich viel.

„Setzt du dich zu mir?“, fragte sie und nahm auf einem der Stühle Platz. Er warf einen Blick auf den anderen. Kindermöbel würden ihn nicht aushalten, schon gar nicht ein Stuhl, der mehrere Jahrzehnte alt war. Aber er wollte sie nicht enttäuschen, also schob er den Stuhl beiseite und kniete sich neben dem Tisch auf den Boden.

„Reicht das?“

„Sehr gut. Tee?“ Sie goss imaginären Tee in seine Tasse und tat so, als würde sie Zucker hinzufügen. Als sie das Gleiche für sich getan hatte, hielt sie ihre Tasse an seine und stieß mit ihm an. „Auf glückliche Zufälle.“

„Du bist irgendwie erstaunlich“, sagte er.

Sie lachte. „Ich bin daran gewöhnt, aus den Zitronen, die mir das Leben gibt, Limonade zu machen. Das ist alles. Darauf bin ich stolz.“ Sie stellte ihre Tasse auf der Untertasse ab und sah sich um. „Ich rechne immer mit dem Schlimmsten und wenn sich eine Überraschung als gut herausstellt, ist das ein Grund zum Feiern. Alles in allem würde ich sagen, dass es ein guter Tag war. Ich danke dir dafür.“

„Mir? Was habe ich getan?“

„Du hast mich zu einem Nickerchen gezwungen, das ich dringend brauchte, und mir etwas Süßes und Zeitschriften mitgebracht. Danach hast du eine Wand in meinem Haus eingerissen und ein geheimes Zimmer freigelegt. Und der Tag ist noch nicht einmal zu Ende.“

„Jeder hätte gesehen, dass du dich ausruhen musstest, und die Zeitschriften waren keine große Sache.“

Sie hob ihre Tasse an die Lippen und tat so, als würde sie daraus trinken, bevor sie sprach. „Für mich schon. Ich habe in meinem Leben nur sehr wenige Geschenke bekommen.“

Das traf ihn mitten ins Herz. Er hatte eine wunderbare Familie und verdammt viel Glück. Daran erinnerte er sich nicht oft genug. „Harley, das tut mir leid.“

Sie winkte ab. „Thomas hat mir Geschenke gemacht, aber dazu gab es immer Entschuldigungen, die er nicht ernst meinte." Sie sagte nicht, wofür Thomas sich entschuldigen musste. Garrett konnte es sich denken. Der Kerl hatte sie verprügelt, sich dann schlecht gefühlt und irgendein Geschenk gekauft. Sie hatte ihm vielleicht sogar verziehen und gedacht, es sei das letzte Mal gewesen, aber dann war es wieder passiert. Es war ein Musterbeispiel für Missbrauch und sie war davon gezeichnet, aber noch lange nicht gebrochen.

„Das ist schön", sagte sie eine Minute später. „Du bist nett."

„Weil ich zu deiner Teeparty gekommen bin?" Er hatte wirklich nichts Besonderes für sie getan.

„Ja. Ich wollte schon immer eine Teeparty veranstalten." Sie fuhr mit ihrer Hand an der Kante des alten Tisches entlang. „Ich habe es in Kinderfilmen gesehen und gedacht, so fühlt sich Glück an."

„Du wirst noch viele Teepartys mit deinem Kind erleben." Vielleicht würde er sogar diesen Tisch und die Stühle reparieren. Sie waren zwar alt, aber er könnte sie stabil genug für Harley und ein Kind machen.

„Das werde ich", sagte sie. „Das ist ein schöner Gedanke."

„Und wer weiß … Wenn das Haus fertig ist, kannst du vielleicht eine Teeparty für Erwachsene veranstalten." Die Wiese hinter dem Haus, die zum Bootssteg hinunterführte, wäre der perfekte Ort für eine Feier im Freien.

Ihre Augen leuchteten auf. „Die Idee gefällt mir. Nicht, dass ich viele Leute in Hartsville kenne, die ich einladen könnte."

„Du wirst sie kennenlernen und es wird ihnen eine Ehre sein, zu kommen." Er beugte sich über den kleinen Tisch zu ihr.

„Was ist mit dir? Kommst du auch?", fragte sie und rückte näher an ihn heran.

„Wenn ich kann.“ Er konnte nicht garantieren, wo er in Zukunft wäre, aber falls er in den Vereinigten Staaten war, würde er hierherkommen.

„Ich nehme das als Versprechen, ob du es nun so gemeint hast oder nicht.“ Sie berührte mit ihren Fingerspitzen seine Wange und ihre Augen trafen seine.

Es gab Dutzende von Gründen, warum er sie nicht küssen sollte, aber in diesem Moment war keiner von ihnen schwerwiegend genug, um ihn davon abzuhalten. Er presste seine Lippen auf ihren Mund und wollte es kurz und sanft halten. Aber als ihr Atem stockte und sich ihre Lippen öffneten, vertiefte er den Kuss und genoss, wie ihre Zunge langsam über seine glitt. Er umfasste ihren Nacken und spürte, wie seidig sich ihr Haar in seiner Hand anfühlte. Er hätte für immer so bleiben können, aber sie zog sich nach einem Moment zurück.

Ihre Wangen waren rosig und ihre Augen wirkten benommen. Dann blinzelte sie und ein Kichern entrang sich ihrer Kehle. Es war das erste Mal, dass er so etwas von ihr hörte. Es ließ sie jünger erscheinen, als ob das Leben nicht so hart für sie gewesen wäre.

„Das war unerwartet“, flüsterte sie.

„War es das?“ Der Kuss hatte sich richtig angefühlt. Fast unvermeidlich. Aber wie konnte das sein? Garrett hatte nicht vor, hierzubleiben. Hier konnte und sollte nichts passieren. „Ich sollte wieder an die Arbeit gehen und das Chaos beseitigen.“ Er wippte auf seinen Fersen zurück.

„Ich helfe dir“, bot sie an.

Er schüttelte den Kopf. Sie brauchte nicht noch mehr Staub einzuatmen. „Ich schaffe das schon.“ Er stand auf und zog sie auf die Füße. „Geh nach draußen auf die Veranda und genieße die Sonne und die frische Luft.“ Er drückte ihre Hand ein letztes Mal, bevor er sich von ihr abwandte.

6

Garrett schob das Gemüse-Omelett auf einen Teller und stellte es vor Harley auf den Tisch.

Sie sah von dem Einrichtungsmagazin, in dem sie blätterte, auf. „Das musst du nicht tun", sagte sie lächelnd. „Ich kann mir mein Frühstück selbst machen."

„Meine kulinarischen Fähigkeiten sind begrenzt, also lass mich zeigen, was ich kann." Er hatte eine Stunde zuvor direkt nach dem Training etwas gegessen, aber er wollte sichergehen, dass sie nicht nur Kaffee zum Frühstück trank. Ihre Müdigkeit vom Vortag beunruhigte ihn, obwohl sie seit ihrer Reaktion auf den Geruch des Lacks nicht mehr von morgendlicher Übelkeit gesprochen hatte. Das wertete er zumindest als gutes Zeichen. Schließlich setzte er sich mit seiner Kaffeetasse ihr gegenüber an den Tisch.

Seit dem Kuss am Vortag war es überraschend harmonisch zwischen ihnen. Er war wieder an die Arbeit gegangen, um die Trümmer der Wand wegzuräumen, während sie sich frisch gemacht und ihren Laptop auf die Veranda gebracht hatte, um dort zu arbeiten. Sie hatten zusammen zu Abend gegessen und waren danach sogar zum See gegangen. Sie hatten sich nicht mehr geküsst, was auch gut so war, dachte er, aber sie fühlten sich … wohl miteinander. Das gefiel ihm. Er wollte kein Stressfaktor für sie sein.

Die ständigen Anrufe, die sie von Thomas erhielt, machten ihr zu schaffen. Am Vorabend hatte ihr Handy während des Spaziergangs mehrmals geklingelt. Sie hatte die Anrufe nicht entgegengenommen, aber er hatte gesehen, wie sich ihr Körper jedes Mal anspannte.

„Was ist dein Projekt für heute?“, fragte sie, nachdem sie ein paar Bissen von dem Omelett gegessen hatte.

„Das.“ Er gestikulierte in Richtung des Lochs in der Küche, das zum Spielzimmer führte. „Ich habe an einem Plan gearbeitet …“

Der Bildschirm ihres Handys blinkte, als ein Anruf einging. Anstatt ihn entgegenzunehmen, drehte sie das Handy um.

„Schon wieder Thomas?“, fragte Garrett.

„Wer sonst?“, murmelte sie. „Das sind fünf Anrufe in der letzten Stunde. Ich leite sie auf die Mailbox um.“

„Hast du dir eine der Sprachnachrichten angehört, die du gestern Abend bekommen hast?“ Er wollte nicht, dass sie die Mailbox abhörte, denn das war hart für sie, aber sie mussten Thomas im Auge behalten. Wenn der Mistkerl herausgefunden hatte, wo sie war, könnte er das in den Sprachnachrichten verraten. Dann wüsste Garrett, dass er noch mehr auf der Hut sein musste.

„Einige“, gab sie zu. „Es ist immer das Gleiche. Er bedroht mich und dann bittet er mich mit Schmeicheleien und falschen Versprechungen, zu ihm zurückzukommen. Ich bin nicht so dumm, darauf hereinzufallen.“

„Das tut mir so leid.“ Garrett hatte den Drang, sich für den Idioten zu entschuldigen, obwohl das Einzige, was sie gemeinsam hatten, ein Y-Chromosom war.

„Ich werde es überleben“, sagte sie seufzend. „Ich sehe das Positive daran. Es fühlt sich jedes Mal gut an, wenn ich eine dieser furchtbaren Nachrichten von meinem Handy lösche.“

Das konnte er verstehen. Trotzdem … „Speicherst du sie irgendwo?“

„Ich übertrage sie in einen Ordner auf meinem Laptop. Ich will sie mir nie wieder anhören, aber bevor ich Florida verließ, habe ich über eine dieser Soforthilfe-Hotlines mit einem Anwalt gesprochen, der mir riet, alle Beweise für die Belästigung aufzubewahren.“ Ihr Handy piepte beim Erhalt einer Textnachricht. Sie wirkte unschlüssig, bevor sie danach griff. „Es könnte jemand von der Arbeit sein.“ Sie drehte das Handy um und starrte es finster an. „Nein, Thomas.“

In Ordnung, genug war genug.

„Du musst etwas unternehmen“, sagte Garrett und bemühte sich, seine Stimme ruhig zu halten. Er wollte, dass sie die Scheidung und die einstweilige Verfügung in die Wege leitete, aber das lag nicht in seiner Hand. Er musste respektieren, dass sie diese Entscheidungen traf, auch wenn er es nicht erwarten konnte, voranzukommen. Je länger sie zögerte, desto schlimmer könnte die Situation werden.

„Ich weiß. Es ist nur …“ Sie wich seinem Blick aus.

„Was, Harley?“ Er milderte seinen Tonfall.

Sie schloss eine Sekunde lang die Augen. „Thomas ist furchtbar und ich werde mich von ihm scheiden lassen, aber … es tut trotzdem weh, etwas aufzugeben, von dem ich dachte, es wäre gut. Ich hatte nie jemand Besonderen in meinem Leben, nicht mehr, seit ich in die Pflegefamilien kam, und ich wollte eine richtige Bindung. Ich habe mir einfach den falschen Mann dafür ausgesucht.“

Sie musste Thomas geliebt haben, als sie ihn heiratete. Aus irgendeinem Grund beunruhigte das Garrett, aber er verstand, was sie meinte. Die Heirat musste ihr wie ein wahr gewordener Traum vorgekommen sein – ein Weg, nicht mehr allein auf der Welt zu sein. „Bald bekommst du das Baby", erinnerte er sie.

„Ja. Meine eigene kleine Familie." Eine Träne schimmerte in ihrem Auge, aber sie blinzelte sie weg. „Das ist ein schöner Gedanke." Kaum hatte sie die Worte ausgesprochen, piepte ihr Handy bei einer weiteren Nachricht.

„Ich verstehe, dass es schwer ist, das loszulassen, was du dir von dieser Beziehung erhofft hast", sagte Garrett. „Aber du hast diese Schikane nicht verdient. Meinst du nicht, dass es an der Zeit ist, dir einen Anwalt zu besorgen und die Scheidung einzureichen?"

Sie seufzte. „Glaubst du, Anthony Burke kennt sich auch mit Scheidungsrecht aus?"

Der Anwalt, der Sebastians Testament verlesen hatte, schien freundlich und verständnisvoll zu sein. Und die Aussicht darauf, mit jemandem zusammenzuarbeiten, den sie bereits kannte, könnte ihr dabei helfen, den Scheidungsprozess endlich in Angriff zu nehmen. „Lass uns ihn anrufen und fragen."

Sie hatte etwa die Hälfte des Omeletts aufgegessen und schob den Rest davon auf ihrem Teller hin und her. Garrett nahm es ihr nicht übel, dass ihr der Appetit vergangen war. Er konnte sich nicht einmal vorstellen, wie sie sich bei dem Gedanken daran fühlte, was sie alles tun musste, um Thomas endgültig loszuwerden.

Ihr Blick war auf ihren Teller gerichtet, als sie wieder sprach. „Ich will nur vor ihm in Sicherheit sein und mein Baby so großziehen, dass es sich immer geliebt und beschützt fühlt. Das ist doch nicht zu viel verlangt, oder?"

„Ganz und gar nicht. Das hast du verdient – und dein Baby auch. Hier hast du einen wunderschönen Ort dafür." Er warf einen Blick auf das riesige Loch in der Wand und fügte hinzu: „Abgesehen von ein paar weniger schönen Stellen."

Sie lächelte. „Es ist verrückt, aber die Entdeckung des geheimen Zimmers hat mir den Tag versüßt."

Das hatte ihm auch gefallen – und der Kuss, der darauf gefolgt war, sogar noch mehr. Garrett konnte vielleicht keine Wiederholung erwarten, aber er wollte ihr helfen, sich besser zu fühlen. „Hey, ich habe eine Idee. Warum fahren wir nicht zum Gartencenter und sehen nach, was es dort gibt? Du wolltest doch Blumen für den Vorgarten besorgen."

„Das würde ich gern tun." Ihr Gesicht hellte sich auf. „Ich habe in ein paar Minuten meine morgendliche Zoom-Besprechung. Können wir danach aufbrechen?"

„Sicher. Ich werde in der Küche arbeiten, bis du fertig bist." Nachdem sie ins Arbeitszimmer gegangen war, räumte er die Reste des Frühstücks weg und machte sich wieder an die Renovierung. Er musste ihr zustimmen. Das geheime Zimmer war ein unerwarteter Bonus, auch wenn es bedeutete, dass er seine Pläne für die Speisekammer überdenken musste. Als sie mit ihrer Zoom-Besprechung fertig war, hatte er bereits eine neue Skizze angefertigt und die zugemauerte Tür entfernt, um sie später weiterzuverwenden.

„Bist du bereit?", fragte Harley. Sie trug Sneaker, Leggings und einen rosafarbenen Pullover und sah bezaubernd aus. Konnte er ihr das sagen? Es lag ihm auf der Zunge, aber er überlegte es sich anders. „Lass mich nur noch den Staub wegwischen", sagte er stattdessen.

Nach einem Anruf in Burkes Kanzlei, um einen Termin für den nächsten Tag zu vereinbaren, machten sie sich auf den Weg zum *Mountain Vista Garden Center*. Da der Frühling erst kürzlich begonnen hatte, befanden sich die meisten Pflanzen noch in den Gewächshäusern, aber auf dem Außengelände des Gartencenters wuchsen robuste Sträucher und junge Bäume.

„Oh, sieh dir das an.“ Harley eilte zu einer perfekt geformten Blaufichte, die etwa zwei Meter hoch war. „Sie erinnert mich an Weihnachten. So eine hätte ich auch gern. Nicht heute, aber irgendwann einmal.“ Sie ging weiter und betastete einen Wacholder. „Er ist auch schön. Es gibt so viele Möglichkeiten. Wie soll ich mich nur entscheiden, wenn es Zeit für die Gartengestaltung ist?“

„Du hast bereits ein paar gute Sträucher um das Haus herum, aber andere sind alt und müssen ersetzt werden. Du solltest vielleicht jemanden vom Gartencenter damit beauftragen, dir bei der Erstellung eines Plans zu helfen.“ Garrett würde zu diesem Zeitpunkt nicht mehr hier sein, denn jede größere Investition würde warten müssen, bis sie Zugriff auf Sebastians Bankkonten hatte, aber es machte ihm Spaß, ihr beim Träumen zuzusehen. Dazu hatte sie in ihrem Leben noch nicht viel Gelegenheit gehabt.

Sie schlenderte weiter durch die jungen Bäume, blieb stehen, um die Schilder zu lesen, und machte sogar Fotos von einigen, die ihr gefielen.

„Okay. Ich bin bereit, mir die Blumen anzusehen“, sagte sie einige Minuten später.

„Hier entlang.“ Garrett war schon einmal mit Patrick und Imogen hier gewesen, daher wusste er, wie weitläufig die Gewächshäuser waren und dass die Kunden darin stöbern durften. Drinnen angekommen, schnappte er sich einen Einkaufswagen. „Ich gehe mit dir durch alle Gänge, damit du einen guten Überblick über das Angebot bekommst.“

„Ernsthaft?“, fragte sie. „Das ist nett von dir.“

Er hoffte, dass er in vielerlei Hinsicht nett zu ihr gewesen war. Aber wahrscheinlich war sie Freundlichkeit von Menschen nicht gewöhnt, vor allem nicht von Männern.

„Fangen wir mit den einjährigen Pflanzen an.“ Er ging auf die Reihen der Blumen zu, die gerade zu blühen begannen. Sie ging dicht neben ihm und stieß gelegentlich mit ihm zusammen, wenn sie sich bewegten. Fast so, als wären sie ein Paar, was ihm gefiel. Er mochte es auch, wenn sie ihre Begeisterung zeigte. Diese war in der letzten Woche immer mehr zum Vorschein gekommen. Manchmal wurde sie schnell wieder zurückhaltend, aber er sah immer mehr von ihrer Persönlichkeit.

„Das ist hübsch." Sie zeigte auf eine gelbe Blüte inmitten von Pflanzen, die noch grün waren.

„Löwenmäulchen", sagte er. „Sie brauchen viel Sonne, aber sie sind winterhart."

„Und du weißt das, weil …?" Sie neigte ihren Kopf zur Seite und musterte ihn.

„Meine Mutter liebt Blumen", sagte er achselzuckend. „Als Kind habe ich ihr geholfen, Blumenbeete anzulegen. Für das stundenlange Schleppen von Erde und das Umgraben des Bodens hat sie mich mit Keksen bezahlt."

„Und Umarmungen, wette ich."

„Ja. Damit auch." Über seine Kindheit konnte er sich nicht beklagen. Wenn überhaupt, dann war sie zu idyllisch gewesen. Das Einzige, was ihm gefehlt hatte, war ein Bruder, aber er hatte bei den SEALs Brüderlichkeit gefunden, besonders mit Sebastian. Bei dieser Erinnerung überkam ihn eine Welle von Trauer und Schuldgefühlen. Er wollte nicht daran denken. Nicht, während er versuchte, etwas Sonnenschein in Harleys Leben zu bringen. „Das sind Spinnenblumen." Er deutete auf die Pflanzen auf der anderen Seite des Ganges. „Sie werden etwa einen Meter hoch und sind unkontrollierbar. Außerdem vermehren sie sich von selbst. Wenn du sie einmal gepflanzt hast, kommen sie jedes Jahr wieder."

„Ist das etwas Schlechtes?" Sie runzelte die Stirn und betrachtete die kleinen Pflanzen.

„Das kann es sein.“ Er erinnerte sich an die rosafarbenen und weißen Blüten, die in alle Richtungen wucherten. „Meine Mutter hat einmal versucht, einen akkuraten Garten anzulegen, aber die Spinnenblumen haben diese Vision zerstört. Sie bleiben nicht in ordentlichen Reihen.“

„Was hat sie getan?“ Harley stand wieder dicht bei ihm und ihre Hände waren neben seinen Händen auf dem Einkaufswagen.

„Sie fand sich damit ab und behauptete einfach, es sei ein englischer Garten im Landhausstil.“

„Das war klug von ihr. Ich habe keine Ahnung, was für einen Garten ich haben will oder welche Blumen ich pflanzen soll. Ich hatte noch nie die Gelegenheit dazu. Nun … nur das eine Mal.“

„In einer Pflegefamilie?“ Er wollte mehr über sie erfahren.

„Ja, es war wirklich schön. Maude und Jim.“ Ihr Gesichtsausdruck wurde wehmütig und er dachte, sie würde sich wieder innerlich zurückziehen, aber als sie weitergingen, überraschte sie ihn, indem sie fortfuhr. „Ich war noch nicht lange verwaist, als ich zu ihnen zog. Bis dahin war ich nur vorübergehend in ein paar Heimen gewesen. Zu diesem Zeitpunkt glauben die Kinder immer noch, dass irgendwo die perfekte Familie auf sie wartet.“ Sie blieb stehen und betrachtete die zarte Blüte eines lila Stiefmütterchens.

Er wollte sie fragen, wann sie aufgehört hatte, daran zu glauben, aber er würde sie nicht unterbrechen, während sie so redselig war.

„Sie waren großartig. Beide waren kurz zuvor in den Ruhestand gegangen. Jim war bei der Navy gewesen, glaube ich, und Maude war Bibliothekarin gewesen. Sie hatte so viele Bücher. Ich habe es geliebt. Sie hatten nie eigene Kinder gehabt und wollten sich im Ruhestand um mich kümmern. Ich hatte mein eigenes Zimmer und Spielzeug, das nur mir gehörte. Und es gab einen großen Garten hinter dem Haus. Maude ließ mich beim Plätzchenbacken helfen und Jim brachte mir bei, wie man einen Ball richtig weit wirft.“

„Wie lange warst du bei ihnen?“ Das klang nach einem großartigen Ort für ein Kind, das mit dem Tod seiner Mutter und dem Schmerz über die Trennung von seinem Bruder zu kämpfen hatte.

„Vier oder fünf Monate, glaube ich. Im Sommer und im Herbst. Ich erinnere mich daran, dass es in der Schule schön war und ich mich wie die anderen Kinder fühlte, weil ich Eltern hatte, die sich um mich kümmerten. Dann hatte Maude einen Herzinfarkt und alles änderte sich. Jim konnte sich nicht um ein Kind und seine Frau kümmern, also kam ich in eine Wohngruppe.“

„Und dann?“ Seine Stimme war sanft, als sie nebeneinander her gingen.

„Andere Pflegefamilien oder Wohngruppen.“ Sie wandte den Blick ab, aber er glaubte nicht, dass sie die Pflanzen im Gewächshaus sah. „Irgendwann konnte ich mir nicht einmal mehr merken, wie viele es waren. Ich habe ständig die Schule gewechselt. Kaum hatte ich Freunde gefunden, musste ich sie wieder verlassen. Bis ich es aufgegeben habe.“

„Freundschaften?“ Was sie beschrieb, klang nach einer einsamen Kindheit. Er war von seiner Familie umgeben gewesen. Seine Schwestern und ihre gemeinsamen Freunde hatten das Haus mit Leben und Lärm erfüllt.

„Nicht nur Freundschaften, sondern alle Bindungen. Ich hatte nie Bindungen zu Menschen oder Gemeinschaften. Ich habe mich daran gewöhnt, auf mich allein gestellt zu sein.“ Mit steinerner Miene blieb sie stehen, während sich ihre Finger um den Einkaufswagen krümmten. „Thomas wollte auch nie, dass ich Freunde hatte. Er wollte nicht einmal, dass ich ohne ihn das Haus verließ. Ich hätte schon früher merken müssen, dass er mich absichtlich isolierte, aber ich war so sehr an das Alleinsein gewöhnt, dass ich es nicht als Warnzeichen wahrgenommen habe. Nachdem Sebastian mich kontaktiert hatte, hoffte ich …“

Er legte seine Hand auf ihre Finger. Tröstend, nicht kontrollierend. Er konnte erahnen, worauf sie gehofft hatte. Wenn Sebastian überlebt hätte, hätten sie eine neue Geschwisterbeziehung aufgebaut und sie wäre nicht mehr allein gewesen.

Sie schüttelte den Kopf. „Wie sind wir hier gelandet?“

„Neben den Stiefmütterchen?“, fragte er mit einem sanften Lächeln. Sie erwiderte es und stieß mit ihrer Schulter gegen seinen Arm, ein stiller Dank für den Themenwechsel.

„Das sind also Stiefmütterchen?“ Sie berührte die Blütenblätter. „Sie sehen süß aus.“

„Du könntest einige davon in Blumentöpfen auf die Veranda stellen“, schlug er vor. „Ihnen machen die kühlen Temperaturen, die wir nachts noch haben, nichts aus.“

„Dann sollte ich wohl ein paar kaufen.“ Sie wählte lila-gelbe Stiefmütterchen aus und stellte sie in den Einkaufswagen. „Was geht sonst noch?“

„Wie wäre es mit Ringelblumen?“ Er zeigte auf die leuchtend orangefarbenen und gelben Blumen vor ihnen.

„Sie sehen aus wie Gänseblümchen, aber mit mehr Blütenblättern“, murmelte sie und ging darauf zu. „Gänseblümchen kann sogar ich erkennen.“

„Ich habe nie behauptet, dass du das nicht kannst.“ Er half ihr, mehrere Pflanzen auszuwählen, die gesund und lebendig aussahen.

„Ich möchte auch Tomaten und Gurken anbauen“, sagte sie, als sie mit den Blumen fertig waren.

„Die sind ein Stück weiter.“ Er deutete auf das nächste Gewächshaus. „Aber für das meiste Gemüse ist es noch zu früh und du hast keine gute Stelle für ein Gemüsebeet. Im Garten hinter dem Haus ist es zu schattig."

„Siehst du, das habe ich gar nicht gewusst. Ich muss noch eine Menge lernen. Aber es gibt bestimmt genug sonnigen Boden für ein paar Pflanzen." Sie hatte die Gabe, trotz aller Widrigkeiten niemals die Hoffnung zu verlieren, was ihn immer wieder verblüffte. Die Teeparty gestern und ihre positive Einstellung jetzt …

„Vielleicht, aber du solltest bedenken, dass Gemüse viel Pflege braucht. Willst du im Spätsommer noch im Garten arbeiten?"

„Da könntest du recht haben." Sie blickte an sich hinunter. Ihre Schwangerschaft war noch nicht sichtbar, doch das würde sich bald ändern. „Aber wir können uns doch die Pflanzen ansehen, oder? Ich will nur einen Überblick bekommen. Du wirst nicht ewig da sein, um mir Tipps zu geben."

„Noch zwei Wochen", sagte er.

Sie blinzelte, als ob der Zeitrahmen sie überraschte. Das sollte nicht so sein, denn er hatte ihr von Anfang an gesagt, wann er weggehen würde. „Ich hatte vergessen, dass es schon so bald ist."

Bei ihren Worten fragte er sich, ob sie ihn vermissen würde. Er würde sie vermissen, erkannte er. Bevor er zum Stützpunkt zurückkehrte, wollte er noch einmal die Gelegenheit haben, sie zu küssen. Ihr Kuss an dem Kindertisch hatte ihm den Atem geraubt und ihn völlig aus dem Gleichgewicht gebracht. Er war nicht an einer ernsthaften Beziehung interessiert und nahm an, dass sie es auch nicht war, aber was wäre, wenn sie … *etwas* haben könnten?

7

Harley saß auf der obersten Stufe der Veranda und genoss die Morgenluft. Irgendwann würde sie sich Verandamöbel zulegen – eine Schaukel und vielleicht eine Bank oder Stühle aus Weidengeflecht –, aber im Moment reichte die Stufe völlig aus. Sie wurde zu ihrem Lieblingsplatz. Wenn sie eine Pause von der Arbeit machte, setzte sie sich oft dorthin.

Bis jetzt war es ein guter Tag gewesen. Garrett hatte sie zu ihrem Anwalt begleitet. Sie hatte damit begonnen, die Scheidungsunterlagen auszufüllen, und Mr. Burke hatte vorgeschlagen, eine einstweilige Verfügung zu erwirken, um sie zusätzlich zu schützen, falls Thomas herausfand, wo sie war. Harley hatte zugestimmt. Es fühlte sich gut an, etwas zu tun und ihr Leben wieder in die Hand zu nehmen. Sie wollte Thomas in ihrer Vergangenheit zurücklassen, während sie hier ihre Zukunft aufbaute. Sie warf einen Blick über ihre Schulter auf das Haus, das langsam zu dem Zuhause wurde, das sie sich immer gewünscht hatte. Das hatte sie nicht zuletzt Garrett zu verdanken. Sie würde ihn vermissen, wenn er wegging – seine Gesellschaft genauso wie den Eifer, mit dem er das Haus renovierte.

Aber sein Kuss … Sie konnte nicht aufhören, daran zu denken.

Sie warnte sich davor, sich an ihn zu binden. Er war nett und fürsorglich, und sie fühlte sich sicher bei ihm, aber er würde bald weg sein. Sie musste den Weg zurück zu ihrer Unabhängigkeit finden. Thomas hatte sie ihr genommen, also lag es an ihr, sie wiederzuerlangen. Sie konnte klein anfangen. Ein Ausflug in ein Café in der Innenstadt von Hartsville könnte genau das Richtige sein.

Sie ging hinein, holte ihre Handtasche und ließ Garrett wissen, dass sie unterwegs war. Er war gerade in der Küche dabei, mit dem Staubsauger den Eingang zu dem geheimen Zimmer, das zu einer großen Speisekammer werden sollte, zu säubern. Als er sie sah, hielt er inne, um den Daumen zu recken und sie anzulächeln.

In der Innenstadt fand sie schnell einen Parkplatz und betrat das Café.

„Hallo, willkommen im *Hart of Coffee Café*“, sagte eine junge Frau hinter dem Tresen.

„Danke.“ Harley sah sich die Speisekarte und die Vitrine mit dem Gebäck an, bevor sie ihre Bestellung aufgab.

„Ich habe Sie hier noch nie gesehen“, sagte die Barista, während sie Harleys Bestellung bearbeitete.

„Ich bin gerade erst in die Stadt gezogen“, erklärte Harley. Sie wollte nicht näher darauf eingehen, dass sie das Haus ihres Bruders geerbt hatte, also beließ sie es dabei.

„Dann heiße ich Sie gern noch einmal willkommen.“ Die Frau lächelte. „Wir sind eine freundliche Stadt.“

„Das ist bis jetzt auch meine Erfahrung.“ Jeder, den sie getroffen hatte, war angenehm gewesen.

„Sie sollten der Stadt in den sozialen Medien folgen. Oh, und der Bibliothek auch. Dort gibt es ein interessantes Programm.“

„Gute Idee. Ich muss Leute kennenlernen." Harley war nicht sicher, was sie dazu veranlasste, das zu einer Fremden zu sagen. Es war einfach so herausgekommen.

„Da drüben ist ein Schwarzes Brett." Die Barista deutete auf die hintere Wand. „Dort finden Sie alle möglichen Informationen über Veranstaltungen und dergleichen."

Nachdem sie ihren doppelten koffeinfreien Schokoladenmokka mit extra Schaum bekommen hatte, sah sich Harley das Schwarze Brett genauer an. Es gab Aushänge über Katzen und Hunde, die ein Zuhause brauchten. Das wäre vielleicht keine schlechte Idee für die Zukunft. Sie hatte noch nie ein Haustier gehabt. Andere Flyer boten Artikel zum Verkauf an und einige wiesen auf Gruppen hin, die offen für neue Mitglieder waren. Eine Buchhandlung organisierte einen monatlichen Buchclub und ein Handarbeitsladen empfing donnerstagabends Leute, die stricken oder häkeln lernen wollten.

Sie konnte sich vorstellen, das zu tun. Vielleicht könnte sie etwas für das Baby machen und ein paar Bekanntschaften schließen.

„Danke", sagte sie auf dem Weg nach draußen zu der Barista.

„Warten Sie. Wir haben für neue Kunden ein kleines Geschenk." Die Frau reichte ihr einen Becher, auf dem das Logo des Cafés aufgedruckt war. „Sie können ihn mitbringen, wenn Sie das nächste Mal vorbeikommen. Dann gibt es einen Rabatt auf Ihr Getränk."

Nachdem sie sich noch einmal bedankt hatte, ging Harley auf die Straße hinaus und nahm sich eine Minute Zeit, um die anderen Geschäfte in der Nähe zu betrachten. Sie würde bald ein paar neue Kleidungsstücke kaufen müssen und war froh, als sie eine Boutique entdeckte, die gut aussah. An einem anderen Tag würde sie wiederkommen.

Harley fuhr mit einem guten Gefühl nach Hause, weil sie wusste, wo sie im Leben stand. Sie hatte sich eine Beziehung zu ihrem Bruder gewünscht. Die würde sie nicht bekommen … aber selbst im Tod hatte er alles für sie verändert, indem er ihr das Haus und die Mittel verschafft hatte, Thomas zu verlassen. Sie war fest entschlossen, diese Chance zu nutzen.

Sie hatte harte Zeiten vor sich. Daran bestand kein Zweifel. Aber sie fühlte sich so stark und fähig wie schon lange nicht mehr. Sie würde eine Sache nach der anderen angehen, beschloss sie, während sie zurück zu ihrem Haus fuhr. Selbst diese Worte – ihr Haus – fühlten sich schon normal an.

Doch als sie drei Autos in der Einfahrt parken sah, die sie nicht kannte, erstarrte sie. Ihre erste Befürchtung war, dass Thomas sie gefunden hatte. Da er als Gebrauchtwagenverkäufer arbeitete, wechselte er häufig das Auto. Ihre Nerven beruhigten sich, als sie beim Blick auf die Kennzeichen feststellte, dass alle Fahrzeuge in South Carolina registriert waren.

Dann entdeckte sie drei Frauen auf der Veranda bei Garrett und erkannte eine von ihnen als Imogen, die zusammen mit ihrem Mann letzte Woche die Einkäufe gebracht hatte. Die anderen beiden waren Fremde. Als Harley aus ihrem Auto ausstieg, bemerkte sie Garretts beruhigendes Lächeln und Nicken. Da sie ihm vertraute, ging sie weiter, auch wenn sie in dieser Situation nervös war.

„Hallo!“, rief sie.

„Tut uns leid, dass wir einfach so auftauchen, aber wir wollten euch einen Willkommenskorb bringen“, antwortete Imogen und stellte dann Mia und Violet vor, die, wie Harley erfuhr, ebenfalls die Ehefrauen von SEALs aus Hartsville waren. Offenbar waren ihre Ehemänner schon seit ihrer Kindheit befreundet und dienten immer noch gemeinsam als SEALs. Sie kannten alle ihren Bruder, auch wenn er in einem anderen Team gewesen war.

„Kommt herein“, sagte Harley. Sie führte sie in das Wohnzimmer, das Garrett ein paar Tage zuvor fertiggestellt hatte. Er und Patrick hatten ein Sofa, einen Sessel und einen Couchtisch aus dem Lager geholt, sodass der Raum für ihre Gäste ausreichend eingerichtet war. „Ich habe nichts erwartet, aber danke.“

„Mach ihn ruhig auf“, sagte Mia, nachdem sie den Korb auf den Tisch gestellt hatte.

Harley entfernte die durchsichtige Folie und entdeckte eine Vielzahl von Geschenken: Küchenartikel wie Geschirrtücher und Kochutensilien, eine Duftkerze, einen kleinen Kunstdruck eines Bergpanoramas, das sie in der Nähe schon einmal gesehen hatte, Einmachgläser mit abgewogenen Zutaten für Kekse und ein paar Bücher. Eines war ein weiches Babybuch mit abgerundeten Ecken und einer Rassel, ein anderes ein Buch über Schwangerschaft.

„Garrett hat uns – oder besser gesagt Patrick – von dem Baby erzählt“, erklärte Imogen. „Ich hoffe, es macht dir nichts aus.“

„Nein, es ist in Ordnung.“ Sie hatte nicht gesagt, dass es ein Geheimnis war, und es war wahrscheinlich gut, dass die anderen von ihrer Schwangerschaft wussten. Sie fragte sich allerdings, was Garrett sonst noch über sie verraten hatte. „Das ist wirklich nett von euch.“

„Du bist jetzt Teil der SEAL-Familie. Wir kümmern uns um unsere Leute“, sagte Mia.

Harley wollte gerade Einspruch erheben, da sie und Garrett nicht in einer Beziehung waren, aber dann wurde ihr klar, dass Mia Sebastian gemeint hatte.

„Garrett war fleißig“, bemerkte Violet. „Als ich vor zwei Wochen hier war, war das Zimmer ein einziges Chaos. Unglaublich, wie er das hinbekommen hat.“

„Er lässt nicht nach“, stimmte Harley ihr zu. „Er versucht, so viel wie möglich zu erledigen, bevor er weggeht.“

„Er hat uns gesagt, dass es bald so weit ist“, erwiderte Imogen. „Wir möchten, dass du weißt, dass du nicht allein sein wirst. Du hast uns und wir haben alle Erfahrung mit Babys, also helfen wir dir gern.“

Harley wollte sich noch einmal bedanken, aber bevor sie das tun konnte, fingen sie an, sich über Schwangerschaften und seltsame Symptome zu unterhalten. Es war schön, mit anderen Frauen zu sprechen, und als sie gingen, fühlte sie sich in ihrer Nähe schon viel wohler. Sie nahm sogar eine Einladung zu einem Grillfest an und gab ihnen ihre Handynummer. Violet machte sofort mit einer Gruppennachricht den Anfang. Die selbstbewusste und zielgerichtete Herangehensweise der Frauen an eine Freundschaft war ein wenig verblüffend, aber sie war bereit, es zu versuchen. Bis jetzt war es ein guter Tag gewesen, der ihr Hoffnung gab, dass ihre Zukunft anders sein würde als ihre Vergangenheit.

Nachdem sie den Frauen von der Veranda aus nachgewinkt hatte, ging sie in die Küche, wo sie Garrett vorfand. Er hatte einen Pinsel in der Hand und strich die Wand mit einer sonnengelben Farbe, die Harley begeisterte. Sie war wunderschön, so fröhlich und hell.

„Sebastian hatte die Farbe schon vor unserer letzten Mission gekauft. Ich hätte wahrscheinlich fragen sollen, bevor ich anfing. Ich hoffe, sie ist für dich in Ordnung.“ Er wartete mit dem Pinsel über dem Eimer auf ihre Antwort.

„Ich liebe sie.“ Mit der frischen Farbe und den hellen Eichenschränken erstrahlte die Küche förmlich. Aber … Moment. Sie ging zurück ins Wohnzimmer und holte die Geschirrtücher und Topflappen aus dem Geschenkkorb. Sie waren mit gelben Blumen bestickt, die genau die Farbe der Wand hatten. Jemand hatte ihren Besucherinnen Insiderinformationen gegeben. Mit den Geschenken in der Hand ging sie zurück in die Küche.

„Stimmt etwas nicht?“, fragte Garrett.

„Du hast sie angerufen, nicht wahr? Dadurch wussten sie, was sie mitbringen mussten.“

„Als Imogen *mich* anrief“, sagte er, „habe ich ihr gesagt, dass die Küche gelb sein wird. Das war gestern Abend. Ich hatte keine Ahnung, dass die drei so schnell sein würden. Ist das okay für dich?“

Er klang nervös und sie zwang sich, tief einzuatmen und sich zu entspannen. Thomas war immer so verschlossen gewesen und hatte Gespräche geführt, die sie nicht mithören durfte. Das machte sie empfindlich für die Vorstellung, dass Menschen hinter ihrem Rücken über sie redeten. Aber Garretts Erklärung ergab Sinn – und was hatte es geschadet, den Frauen zu sagen, dass die Küche gelb sein würde? Sie liebte die Geschirrtücher und Topflappen, die sie ausgesucht hatten. „Ja, es ist okay.“

„Gut. Ich möchte, dass du hier zu Hause bist.“

„Ich fange an, mich so zu fühlen.“ Sie verzichtete darauf, *dank dir* hinzuzufügen, aber sie empfand so, während sie ihren Blick auf ihn gerichtet hielt. Die Wahrheit ihrer Worte erschreckte sie und machte sie gleichzeitig glücklich. Das Glück siegte über die Angst und die Unsicherheit, an die sie sich gewöhnt hatte, und das lag zum Teil an Garrett. Sie wollte, dass er das wusste, aber es fiel ihr schwer, es zu sagen. Sie hatte sich schon zu oft die Finger verbrannt.

„Dann habe ich dieses Ziel erreicht“, sagte er nach einer Pause, die so lange war, dass sie sich fragte, was er dachte. Er musste sich der Anziehung zwischen ihnen bewusst sein. Der Kuss im Spielzimmer hatte das bewiesen. Aber würde er diesen Gefühlen wieder nachgeben? Farbe tropfte von seinem Pinsel in den Eimer, was ihn in den Moment zurückzubringen schien. „Ich glaube, ich werde auch meine anderen Ziele erreichen. Von den Projekten auf meiner Liste sind immer mehr abgehakt.“

„Weil du so hart arbeitest. Ich wünschte, du würdest mich öfter helfen lassen.“ Sie hatte es versucht, aber er war vorsichtig damit, ihr zu viel zuzumuten. Seltsamerweise empfand sie es nicht so, als würde er sie bevormunden. Er passte einfach auf sie auf.

„Du musst dich um andere Dinge kümmern.“

Damit hatte er recht. Er hatte in vielem recht. In der Vergangenheit hatte sie Männer falsch eingeschätzt, aber sie war sicher, dass er ein guter Mann war. Sie trat einen Schritt näher an Garrett heran. Ein Funke sprang über und sie wusste, dass sie ihn küssen würde.

Er legte seinen Pinsel weg und kam auf sie zu. Als sie einander gegenüberstanden, hatte sie den flüchtigen Gedanken, dass es dieses Mal vielleicht funktionieren könnte, wenn sie einen Neuanfang wagte. Mit ihm. Sie war noch dabei, diesen Gedanken zu verarbeiten, als Garretts Arme ihre Taille umfassten und sie näher zu ihm zogen.

Dieser Kuss war anders als ihr erster, der langsam begonnen hatte. Dieser Kuss explodierte, sobald sich ihre Lippen trafen. Sie schlang ihre Arme um Garretts Hals und genoss den Körperkontakt, während er ihren Mund erforschte, als könnte er nicht genug von ihr bekommen. Sie verlor jegliches Zeitgefühl, bis er sich von ihren Lippen löste, um ihre Wangen und ihren Hals zu küssen. Es war himmlisch, sicher in seinen Armen gehalten zu werden, während die Leidenschaft zwischen ihnen aufflammte.

Ihre Finger wanderten zu seinen Schultern, wo sie seine Muskeln durch den dünnen Stoff seines T-Shirts spürte. Sie wollte es ihm ausziehen, ihn richtig erkunden und seine warme Haut berühren. Er drehte sich mit ihr, setzte sich auf einen Küchenstuhl und zog sie rittlings auf seinen Schoß. Alles fühlte sich unglaublich gut an … bis sich der Stuhl ein paar Zentimeter bewegte und Garrett den Kuss mit einem Fluch unterbrach.

„Was?“ Ihre Stimme klang verträumt. Sie fühlte sich verträumt.

„Die Farbe.“ Er wies mit dem Kinn zur Seite. Der Stuhl war gegen die Farbwanne gestoßen, sodass gelbe Spritzer auf dem alten Teppich gelandet waren. „Ich sollte sie besser aufwischen, bevor sie auf den Boden sickert.“

Er hob sie von seinem Schoß, dem einzigen Ort, an dem sie sein wollte, und setzte sie auf einem anderen Stuhl ab. Bevor er sich jedoch umdrehte, um die Farbe wegzuwischen, nahm er ihr Gesicht in seine Hände und strich mit seinen Daumen über ihre Wangen. „Ich will das später fortsetzen … aber nur, wenn du es auch willst.“

Ihr Herz machte einen Sprung, denn das, was er sagte, war absolut perfekt. Sie war in ihrem Leben schon zu oft machtlos gewesen. Garrett schien das zu verstehen und zu respektieren.

„Ich will es.“

Er schenkte ihr ein charmantes Grinsen und sie verliebte sich noch ein bisschen mehr in ihn.

8

„Leiste uns in der Küche Gesellschaft“, sagte Imogen und hakte sich bei Harley unter, als diese mit Garrett auf der Grillparty eintraf. „Garrett, die Männer sind im Garten und grillen das Fleisch.“

„Und trinken Bier“, fügte Violet hinzu.

„Nicht zu viel Bier, hoffe ich, schließlich sind sie für die Kinder zuständig“, ergänzte Mia. „Geh schon, Garrett. Matthew ist auch dabei. Er wird sich freuen, dich zu sehen.“ Sie nahm die Schüssel mit dem Obstsalat, die Garrett mitgebracht hatte, und scheuchte ihn weg.

Garrett warf Harley einen Blick zu. In seinen Augen war eine stumme Frage: *Ist das okay?*

Sie lächelte ihn an, auch wenn sie sich nicht hundertprozentig wohl damit fühlte. Die Frauen waren freundlich, aber sie hatte damit gerechnet, dass Garrett an ihrer Seite bleiben würde.

„Wir werden uns gut um sie kümmern“, versicherte ihm Imogen. „Versprochen.“

Harley warf einen Blick in das Wohnzimmer, als sie den Flur entlanggingen. Das Haus war nicht groß, aber sehr gepflegt und seine Bewohner schienen sich dort gut eingerichtet zu haben. Harley gefielen besonders die weißen Spitzenvorhänge und die bunten, wild zusammengewürfelten Kissen auf dem Sofa.

„Ich liebe es, zu nähen“, erklärte Imogen. „Patrick findet, dass wir zu viele Kissen haben, aber ich mache sie gern. Einige der Stoffe sind noch aus der Zeit, als seine Großmutter hier wohnte.“

„Das Haus ist also schon die ganze Zeit im Besitz seiner Familie?“ Ein Haus, das über Generationen hinweg weitergegeben wurde, stand komplett im Gegensatz zu den Erfahrungen, die Harley in ihrem Leben gemacht hatte.

„Seit fast hundert Jahren. Wir denken darüber nach, bald anzubauen.“

„Ach ja?“, fragte Mia mit schmalen Augen. „Gibt es dafür einen Grund?“

Imogen lächelte. „Wir werden ein weiteres Schlafzimmer und wahrscheinlich auch ein weiteres Badezimmer brauchen, wenn das Baby kommt.“ Ihre Ankündigung wurde von Mia und Violet mit Jubel quittiert. Mia zog alle zu einer Gruppenumarmung heran.

„Zwei weitere Babys zum Verwöhnen“, sagte Mia. „Wie reizend.“

„Nur zwei?“ Imogen warf Mia und Violet einen Blick zu.

„Wir versuchen es“, sagte Violet. „Ich wurde mit Nate schwanger, obwohl wir es *überhaupt nicht* versucht haben, aber dieses Mal geht es nicht so schnell.“

„Es wird passieren. Gib dem Ganzen einfach Zeit.“ Mia schlang einen Arm um Violets Taille.

„Was ist mit dir?“, fragte Violet. „Du und Kenton seid seit vier Monaten verheiratet, nicht wahr? Ist das zu früh?“

„Nicht für mich, aber du kennst ja Kenton.“ Mia verdrehte die Augen, aber sie lächelte dabei. „Er hat Tabellen, in denen steht, wann alles passieren soll.“ Sie lachte. „Aber ich arbeite daran, dass er die Termine vorverlegt. Ich habe ihm gesagt, dass ich seinen Lebensplan schon so durcheinandergebracht habe, dass er ihn genauso gut ganz vergessen kann.“

„Du bist gut für ihn“, sagte Imogen, als sie die Küche erreichten. „Er braucht ein bisschen Chaos in seinem Leben.“

„Das hat er mit mir und den Mädchen. Ich ziehe meine Zwillingsnichten auf“, erklärte Mia Harley. „Meine Schwester und mein Schwager sind bei einem Autounfall gestorben, und Emma und Ava gehören jetzt zu mir.“

„Das mit deiner Familie tut mir sehr leid, aber deine Nichten haben Glück, dass sie dich haben“, sagte Harley. Wie anders wäre ihr eigenes Leben verlaufen, wenn sie eine Tante oder Großeltern gehabt hätte, die sie bei sich aufnehmen hätten können.

„Ich habe Glück, dass ich sie habe“, erwiderte Mia. „Ich liebe sie über alles. Okay, was muss noch erledigt werden, bevor wir uns zu den Männern setzen?“

„Ich muss das Gemüse für den Salat fertig schneiden“, sagte Imogen. „Willst du die Kekse, die du mitgebracht hast, auf einem Tablett anrichten?“

„Schon dabei.“

„Violet, kannst du die Chips in die Schüsseln füllen und den Dip aus dem Kühlschrank holen?“

„Gern.“

„Was ist mit mir?“, fragte Harley. „Wie kann ich helfen?“

„Setze dich einfach hin und erzähle uns, wie die Renovierung des Hauses läuft. Patrick hat gesagt, dass ihr ein Zimmer entdeckt habt, von dem ihr nichts wusstet. Wie ist das passiert?"

Harley setzte sich auf den Stuhl, auf den Imogen zeigte, und erzählte die Geschichte über das Spielzimmer und die Gegenstände, die sie darin gefunden hatten. Den Kuss erwähnte sie nicht. Das waren kluge Frauen, die wahrscheinlich ahnten, dass zwischen ihr und Garrett etwas lief, aber es war ihr unangenehm, persönliche Informationen zu teilen. Es war einfacher, über das Teeservice und ihre Pläne für die Speisekammer zu sprechen. Sie stellten Fragen und ermutigten sie zum Weiterreden, wenn sie sonst schnell wieder geschwiegen hätte.

Es erstaunte sie, wie wohl sie sich bei diesen Frauen fühlte. Sie waren in ihrem Alter und glücklich darüber, in Hartsville zu leben. Je länger sie in der Stadt war, desto mehr dachte sie, dass auch sie hier glücklich sein könnte. Es war ein freundlicher Ort, an dem zwischenmenschliche Beziehungen und Familien wertgeschätzt wurden.

Das Gespräch drehte sich bald um die Kinder der anderen Frauen. Insgesamt hatten sie fünf. Harley konzentrierte sich darauf, sich ihre Namen und ihr Alter zu merken.

„Oje, Ava und Emma benutzen Garrett als Klettergerüst", sagte Mia, die aus dem Fenster in den Garten blickte. „Wir sollten den armen Mann retten. Meine Mädchen können unerbittlich sein und sie vergöttern ihn."

Harley ging zum Fenster und lächelte. Zwei bezaubernde Mädchen kletterten auf Garrett herum, während er lachte und spielerisch ihr Haar zerzauste. Der Anblick brachte etwas in ihr zum Schmelzen.

~

Garrett sah Gesichter im Küchenfenster, aber er konnte nur einen kurzen Blick darauf werfen, bevor Emma ihn wieder packte. Er hatte nichts dagegen, mit den Mädchen auf dem Boden herumzutoben. Er mochte es, mit den Kindern zu spielen und mit seinen Freunden Zeit zu verbringen, während die Burger gegrillt wurden. Er mochte sogar Patricks und Imogens riesigen Hund, Mr. Bubblesworth, der schwanzwedelnd um sie herumlief. In solchen Momenten wünschte er sich, näher bei seiner eigenen Familie zu leben. Immer, wenn er nach Idaho zurückkehrte, hatte er viel Spaß mit seinen Nichten und Neffen.

„Mädchen!“, rief Kenton. „Lasst Garrett aufstehen!“

„Lasst uns Haus spielen“, schlug Ellery vor und die jüngeren Kinder folgten ihr in das Häuschen, das Patrick für seine Tochter gebaut hatte.

Garrett stand auf und setzte sich neben Matthew an den Picknicktisch.

„Die Mädchen haben eine Menge Energie“, sagte sein Teamkamerad. Matthew wohnte bei Mia und Kenton, während er sich von seiner letzten Operation erholte und darauf wartete, wie es mit der Physiotherapie und der Rehabilitation weitergehen würde.

„Das haben sie wirklich“, stimmte Garrett ihm zu. „Haben sie dich auch auf Trab gehalten? Du siehst müde aus.“ Seine Stimme wurde leiser, um ihnen etwas mehr Privatsphäre für das Gespräch zu verschaffen. „Ist es deine Hand? Gab es irgendwelche neuen Probleme?“

Matthew zuckte mit den Schultern. „Nichts Neues – nur dieselben Schmerzen und dieselbe Steifheit. Aber es wird heilen.“ Weder Garrett noch Matthew waren davon überzeugt angesichts des Ausmaßes der Verbrennungen und Knochenbrüche, die er erlitten hatte. „Ich werde nicht aufgeben. Ich werde damit klarkommen und ins Team zurückkehren. Aber es ist hart, hier zu warten. Mir gefällt es in Hartsville, aber es ist nicht der Ort, an dem ich sein möchte.“

„Das verstehe ich.“ Garrett ging es genauso. Er hatte sich in der Kleinstadt eingelebt, aber sie war nicht sein Zuhause.

Schon bald würde er zum Stützpunkt zurückkehren und ganz andere Probleme haben. Ihm gefiel der Gedanke nicht, Harley allein zu lassen. Er redete sich ein, dass er einfach nur besorgt darüber war, dass Thomas sie finden und verletzen könnte, weil Sebastian gewollt hätte, dass er für ihre Sicherheit sorgte.

Nach den Küssen, die er und Harley in den letzten Tagen geteilt hatten, war das aber vielleicht nicht die ganze Wahrheit. Bis jetzt hatten sie es bei Küssen belassen, auch wenn er versucht war, mehr zu tun. Er wollte sie, aber er würde bald abreisen und sie war sehr zerbrechlich, was keine gute Kombination war.

„Hey, Leute, ich brauche einen Gefallen", sagte er.

„Alles", antwortete Anderson für die ganze Gruppe.

„Ich mache mir Sorgen um Harleys Sicherheit, wenn ich Hartsville verlasse."

„Hat sie noch mehr Drohungen von ihrem erbärmlichen Ex bekommen?", fragte Patrick. Garrett hatte sie alle über die Anrufe und Nachrichten informiert, die Harley ständig erhielt, und darüber, dass sie die Scheidung und eine einstweilige Verfügung anstrebte.

„Sie kommen immer wieder", sagte er. „Letzte Woche habe ich eine Kamera an der Haustür installiert, aber das reicht nicht. Sie braucht eine richtige Alarmanlage, und das ist nicht mein Fachgebiet."

„Ich habe einige Erfahrung damit und kenne ein paar Leute, an die ich mich wenden kann, wenn es nötig ist", bot Patrick an.

„Ich kann dir bei der Installation zur Hand gehen", sagte Matthew und hob seine unverletzte Hand. „Singular, nicht Plural." Matthews Humor war schwarz, aber alle grinsten.

„Das würde ich zu schätzen wissen." Garrett wusste, dass sie ihn nicht im Stich lassen würden.

„Wir können auch auf sie aufpassen, während du auf dem Stützpunkt bist“, bot Anderson an. „Ihr Ehemann weiß immer noch nicht, wo sie ist, richtig?“

„Bis jetzt. Und ich hoffe, dass es so bleibt, aber ich traue dem Ganzen nicht. Wenn er hinter ihr her ist …“ Garrett brauchte den Satz nicht zu beenden, denn sie wussten alle, dass es hässlich werden würde.

„Sie ist Sebastians Schwester, Kumpel. Wir halten ihr den Rücken frei“, sagte Kenton. „Und deinen auch, wenn du uns brauchst.“

In diesem Moment öffnete sich die Tür zur Küche und Harley folgte den anderen Frauen nach draußen. Garrett sah die Anspannung in ihrem Gesicht. Sie hatte sich an ihn gewöhnt, aber sie misstraute immer noch Fremden, insbesondere Männern. Von der versammelten Gruppe hatte sie bisher nur Patrick kennengelernt.

Garrett trat an ihre Seite. Er war versucht, ihre Hand zu nehmen, aber sie waren kein Paar, also begnügte er sich mit einer leichten Berührung ihres Arms, bevor er ihr Matthew, Anderson und Kenton vorstellte. Alle drei waren sehr charmant und brachten Harley schnell zum Lächeln.

„Okay, Leute, trommelt die Kinder zusammen und lasst uns essen!“, rief Imogen. Ein paar Minuten lang herrschte reges Treiben, aber bald saßen alle an einem Tisch und hatten zahlreiche Teller vor sich stehen.

„Wie läuft es?“, flüsterte Garrett, als er sich neben Harley setzte und ihr eine Flasche Wasser reichte.

„Gut. Alle sind so nett.“

Er hasste es, dass sie überrascht klang. Die Welt war nicht gut zu ihr gewesen, aber er konnte sich vorstellen, dass sich das hier in Hartsville ändern würde. Auch wenn er vielleicht nicht mehr hier sein würde, um es mit eigenen Augen zu sehen.

Der Gedanke, Hartsville zu verlassen, versetzte ihm einen Stich. Es widerstrebte ihm, wegzugehen – wegen Harley, aber auch weil er sich an das Gemeinschaftsgefühl hier gewöhnt hatte. Das hatte er als Kind gehabt und er hatte gar nicht gemerkt, wie sehr es ihm fehlte.

„Du wirst viele Freunde in Hartsville haben“, sagte er.

„Sieht so aus.“ Sie warf einen Blick auf die anderen Paare. „Es kommt mir fast unwirklich vor.“

Andersons und Violets Sohn machte sich gerade aus dem Staub und rannte durch den Garten, während sein Vater ihm hinterherlief. Anderson schnappte sich den Jungen und kitzelte ihn am Bauch, bis er vor Lachen kreischte.

„Es ist wirklich“, sagte Garrett und wandte sich wieder an Harley. „Du bist an einem guten Ort gelandet.“

Er erlaubte sich nicht, darüber nachzudenken, wie es sich anfühlen würde, diesen Ort – und sie – zu verlassen.

9

Garrett nahm ihre Hand, als sie an diesem Abend von der Party nach Hause gingen. Die Frühlingsluft war etwas kühl, aber ihre Finger fühlten sich warm in seinen an. Harley drückte sie und ließ ihn wissen, dass sie froh war, bei ihm zu sein.

„Hattest du Spaß?“, fragte er. „Es sah so aus, als hättest du Spaß.“

„Das hatte ich auch.“ Nach dem Essen hatten sie noch lange am Tisch gesessen und sich unterhalten. Sie hatte Patricks und Imogens Sohn im Arm gehalten, als er eingeschlafen war, was für sie der schönste Moment des Tages gewesen war. Sie konnte es kaum erwarten, ihr eigenes Kind zu halten. Sie hatte sich schon vorher auf das Baby gefreut, aber durch den Anblick der Familien sehnte sie sich noch mehr nach diesem Leben.

Sie würde es bekommen oder zumindest einen Teil davon. Sie und ihr Kind würden eine Familie sein. Sie warf Garrett einen Blick unter ihren Wimpern zu. Was wäre, wenn sie mehr mit ihm haben könnte? So sollte sie nicht denken, aber nach der Kostprobe eines anderen Lebens war es verlockend, zu träumen. Warum sollte sie sich dabei zurückhalten?

„Ich glaube nicht, dass ich schon einmal auf so einer Party war“, sagte sie nachdenklich. „Thomas nahm mich manchmal mit in den Club, in dem er als Türsteher arbeitete, aber dabei ging es immer nur darum, anzugeben und die anderen Kerle zu übertrumpfen.“ Sie hatte diese Abende gehasst. „Er wollte, dass ich mich auf eine bestimmte Art und Weise kleidete, frisierte und schminkte, damit ich wie die perfekte Ehefrau aussah.“

„Aber er hat dich mit niemandem sprechen lassen, richtig?“ Garrett war fast zu scharfsinnig.

„Nicht wirklich.“ Sie hatte diesen Fehler eines Abends gemacht und war in ein Gespräch mit einer Freundesgruppe geraten, die einen Geburtstag feierte – eine gemischte Gruppe aus Männern und Frauen. Gerade als sie angefangen hatte, sich bei ihnen wohlzufühlen, war Thomas dazugekommen und hatte verkündet, dass sie nach Hause fahren würden. Sie erschauderte, als sie sich daran erinnerte, was passiert war, sobald sie im Auto gesessen hatten.

Garrett musste ihre Reaktion spüren. Er blieb stehen, zog sie in eine sanfte Umarmung und ließ seine Hand über ihren Rücken gleiten, um sie zu beruhigen. Sie lehnte ihren Kopf an seine Schulter und fühlte sich in seinen Armen eher sicher als gefangen.

„Er hat dir wehgetan“, murmelte Garrett. „Ich hoffe, du weißt, dass ich das niemals tun werde.“ Er küsste ihr Haar, aber sie konnte nur nicken. Sie konnte ihre Gefühle nicht in Worte fassen – ihr Bedauern darüber, dass sie nicht erkannt hatte, wer Thomas wirklich war, und dass sie ihn nicht sofort verlassen hatte, als sie es schließlich wusste. Für Reue war es jetzt zu spät. Alles, was sie tun konnte, war, nach vorn zu blicken und bessere Entscheidungen zu treffen. Zum Beispiel die Entscheidung, mit Garrett zusammen zu sein.

Sie war froh darüber, dass sie jetzt selbstbestimmt handeln konnte. Dadurch fühlte sie sich jünger und hoffnungsvoller. Sie blickte zu

Garrett auf. „Danke, dass du mich heute zu dem Grillfest mitgenommen hast.“

Er grinste. „Als ob ich ohne dich dort hätte auftauchen können. Sie mögen dich, Harley. Und ich mag dich auch.“ Dann küsste er sie, aber er beendete den Kuss viel zu schnell.

„Ist das alles, was ich bekomme?“, neckte sie ihn. Es war eine Ewigkeit her, dass sie mit irgendjemandem geflirtet hatte. Es fühlte sich gut an.

„Bis wir zu Hause sind. Dann bekommst du alles, was du willst.“

Da war es wieder. Sie hatte die Wahl, und die war einfach. „Ich will dich.“ Sogar im Dämmerlicht sah sie sein Lächeln.

„Freut mich, das zu hören.“ Er legte seinen Arm um ihre Taille und brachte sie wieder in Bewegung. Als sie das Haus erreichten, liefen sie die Verandatreppe hinauf und er schloss schnell die Tür auf. Sobald sie drinnen waren, lagen sie sich wieder in den Armen.

Sie hatte ihre anderen Küsse genossen, aber jetzt wurde ihr klar, dass sie sich aus Angst zurückgehalten und einen Teil von sich geschützt hatte. Sie hörte damit auf und gab sich diesem Kuss hin – und Garrett.

Nach einer Ewigkeit oder auch nur ein paar Sekunden brach er den Kuss ab und lehnte seine Stirn an ihre. „Harley, ich muss wissen, ob du sicher bist, bevor wir nach oben gehen.“

„Ich bin sicher. Liebe mich, Garrett.“ Er sah sie lange an und in seinen Augen waren Gefühle, die sie nicht einmal benennen konnte. Noch bevor sie einen weiteren Atemzug machen konnte, lag sie in seinen Armen und er ging auf die Treppe zu.

In ihrem Schlafzimmer stellte er sie vorsichtig auf die Füße und zog ihr das Sweatshirt über den Kopf. Sie griff nach dem Saum ihres Tanktops, um die Barriere zwischen ihnen zu beseitigen, aber er nahm ihre Hände in seine.

„Bitte lass mich dich ausziehen. Ich will mir jede Sekunde einprägen." Seine Handflächen glitten unter ihr Tanktop und wanderten ihren Rücken hinauf, wobei sie langsam das Oberteil mitnahmen. Als er es ihr ausgezogen hatte, betrachtete er sie. „Du bist so schön, Harley. Das dachte ich schon, als ich dich zum ersten Mal sah."

„Wirklich?" Sie erinnerte sich an die Momente im Büro des Anwalts. Sie war zu nervös und aufgeregt gewesen, um viel von Garrett zu bemerken, außer seiner einschüchternden Größe.

„Ja." Seine Finger strichen zärtlich über ihren BH, bis ihre Brustwarzen hart wurden. „Ich hatte nur nicht erwartet …" Er musste den Satz nicht beenden. Keiner von ihnen hatte mit ihrer immer stärker werdenden Bindung gerechnet.

Sie nahm sein Gesicht in ihre Hände und küsste ihn, um ihm zu zeigen, dass keine Worte mehr nötig waren. Sie zogen einander langsam aus, während ihre Küsse inniger wurden. Als sie im Bett waren, legten sie sich auf die Seite und pressten ihre Körper eng aneinander. Seine Hand streichelte ihre Brust und fuhr an ihrer Seite hinunter.

Er stöhnte, als sie ihre Hand zwischen ihre Körper schob und seine Erektion streichelte. „Das ist so gut", murmelte er. Ihre Finger umfassten ihn. „Ich kann nicht. Noch nicht." Er ergriff ihre Hand, führte sie zu seinen Lippen und küsste sie, bevor er sie auf den Rücken rollte. Er bedeckte ihren Körper mit seinem, schwebte knapp über ihr und hielt ihren Blick. „Ich möchte, dass es für dich perfekt ist."

„Das ist es schon." Sie wölbte sich ihm entgegen und küsste ihn erneut. Sie liebte das Gefühl seiner Erektion an ihrem Bauch und die Wärme seiner Haut auf ihrer. Sie wollte ihn mehr, als sie jemals jemanden gewollt hatte, aber das langsame Tempo kam ihr entgegen.

Sie protestierte laut, als er den Kuss unterbrach – sie wollte den Kontakt zu ihm. Doch dann nahm er ihre Brustwarze in den Mund und saugte daran, und sie konnte nicht mehr sprechen. Er tat das Gleiche an ihrer anderen Brust, bevor er eine Spur von Küssen bis zu ihren Oberschenkeln und wieder zurück nach oben zog. Als seine Lippen auf ihre trafen, spreizten seine Hände ihre Beine und erkundeten die feuchte Hitze dort.

Er streichelte ihre empfindliche Knospe, während seine Zunge mit ihrer tanzte, bis die Gefühle sie überwältigten. Sie spreizte ihre Beine weiter und er ließ einen Finger in sie gleiten. In Kombination mit der übrigen Stimulation war es genau das, was sie brauchte, und ehe sie sich versah, erbebte sie vor Glückseligkeit. Er küsste sie weiter – lange, beruhigende Küsse –, aber sie waren noch lange nicht fertig.

„Ich will dich in mir spüren." Die Lust pulsierte immer noch in ihr und sie hob ihre Hüften, um sich an seiner Erektion zu reiben.

„Ich bin gleich wieder da, Süße." Er küsste ihre Stirn und stieg aus dem Bett. Sie stützte sich auf die Ellbogen und sah zu, wie er in sein Schlafzimmer auf der anderen Seite des Flurs ging. Das war ein Anblick, den sie niemals vergessen würde – sein knackiger Hintern und die langen, schlanken Muskeln an seinen Beinen und seinem Rücken. Als er zurückkam, stellte sie fest, dass die Vorderseite sogar noch besser war. Ein paar Narben erinnerten sie daran, dass er ein Kämpfer war, aber bei ihr war er einfach nur sanft und liebevoll.

Er riss die Verpackung des Kondoms auf und streifte es schnell über, bevor er sich wieder zu ihr aufs Bett setzte. Sie schlang ihre Beine um seine Hüften, um ihm zu zeigen, dass sie bereit für ihn war. Langsam drang er in sie ein, bis er ganz in ihr war.

„Okay?", flüsterte er. Als Antwort legte sie ihre Arme um ihn und zog ihn fest an sich.

Danach waren Worte nicht mehr wichtig, als sie sich zusammen bewegten und die Leidenschaft zwischen ihnen aufflammte. Sie war kurz davor, wieder zu kommen, als er ihre Klitoris berührte. Es genügte, um sie aufschreien zu lassen. Sekunden später fand sein kräftiger Körper ebenfalls zitternd Erlösung, während er immer wieder ihren Namen sagte.

Mit ihm zusammen zu sein, fühlte sich besser an als alles, was sie je erlebt hatte – nicht nur der Sex, sondern auch der ganze Rest. Als er das Bett verließ, um das Kondom zu entsorgen, vermisste sie ihn. Er war bald zurück, rutschte neben ihr ins Bett, schmiegte seinen Körper an ihren und küsste ihren Hals und ihre Schulter. Sicher und zufrieden schlief sie ein. Sie wusste nicht, wie lange sie geschlafen hatte, als Garretts Stimme sie weckte.

„Hast du Hunger?“, fragte er. Seine Handfläche lag auf ihrem Bauch. „Ich spüre, dass da drin etwas rumort.“ In diesem Moment knurrte ihr Magen laut. „Oder ist es das Baby?“

„Ich habe Hunger“, sagte sie. Es war noch zu früh, um die Bewegungen des Babys zu spüren. „Ich habe auf der Grillparty viel gegessen, aber ich scheine jede Menge Kalorien zu verbrennen. Das ist neu in dieser Woche.“ Die Schwangerschaft brachte ständig Veränderungen in ihrem Körper mit sich.

„Was möchtest du? Ich mache dir einen Snack und bringe ihn hoch.“ Er küsste ihre Schulter, bevor er aufstand und nach seiner Jeans griff.

Sie vermisste sofort seinen warmen Körper, aber sie *war* hungrig. „Ich komme mit. Du musst mich nicht bedienen.“

„Das will ich aber“, sagte er und ihre Blicke trafen sich. Er war ganz anders als die Menschen in ihrer Vergangenheit.

Sie wusste sein Angebot zu schätzen, aber sie stieg aus dem Bett und zog sich sein T-Shirt über. Es reichte ihr fast bis zu den Knien und erinnerte sie an seine Größe, die sie zuerst erschreckt hatte, aber jetzt wusste sie, dass sie nichts von ihm zu befürchten hatte. Er konnte gefährlich sein, das stand außer Frage, aber nicht für sie. Bei jeder ihrer Begegnungen war er fürsorglich gewesen und hatte ihr das Gefühl gegeben, sie zu beschützen.

„Das steht dir gut." Er grinste. „Komm her."

Sie ging bereitwillig zu ihm. Ihr Kuss dauerte an, bis er begann, den Saum des T-Shirts anzuheben. Sie schlug spielerisch seine Hände weg. „Vergiss nicht, dass ich Hunger habe."

„Ich verweigere einer schwangeren Frau doch nicht das Essen." Er nahm ihre Hand, als sie das Zimmer verließen. „Worauf hast du Appetit?"

„Erdnussbutter, was seltsam ist, weil ich kein großer Fan davon bin." Aber sie hatte festgestellt, dass sich ihr Geschmack geändert hatte.

In der Küche schnitten sie Äpfel und Sellerie in Stücke, um sie in die Erdnussbutter zu tauchen. Während sie aßen, schlug sie das Einrichtungsmagazin für Kinderzimmer auf, das er ihr mitgebracht hatte. Sie markierte ein paar Seiten und blätterte zurück, um sie sich noch einmal anzusehen. Imogen und Violet hatten ihr zahlreiche Vorschläge für die Gestaltung des Kinderzimmers gemacht, und sie wollte unbedingt etwas planen.

„Das gefällt mir." Sie drehte die Zeitschrift um und zeigte Garrett einen Einbauschrank mit einem Wickelbereich und mehreren kleinen Schubladen, die perfekt für die Aufbewahrung von Babykleidung waren.

Er betrachtete das Foto eine Weile. „Willst du immer noch den kleinen Raum neben deinem Schlafzimmer dafür nutzen?"

„Ich denke, er ist der perfekte Ort für ein Kinderzimmer." Es könnte ein schöner Raum sein und der Komfort war unschlagbar.

„Ich könnte das für dich bauen“, sagte er, „und ich würde es so bauen, dass man es in einen herkömmlichen Kleiderschrank umwandeln kann, wenn das Baby größer wird.“

„Das ist eine gute Idee, aber du hast keine Zeit mehr, bevor du weggehst.“ Das Datum seiner Abreise rückte immer näher, auch wenn sie sich mit dieser Tatsache nicht befassen wollte.

„Ich muss mich in etwas mehr als einer Woche auf dem Stützpunkt melden“, sagte er, „aber ich werde nicht nach Übersee geschickt.“

„Nicht?“, fragte sie hoffnungsvoll. Davon hatte er nichts erwähnt.

„Ich habe heute Morgen eine E-Mail mit Informationen über meinen neuen Auftrag erhalten. Ich soll Rekruten ausbilden.“ Er runzelte die Stirn.

„Willst du das nicht tun?“

„An sich ist es in Ordnung, aber hier geht es nicht um meine Fähigkeiten als Ausbilder. Ich muss auf amerikanischem Boden bleiben, weil die Ermittlungen zu meiner letzten Mission noch laufen. Sie wollen nur nicht zugeben, dass das der Grund ist.“

„Oh, tut mir leid …“

„Das muss es nicht“, sagte er schnell. „Das Gute daran ist, dass ich nur fünf Stunden von hier entfernt sein werde. Ich könnte an den Wochenenden herkommen und mit der Renovierung des Hauses weitermachen.“

„Und mit mir zusammen sein?“ Daran war sie viel mehr interessiert als an den Renovierungsarbeiten, die er vielleicht ausführen würde.

Er zögerte einen Moment, bevor er zugab: „Ja, das wäre ich gern.“ Er wurde wieder still. Irgendetwas ging in ihm vor.

„Im Ernst?“, fragte sie und war überrascht über sich selbst. Die alte

Harley hätte ihn nicht zu einer Bestätigung gedrängt. Sie hätte Angst davor gehabt. „Du klingst nicht sehr überzeugt.“

Er legte seine Finger auf ihre Hand, die auf dem Tisch ruhte, aber es dauerte eine Weile, bis er zu sprechen begann. „Meine letzte Mission…“ Er verstummte und sah weg. „Es tut mir leid, Harley, aber ich … Es ist meine Schuld, dass Sebastian gestorben ist.“

„Das kann nicht sein.“ Sie glaubte ihm nicht eine Sekunde lang. Während sie darauf wartete, dass er die Geschichte erzählte, drehte sie ihre Hand um und umschloss seine Finger in stiller Ermutigung.

„Er war wie ein Bruder für mich. Wir haben zusammen trainiert und gedient. Er war der beste Mann, den ich je gekannt habe, und ich bin stolz darauf, sein Teamkamerad und Freund gewesen zu sein. Es gibt niemanden, dem ich mehr vertraute, und ich glaube, er empfand genauso mir gegenüber.“ Er schluckte. „Und genau das hat ihn umgebracht.“

„Erzähle mir, was passiert ist.“ Sie wusste, dass Garrett auch auf jener Mission gewesen war, aber sie hatte nicht nach Details gefragt. Sie war noch nicht bereit gewesen, die Geschichte zu hören. Um ehrlich zu sein, war sie nicht sicher, ob sie *jetzt* bereit war, aber Garrett schien das Bedürfnis zu haben, darüber zu reden.

„Nun, ich kann dir nicht viele Details erzählen“, begann er. „Aber … Sebastian und ich waren mehr als vierundzwanzig Stunden auf den Beinen, um für eine geplante Razzia die Gegend auszukundschaften. Als wir zu unserem Team zurückkehrten und Bericht erstatteten, hatte es neue Informationen erhalten, die den Zeitrahmen vorverlegten. Ich wollte dabei sein, wenn wir ausrückten, auch wenn wir beide müde waren. Er wollte mich auf keinen Fall ohne ihn gehen lassen, also meldete er sich freiwillig, um auch dabei zu sein.“ Harley umklammerte Garrets Hand fester und gab ihm so viel Sicherheit, wie sie konnte. „Wenn er nicht dabei gewesen wäre, wäre er noch am Leben.

Er wäre für dich da und … und ich hätte nicht den Menschen verloren, der mir auf der Welt am nächsten stand."

Als sie den Schimmer von Tränen in seinen Augen sah, stand sie auf und ging zu ihm. Sie legte ihre Arme um ihn und ließ zu, dass er sein Gesicht in ihrer Schulter vergrub, so wie er es ihr zuvor erlaubt hatte, als sie auf der Suche nach Trost gewesen war.

Harley hatte gedacht, sie könne nichts für Garrett tun, aber sie sah, dass sie sich geirrt hatte. Seine Trauer war stark, vielleicht stärker als ihre eigene. Sie hatte Sebastian noch nicht sehr gut gekannt, deshalb galt ihre Trauer über seinen Verlust eher dem, was nicht sein konnte. Bei Garrett ging es um das, was gewesen war.

„Garrett", sagte sie und hob sein Kinn an, damit sie ihm in die Augen sehen konnte. „Du musst mir zuhören. Du darfst dir nicht die Schuld an Sebastians Tod geben. Du konntest nicht wissen, was an jenem Tag passieren würde. Sebastian war erwachsen und ein ausgebildeter SEAL. Er hat seine Entscheidung getroffen, genau wie du."

„Aber er hätte nicht …"

Sie legte ihre Finger auf seine Lippen. „Quäle dich nicht. Würde Sebastian wollen, dass du das tust? Ich kannte ihn nicht gut, aber ich glaube nicht, dass er das gewollt hätte." Der Mann, den sie durch E-Mails und jenen einen Zoom-Chat kennengelernt hatte, schien niemand zu sein, der einen Groll gegen die Menschen hegte, die er liebte.

„Das hätte er nicht", stimmte Garrett ihr zu, aber sie konnte sehen, dass er immer noch damit zu kämpfen hatte, also gab sie ihm einen sanften Kuss.

„Sollen wir wieder ins Bett gehen?" Sie war müde, aber sie wollte ihn in ihrer Nähe haben und in ihren Armen halten.

„Geh ruhig vor“, sagte er. „Ich räume hier auf und komme dann nach.“

Sie nickte und wusste, dass er Zeit für sich brauchte. In diesem Moment piepte ihr Handy beim Empfang einer Textnachricht.

Sie sah auf den Bildschirm und erschrak. Die Nachricht war von Thomas – und sie enthielt ein Foto von Sebastians Haus. Ihrem Zuhause. „Oh Gott, er hat mich gefunden.“ Weitere Nachrichten folgten und erinnerten sie daran, welche Macht Thomas über sie hatte.

„Wie kann das sein?“ Garrett war neben ihr aufgestanden und starrte auf den Bildschirm hinunter.

„Ich weiß es nicht. Ich war so vorsichtig – zumindest dachte ich das.“ Sie schluckte und versuchte, ihre Panik unter Kontrolle zu halten.

„Aber er ist nicht hier. Das Foto von dem Haus ist von Google Maps.“

„Richtig.“ Sie holte tief Luft. „Er hat zwei Jobs, also ist sein Terminplan sehr eng. Er kann nicht einfach ohne Vorankündigung verschwinden.“ Sie beruhigte sich selbst, aber sie hoffte, dass sie sich keine Illusionen machte. Würde Thomas seine Jobs riskieren, um sie zu verfolgen? Seine Arbeit war ihm wichtig, aber er konnte unberechenbar sein. Keiner wusste das besser als sie. Seine Stimmung konnte in Sekundenschnelle von liebevoll zu gewalttätig umschlagen. „Aber er wird kommen.“ Die Nachrichten machten das deutlich. „Vor dem Gesetz ist er immer noch mein Ehemann.“ Jeder Zweifel, den sie jemals daran gehabt hatte, Thomas entkommen zu können, kehrte zurück.

„Du hast die Scheidung eingereicht. Ihr seid offiziell getrennt. Er hat keine Macht mehr über dich.“ Garretts Stimme war ruhig, aber sie konnte ihre Angst nicht vertreiben. „Und ich habe heute Abend mit Patrick und Matthew geplant, hier eine ausgeklügelte Alarmanlage einzubauen. Sie wird dabei helfen, für deine Sicherheit zu sorgen.“

Sie wusste, dass er sie beschützen würde, wenn er könnte, aber er würde nicht immer in der Nähe sein. Er musste zu seinem Stützpunkt zurückkehren und selbst wenn er an den Wochenenden wiederkam, würde es lange Phasen ohne ihn geben. Sie wollte auf die Sicherheit vertrauen, die Garrett ihr bot, aber Thomas hatte jedes Gefühl von Sicherheit, das sie jemals gefunden hatte, zerstört. Und sie befürchtete, dass er es wieder tun würde.

10

„Das hier gefällt mir besser als das, was wir im letzten Geschäft gesehen haben“, sagte Matthew und zeigte auf eine der Alarmanlagen im Regal des Kaufhauses. „Ich habe ein bisschen recherchiert und mir die Informationen angesehen, die Patrick geschickt hat. Diese Anlage bietet hervorragende Videoqualität und kann so eingestellt werden, dass sie besser auf Bewegungen reagiert.“

Patrick hatte ihm gesagt, dass es am besten sei, die Komponenten einzeln zu kaufen und daraus selbst eine Alarmanlage zu bauen, anstatt eine Firma zu beauftragen, die sie vielleicht nicht sofort installieren könnte. Patrick hatte versprochen, ihm zu helfen und seine Kontakte zu nutzen, um sicherzustellen, dass alles reibungslos funktionierte.

„Genau das wollen wir“, stimmte Garrett ihm zu. „Ich will nicht, dass sich jemand an das Haus heranschleicht. Ich mache mir aber Sorgen wegen der Bäume im Garten. Werden sie die Sensoren stören, wenn es windig ist?“

„Ja, das könnten sie tatsächlich tun. Zumindest habe ich davon gelesen“, sagte Matthew. „Deshalb empfiehlt Patrick eine Anlage, die auch die Körperwärme erfasst. So etwas ist zwar teurer, aber das ist es wert."

„Mir ist völlig egal, was es kostet." Garrett warf einen Blick auf Harley, die weiter hinten im Gang stand. Sie war stehen geblieben, um sich die Babyfone anzusehen, was ihn auf eine Idee brachte. „Gibt es eine Möglichkeit, Babyfone in die Anlage zu integrieren?"

„Wahrscheinlich schon. Es könnte schwierig sein, alles über dieselbe App zu steuern, aber ich denke, es ist möglich." Matthew balancierte eine Schachtel mit Komponenten der Anlage, die sie sich ansahen, auf seiner unversehrten Hand, um die Spezifikationen genauer lesen zu können. Er schien sich an seine Verletzung zu gewöhnen, aber Garrett wusste, dass er nicht glücklich darüber war – genauso wenig wie über die Tatsache, dass seine Karriere auf dem Spiel stand.

„Wurde die Physiotherapie schon bewilligt?", fragte Garrett.

„Noch nicht", antwortete Matthew. „Angeblich ist es noch zu früh. Sie sagen, die Heilung müsse erst noch voranschreiten und so weiter. Es ist frustrierend, so lange zu warten. Du weißt, dass ich alles tue, was nötig ist – wenn sie mich nur anfangen lassen würden." Er war immer der Optimistische in ihrem Team gewesen. Der Erste, der einen Witz machte, um angespannte Situationen aufzulockern, oder der rief: „Ja, das schaffen wir!"

„Wenn du etwas brauchst, sag mir Bescheid." Garrett konnte nur hoffen, dass Matthew sich bei ihm melden würde. Er wollte, dass sein Kumpel wieder kampftüchtig wurde.

„Für mich sieht es so aus, als hättest du im Moment alle Hände voll zu tun." Matthew grinste ihn an.

Garrett konnte nicht umhin, wieder zu Harley zu blicken. Sie stellte eine Schachtel zurück ins Regal und griff nach einer zweiten. Er musste den Drang bekämpfen, zu ihr zu eilen und ihr zu helfen.

„Ich muss zugeben, dass ich das nicht kommen sah", sagte Matthew.

„Was?" Garrett drehte seinen Kopf zurück zu seinem Freund.

„Dass es dir bei einer Frau ernst ist. Bald wirst du auch Familienvater sein, obwohl du immer gesagt hast, dass du das nicht willst. Du warst mit dem Job verheiratet, erinnerst du dich? Ein paarmal dachte ich, wir müssten eine Zeremonie mit Blumen und Torte abhalten, so sehr hast du an der Navy gehangen."

„Ich bin immer noch fest entschlossen, ein SEAL zu sein", sagte Garrett. Das hatte sich nicht geändert. „Aber ja, ich habe das auch nicht kommen sehen."

„Und wie willst du das mit deinen Pflichten vereinbaren?", fragte Matthew. „Du musst doch für deinen nächsten Auftrag weggehen, oder?"

„Die Ausbildung findet auf dem Stützpunkt statt", erklärte Garrett. „Ich kann an den Wochenenden hin- und herpendeln, um bei Harley zu sein."

„Aber was ist, wenn du einen neuen Auftrag bekommst, der dich um die halbe Welt führt und bei dem du wochenlang nicht erreichbar bist?"

Das war ein Problem, für das Garrett keine Lösung hatte. Er hatte darüber nachgedacht, aber dann hatte er sich selbst in die Schranken gewiesen. Er wusste nicht einmal, was Harley wollte. Sie hatten bis tief in die Nacht geredet und wieder miteinander geschlafen. Aber obwohl sie angedeutet hatte, dass sie ihn in ihrer Nähe haben wollte, war sie auch vorsichtig. Das konnte er ihr nicht verdenken. Sie war ein gebranntes Kind und hatte immer noch mit den Nachwirkungen einer verheerenden Beziehung zu kämpfen.

„Ich weiß es noch nicht", gestand er. „Ich schätze, das Einzige, was ich weiß, ist, dass ich weggehen werde. Ich bin schließlich ein SEAL. Das ist meine Identität."

„Das geht mir genauso." Matthew verlor für einen Moment seine typisch gute Laune. „Ich wünschte nur, ich könnte den Genesungsprozess irgendwie beschleunigen …"

„Sag nicht, dass du noch härter arbeiten würdest, denn das könntest du wahrscheinlich gar nicht."

Matthew lächelte. „Stimmt. Ich treibe es so weit, wie es mir die Ärzte erlauben. Ich kehre in den aktiven Dienst zurück, was auch passiert."

„Verdammt richtig", sagte Garrett.

„Apropos, ich muss los – ich habe einen Termin bei einem der Ärzte auf dem Stützpunkt. Ich versuche, sie dazu zu bringen, mir wenigstens irgendeine Art von Training zu erlauben. Ich glaube, sie haben mich langsam satt, um ehrlich zu sein. Aber nimm ruhig diese Anlage – sie sieht gut aus. Ich komme so schnell wie möglich vorbei, um bei der Installation zu helfen." Matthew machte sich auf den Weg zum Ausgang und blieb kurz stehen, um sich von Harley zu verabschieden, die ihn anlächelte. Er war ein sympathischer Kerl, selbst wenn er verwundet war. Garrett war froh, dass es Leute gab, auf die Harley sich verlassen konnte und die vorerst in der Gegend bleiben würden. Jeder der SEALs würde sich um sie kümmern. Daran zweifelte er nicht.

Er musste jedoch mit ihr darüber reden, wie es mit ihnen weitergehen würde. Waren sie wirklich ein Paar? War sie bereit, die Freundin oder sogar die Ehefrau eines Militärangehörigen zu sein? Das war eine schwierige Rolle. Was er mit Harley hatte, fühlte sich überhaupt nicht unverbindlich an. Für ihn war es sehr intensiv und sehr real. Sie hatte in ihrem Leben schon einige schwere Schicksalsschläge einstecken müssen und er wollte derjenige sein, der ihr das Glück schenkte, das sie verdiente.

Sie kam auf ihn zu und sah zufrieden aus. Nicht mehr so, als würde sie die Last der Welt auf ihren Schultern tragen. Und, verdammt, sie war wunderschön.

„Bereit zum Kauf?“, fragte sie.

„Ich habe Patrick eine Textnachricht mit ein paar Fragen geschickt und warte auf eine Antwort von ihm. Wenn er sein Einverständnis gibt, komme ich zurück und hole, was wir brauchen.“ Er legte seinen Arm um ihre Taille, als sie zum Ausgang schlenderten. „Möchtest du noch etwas anderes, während wir in der Stadt sind?“

„Eiscreme“, sagte sie. „Ich brauche sofort einen Schokoladenmilchshake. Eine dieser lächerlichen Heißhunger-Attacken. Kennst du eine gute Eisdiele in der Gegend?“

„*Dairy Dock.*“ Er war schon einmal mit Patrick und dessen Kindern dort gewesen. „Sie ist die beste in der Gegend.“

Sie gingen zu seinem Truck und er fuhr zurück ins Stadtzentrum von Hartsville, wo sich die Eisdiele befand.

„Danke“, sagte sie aus heiterem Himmel, als er in eine Parklücke gefahren war. „Du bist so gut zu mir.“

Er hasste, wie überrascht sie klang. „Du musst mir nicht danken, Harley. Ich bin hier, um dich bei allem zu unterstützen, was du brauchst.“

„Mein Bruder wollte bestimmt nicht, dass du dich mit einer Schwangerschaft herumschlagen musst, als er dich bat, auf mich aufzupassen.“ Ein Teil ihrer Nervosität war wieder da.

„Ich hätte alles getan, um Sebastians Wunsch zu erfüllen, aber …“ Er nahm ihre Hand. „…ich bin mit dir zusammen, weil ich es will.“ Er wusste nicht, wie er mehr als das ausdrücken sollte, aber ihr Gesicht hellte sich auf und sie beugte sich näher zu ihm, um ihn zu küssen.

Der Kuss war kurz, aber er schien zu bestätigen, dass sie mit dem, was sie hatten, zufrieden war.

„Und jetzt Eiscreme.“ Sie wich zurück. „Ich bin am Verhungern.“

„Setze dich in die Sonne, während ich mich in die Schlange stelle“, bot er an.

Die warmen Temperaturen an diesem Tag hatten viele Menschen angelockt, die sich nach einer Abkühlung sehnten. Familien saßen an den Picknicktischen vor der Eisdiele und Harley fand einen in der Nähe der Straße, der noch nicht besetzt war. Einen Moment lang schloss sie die Augen und genoss das Gefühl der Sonne auf ihrem Gesicht.

Sie wunderte sich ein wenig. Wie konnte es sein, dass sie noch vor weniger als zwei Wochen Angst davor gehabt hatte, Garrett in ihrem Haus wohnen zu lassen, und jetzt so weit war, dass sie nicht wollte, dass er wieder ging? Früher hatte sie anderen Menschen zu leicht vertraut, aber jetzt, da sie eine Beziehung mit einem guten Mann hatte, wurde ihr klar, dass sie die Warnzeichen bei Thomas hätte erkennen müssen. Sein Charme war nie mehr als eine Fassade gewesen, die ihr den Kopf verdreht hatte. Garrett verstellte sich nicht. Er war genau das, was er zu sein schien. Er konnte nichts vortäuschen, nicht bei dem Freundeskreis, den er hatte. Sie hatte auch Vertrauen in das Urteilsvermögen seiner Freunde.

Sie seufzte so zufrieden, wie sie sich schon lange nicht mehr gefühlt hatte. Vielleicht sogar noch nie.

Plötzlich umklammerte eine Hand ihren Arm und riss sie aus ihrer Träumerei. Ihre Augenlider flogen auf und sie versuchte, sich loszureißen, aber der Griff wurde nur noch fester. Thomas‘ Gesicht war nur

Zentimeter von ihrem entfernt. Er saß so dicht neben ihr auf der Bank, dass es aussah, als hätte er sich zu einer alten Freundin gesellt.

„Ich habe dich gefunden“, sagte er spöttisch. „Du warst ein böses Mädchen, Harley, als du vor mir weggelaufen bist und dich mit diesem Typen eingelassen hast. Du kannst froh sein, dass ich dich noch liebe.“ Sein heißer Atem strich über ihr Gesicht, bevor er mit tiefer, wütender Stimme weitersprach. „Ich nehme dich zurück, aber du wirst dafür bezahlen, dass du mit ihm zusammen warst. Schläfst du mit ihm? Keine Sorge, mein Schatz, selbst das verzeihe ich dir, wenn du meinen Preis bezahlt hast.“

Sie erstarrte. All die Hoffnung, die in letzter Zeit in ihr erwacht war, verschwand und sie wollte sich innerlich zurückziehen, so wie sie sich auf dem Boden zusammengerollt hatte, wenn Thomas sie schlug.

„Steh auf und geh mit mir weg. Mach kein Theater, sonst wird es noch schlimmer für dich.“

Früher hätte sie getan, was er verlangte, um nicht aufzufallen. Aber jetzt weigerte sie sich. Sie *wollte nicht* mit ihm weggehen … aber wie sollte sie ihm entkommen?

„Jetzt, Harley.“ Thomas erhob sich und zog sie mit sich hoch. Ihre Finger krallten sich um die Tischkante und sie war bereit, Widerstand zu leisten.

Gerade als sie ihren Mund öffnete, um zu schreien, lockerte sich Thomas‘ Griff. Garrett war auf der anderen Seite von ihm und packte Thomas‘ Handgelenk.

„Lass sie los oder ich breche dir den Arm, als wäre er ein Zweig.“ Garretts Stimme war leise, aber sie hatte sein Gesicht noch nie so ernst gesehen. Es vermittelte ihr einen Eindruck von dem Mann, der er sein musste, wenn er auf einer Mission war. Thomas‘ Hand ließ von ihr ab.

„Du hast kein Recht auf Harley“, fauchte Thomas. „Sie gehört mir.“

„Sie gehört weder dir noch sonst jemandem“, entgegnete Garrett. „Halte dich von ihr fern.“

Thomas wich ein paar Schritte zurück, aber er war nicht so eingeschüchtert, wie er es sein sollte, wenn er einem 1,90 Meter großen Navy SEAL gegenüberstand. „Oder was?“

Garrett machte sich nicht die Mühe, ihm zu antworten. Er sah nur zu, wie Thomas widerwillig die Straße hinunterging und in ein Auto stieg. Dann drehte er sich zu Harley um und sein Blick war nicht mehr so stählern. „Hat er dir wehgetan?“, fragte er und strich mit seiner Hand über die Stelle, an der Thomas‘ Finger sich in ihren Arm gebohrt hatten.

Sie schüttelte den Kopf. Ihr Arm würde einen blauen Fleck bekommen, aber das war nichts im Vergleich zu dem, was passiert wäre, wenn Thomas sie an einen anderen Ort gebracht hätte. „Ich will nach Hause“, flüsterte sie und ging auf Garretts Truck zu. Er eilte an ihre Seite, um sie zu begleiten. Sie spürte, dass er ihre Umgebung im Auge behielt, aber sie konzentrierte sich darauf, zu dem Fahrzeug zu gelangen. Er öffnete ihr die Beifahrertür. Als sie einstieg, merkte sie, dass sie zitterte, und eine Welle der Übelkeit stieg in ihr auf.

„Atme tief ein und langsam wieder aus, Süße. Du bist in Sicherheit.“ Er war bei ihr, berührte sie aber nicht, sondern blieb einfach in ihrer Nähe. „Das ist das Adrenalin. Es geht gleich wieder vorbei.“

„Du hast diese Reaktion nicht?“, fragte sie. Er wirkte völlig ruhig.

„Ich bin an gefährliche Situationen gewöhnt.“ Natürlich war er das. Einen Mann zu verscheuchen, war bestimmt nichts im Vergleich zu dem, was er normalerweise tat.

„Ich wusste nicht, wie ich mich verhalten sollte.“ Das hatte sie erschreckt. Ein Teil von ihr war kurz davor gewesen, nachzugeben, weil ihr einfach keine andere Möglichkeit eingefallen war.

„Schreie, brülle. Ziehe die Aufmerksamkeit deiner Umgebung auf dich. Ich weiß, das liegt nicht in deiner Natur, aber das musst du tun“, sagte er. „Die Leute wären dir zu Hilfe gekommen. Die meisten Menschen sind anständig.“

„Thomas ist die Ausnahme.“ Die Angst wich langsam der Wut. „Zur Hölle mit ihm.“ Ihr Leben hatte sich in eine gute Richtung entwickelt, aber eine Begegnung mit Thomas drohte sie wieder herunterzuziehen.

Nein. Das würde sie nicht zulassen. Sie richtete sich auf und begegnete Garretts Blick zum ersten Mal, seit er sie gerettet hatte. In seinen Augen sah sie Besorgnis und noch etwas anderes, das sie nicht benennen konnte.

Er blinzelte und es verschwand. Was war es gewesen? Ihre eigenen Gefühle waren zu sehr in Aufruhr, um es herauszufinden.

11

„Okay, fertig. Jetzt bist du dran, Violet.“ Imogen reichte Violet eine Gardine, die diese bügelte, nachdem Imogen die Kanten gesäumt hatte, während Mia auf einem Tritthocker Löcher in die Wand bohrte. Die Frauen waren an diesem Morgen mit ihren Ehemännern und Matthew – und Imogens Nähmaschine – aufgetaucht. Die Männer waren dabei, die Alarmanlage einzurichten, und Imogen hatte darauf bestanden, dass sie genügend Stoff für die noch nicht dekorierten Schlafzimmer hatte.

Harley war von der ganzen Aktion etwas verwirrt. Diese Frauen setzten sich für sie ein, und sie wusste das zu schätzen, aber sie war nicht sicher, wie sie ihnen dafür danken sollte. Noch nie hatte jemand so viel für sie getan, nicht einmal bei den seltenen Gelegenheiten, bei denen sie um Hilfe gebeten hatte.

„Gut, dass ich gern bügele“, kommentierte Violet grinsend.

„Das kann ich doch machen“, bot Harley schnell an.

„Nein, im Ernst, ich bügele gern, vor allem Gardinen. Einfach nur lange, gleichmäßige Bewegungen. Das gibt mir Zeit zum Nachdenken“, sagte Violet. „Nicht wie bei Hemden mit Kragen und Manschetten.“

„Bügelst du Andersons Uniformen?“, fragte Harley.

„Männer im aktiven Dienst wissen, wie man bügelt, oder sie lernen es schnell“, erklärte Violet. „Falten bringen sie bei einer Inspektion in Schwierigkeiten.“

„Oh, das wusste ich nicht.“ Sie hatte keine Ahnung über Garretts Alltag beim Militär.

„Das ist okay. Es gibt eine Lernkurve“, sagte Mia, während sie die Gardinenstangen anbrachte. „Sie leben nach so vielen Regeln und Vorschriften.“

„Kenton noch mehr als sonst irgendjemand“, stichelte Violet. „Er ist noch viel strenger als die anderen.“

Mia lachte. „Ja, das stimmt, aber ich arbeite daran, ihn lockerer zu machen.“

Sie arbeiteten und plauderten weiter, bis alle Gardinen aufgehängt waren.

„Ich bin damit zufrieden.“ Imogen begutachtete ihre Arbeit, während sie ihre Hände in die Hüften stemmte. „Und wir haben noch Zeit, bevor wir die Kinder von der Babysitterin abholen müssen.“

„Ich habe Leckereien mitgebracht.“ Mia zog eine Schachtel mit Gebäck aus ihrer Tasche. „Wir können ein Picknick machen und uns unterhalten. Nur wir Frauen.“ Sie setzte sich auf den Teppich und öffnete die Schachtel voller Zimtrollen und Muffins. Sie hatte sogar Pappteller und Servietten dabei.

„Es gibt nichts Besseres, als eine Freundin zu haben, die in einer Bäckerei arbeitet.“ Violet setzte sich und griff nach einem Muffin. „Kommt schon, ihr zwei.“

Imogen ließ sich sofort auf den Boden fallen und setzte sich im Schneidersitz hin, aber Harley folgte ihr etwas zögerlicher. Freundinnen zu haben, war für sie noch neu. Nach einem kurzen Gespräch über die Backwaren und eine bevorstehende Hochzeit, für die Mia die Torte gebacken hatte, sah Imogen Harley an.

„Warum erzählst du uns nicht, was gestern passiert ist?“, schlug sie vor. „Du hast es noch nicht angesprochen und ich vermute, dass du darüber mit jemand anderem als einem SEAL reden musst.“

„Es geht mir gut“, sagte Harley. Seit sie nach Hause zurückgekehrt war, hatte sie ihre Gefühle für sich behalten, um sie nicht bei Garrett abzuladen. Er war schon damit beschäftigt, die Alarmanlage zu installieren und für ihre körperliche Sicherheit zu sorgen. Er sollte sich nicht auch noch um ihren aufgewühlten Gefühlszustand sorgen müssen.

„Nein, das tut es nicht. Niemandem geht es gut, nachdem er so angegriffen wurde“, entgegnete Violet und Harley erinnerte sich daran, dass die Frau Analytikerin war und selbst schon einige beängstigende Situationen durchgestanden hatte. „Es ist okay, darüber zu reden.“

Harley betrachtete die drei Gesichter um sich herum. Die Frauen blickten sie alle ermutigend an. Vielleicht konnte sie sich ihnen mitteilen, auch wenn es ihr unangenehm war. „Ich weiß nicht, wo ich anfangen soll.“

„Wo immer es sich richtig anfühlt“, riet ihr Mia.

„Ich glaube, ich fühle mich schuldig, weil ich so unvorsichtig war. Ich saß einfach nur da und habe die Sonne genossen. Ich habe auf niemanden um mich herum geachtet und nicht einmal richtig hingesehen.“ Sie hatte sogar ihre Augen geschlossen, um Himmels willen.

„Daran ist nichts auszusetzen. Du hast es verdient, dich zu entspannen“, sagte Mia.

Harley war nicht überzeugt davon. Sie hatte in ihrem Leben schon viele schlechte Entscheidungen getroffen, wobei ihre Beziehung mit Thomas die schlimmste gewesen war. „Jedenfalls war Thomas da, bevor ich es merkte. Plötzlich saß er direkt neben mir."

„Hat er dir wehgetan?", fragte Imogen.

Als Antwort schob Harley ihren Ärmel hoch, um den blauen Fleck auf ihrem Oberarm zu zeigen.

„Garrett kann darüber nicht glücklich gewesen sein", bemerkte Mia.

„Das war er nicht." Er hatte nichts gesagt, aber seine Augen waren an dem blauen Fleck haften geblieben, als sie sich am Vorabend fürs Bett umgezogen hatte. Er hatte seine Arme um sie gelegt und sie die ganze Nacht festgehalten. Das war tröstlich gewesen. Trotzdem fragte sie sich, ob sie noch mehr schlechte Entscheidungen traf, indem sie mit ihm zusammen war und in diesem Haus blieb.

„Was noch?", fragte Violet. „Hat Thomas überhaupt mit dir gesprochen, bevor Garrett ihn verjagt hat?"

Sie wiederholte die Drohungen, die Thomas ausgesprochen hatte, und sah, wie sich die Augen der Frauen vor Überraschung und Mitgefühl weiteten.

„Du Arme. Es tut mir so leid, dass du das durchmachen musstest", sagte Mia. „Er hört sich furchtbar an."

„Eines ist sicher. Dieser Mann hat einen Fehler gemacht, als er beschloss, dich aufzuspüren." Imogen griff nach Harleys Hand und hielt sie fest. „Hier bist du in Sicherheit."

„Bin ich das?" Genau das war der Kern von Harleys Ängsten. Sie war nicht sicher vor Thomas. Er hatte sie schon einmal erwischt und sie wusste, dass er es wieder tun könnte – und würde. Garrett würde sie nach besten Kräften beschützen, genauso wie seine Freunde, aber das sollten sie nicht tun müssen. Das war Harleys Problem und ihr Chaos, mit dem sie fertigwerden musste. Sie musste nicht auch noch andere Leute hineinziehen.

„Natürlich bist du das“, sagte Violet. „Die Männer werden die Alarmanlage einrichten, und an Garrett kommt nichts und niemand vorbei. Vergiss nicht, dass es ihre Aufgabe ist, mit Bedrohungen umzugehen und wertvolle Dinge zu schützen.“

„Ich bin nicht wertvoll. Ich fühle mich eher wie eine Belastung. Vielleicht … vielleicht sollte ich weglaufen. Abhauen und versuchen, auf diese Weise von Thomas wegzukommen.“ Dieser Gedanke ging ihr schon seit der letzten schlaflosen Nacht im Hinterkopf herum. Sie hatte nicht viel Geld, solange sie keinen Zugriff auf Sebastians Bankkonten bekam. Sie hatte aber genug, um ein paar Hundert Meilen weit zu fahren, und wenn sie Sebastians SUV benutzte, würde Thomas ihn nicht erkennen.

Die Frauen tauschten Blicke aus, woraufhin Mia das Wort ergriff. „Bevor du so etwas tust, musst du mit Garrett reden. Sag ihm, wie du dich fühlst und was du denkst. Er wird dir zuhören.“

„Es tut mir so leid, dass ich ihn in diese Sache hineingezogen habe“, sagte Harley. „Es ist nicht fair ihm gegenüber. Er …“

„Er wird das nicht so sehen“, versicherte ihr Violet. „Sprich mit ihm. Heute noch.“

Harley wusste, dass sie recht hatten. Sie konnte nicht einfach verschwinden und Garrett zurücklassen. Das wäre auch nicht richtig. Bevor sie antworten konnte, erschien Patrick in der Tür.

„Wir müssen vorerst aufhören, bis die Bandbreite erhöht worden ist und ein paar andere Komponenten, die wir noch brauchen, verfügbar sind“, verkündete er, bevor er sich bückte, um eine Zimtrolle zu ergattern. Er steckte sie sich in den Mund.

„Wir sollten euch jetzt in Ruhe lassen“, sagte Mia, als alle aufstanden. „Aber Harley, bitte denke darüber nach, was wir gesagt haben, und ruf uns an, wenn du etwas brauchst. Wir meinen das ernst – egal was.“

„Danke.“ Harley konnte immer noch nicht glauben, dass sie alle bereit waren, ihr zu helfen. Aber es schien so und sie musste zugeben, dass sie genau solche Menschen an ihrer Seite brauchte. „Auch für die Gardinen.“

„Dafür sind Freundinnen da.“ Imogen umarmte sie, bevor sie sich zu Patrick gesellte, der in den Flur getreten war.

Ein paar Minuten später waren alle weg und Harley ging zu Garrett. Er saß im Arbeitszimmer an seinem Laptop und hatte eine App auf seinem Handy geöffnet.

„Ist es gut gelaufen?“, fragte sie. „Patrick sagte, dass ihr noch ein paar Sachen braucht.“

„Ja, wir haben sie in Canfield ausfindig gemacht und er ist schon auf dem Weg dorthin. Ich bin aber immer noch nicht ganz zufrieden mit dem, was wir haben.“ Sein Blick wanderte von dem Laptop-Bildschirm zu der App. „Es passt nicht so zusammen, wie es sollte.“

„Ich bin sicher, dass es gut wird.“

„Es muss perfekt sein“, beharrte er. „Allerdings wird nichts hundertprozentig funktionieren, bis wir ein Upgrade für die Bandbreite bekommen. Ich habe den Internetprovider angerufen, aber dort kann man sich erst in ein paar Tagen darum kümmern. In der Zwischenzeit setze ich so viel in Betrieb, wie ich kann, aber ich bin nicht sicher …“

Sie berührte seinen Arm, um ihn zum Schweigen zu bringen. Vielleicht war es an der Zeit, ihm zu gestehen, dass sie daran dachte, Hartsville zu verlassen. Bevor sie etwas sagen konnte, spürte sie, wie er sich anspannte.

„Was zum Teufel denkt er, was er da tut?“, fragte er und seine Augen verdunkelten sich, als er den Laptop wegstellte und aufstand. Sie warf einen Blick auf den Bildschirm. Er musste eine Kamera an der Vorderseite des Hauses installiert haben, denn sie sah, wie das Auto, mit dem Thomas weggefahren war, näherkam.

Garrett war bereits auf dem Weg zur Haustür und sie folgte ihm, als er hinausmarschierte. Thomas stand am Fuß der Treppe.

„Keinen Schritt weiter“, knurrte Garrett.

„Warum nicht? Ich habe ein Recht darauf, auf dem Grundstück zu sein, das meiner *Frau* gehört“, sagte Thomas. „Es ist erstaunlich, was man in einer Bar erfährt, wenn man den Stammgästen ein paar Drinks spendiert. Du bist also der Kumpel ihres toten Bruders und sie hat das Haus, das Grundstück, das Geld und sogar ein Boot geerbt. Das ist ein gutes Geschäft für sie. Und für mich.“

„Nichts davon gehört dir“, sagte Garrett.

„Was ihr gehört, gehört auch mir.“ Thomas richtete seine Aufmerksamkeit auf Harley. Sie hatte ihren Arm um einen Pfosten der Veranda geschlungen, um sich gegen die Angst, die sie durchströmte, zu wappnen, aber sie wollte sich nicht im Haus verkriechen. „Komm schon, mein Schatz, wir können hier ein schönes Leben haben.“

„Nein, Thomas.“ Sie schaffte es, die Worte auszusprechen, obwohl ihre Kehle wie zugeschnürt war. „Ich will dich niemals wiedersehen.“

„Das meinst du nicht ernst.“ Thomas hob den Fuß, als wollte er die Treppe hochkommen.

Garrett stürmte hinunter, sodass Thomas zurückstolperte. „Verschwinde von hier. Sofort.“ Garrett erhob seine Stimme nicht, aber seine Größe und Intensität sorgten dafür, dass Thomas in Richtung seines Autos zurückwich.

„Du gehörst mir, Harley, und ich bekomme, was mir zusteht!“, rief Thomas, bevor er ins Auto stieg. „Aber ich kann mich gedulden, bis du diesen Idioten loswirst. Ich bleibe in Kontakt.“ Thomas warf Garrett einen letzten Blick zu.

Sobald er außer Sichtweite war, sank Harley auf den Boden der Veranda und zog ihre Knie an ihr Kinn. Sie würde Thomas niemals entkommen. All ihre Träume von einem sicheren und glücklichen Leben in diesem Haus mit ihrem Baby waren unrealistisch. Nichts in ihrem Leben hatte sich jemals zum Guten gewendet. Warum hatte sie geglaubt, dass es dieses Mal anders sein könnte?

Garrett kniete vor ihr nieder. „Lass dich nicht von ihm einschüchtern.“

„Er wird es immer schaffen, an mich heranzukommen. Verstehst du das nicht? Ich denke … ich denke, ich sollte weggehen. Irgendwo anders hingehen, bis die Scheidung durch ist und ein Richter die einstweilige Verfügung erlassen hat. Wenn ich hierbleibe, wird er immer wieder zurückkommen. Ich muss weggehen. Das ist der einzige Weg.“

„Harley, so darfst du nicht denken. Hier ist dein Zuhause.“

„Das Haus mag mein Eigentum sein, aber ich bin hier nicht in Sicherheit. Du hast gesehen, wie nah er mir gekommen ist. Die Alarmanlage setzt mich vielleicht über seine Anwesenheit in Kenntnis, aber sie wird ihn nicht aufhalten.“

„Sie wird die Polizei benachrichtigen, sobald sie vollständig in Betrieb ist.“

„Und wie lange wird es dauern, bis die Polizei kommt? Zehn Minuten? Zwanzig? In dieser Zeit könnte er …“ Sie wollte den Gedanken nicht zu Ende führen. Sie war in der Vergangenheit nicht in der Lage gewesen, sich gegen Thomas zu wehren, und das würde sich auch nicht ändern, vor allem nicht, wenn ihre Schwangerschaft weiter fortschritt. Sie war so verletzlich.

„Wenn du weggehst, heißt das, dass du aufgibst.“

„Nein“, widersprach sie, „es geht ums Überleben. Überleben heißt nicht aufgeben.“ Das wusste sie aus eigener Erfahrung. „Und es geht nicht nur um mich. Ich muss auch das Baby beschützen.“

Er setzte sich neben sie und einen Moment lang war nur das Zwitschern eines Vogels in einem nahen Baum zu hören. Das war ihr Baum, verdammt noch mal. Sie wollte ihr Zuhause nicht verlassen, aber sie hatte Angst davor, dort zu bleiben.

„Du hast recht“, sagte Garrett. „Es tut mir leid. Glaube mir, nichts ist mir wichtiger, als dafür zu sorgen, dass du und dein Baby in Sicherheit seid. Ich verstehe, dass du Angst hast, aber ich kann dich hier besser beschützen als auf der Flucht. Und das hier *ist* dein Zuhause. Du wirst dich in einem Motel nicht sicherer fühlen.“

Das könnte stimmen. „Keine Ahnung. Ich will nur, dass es vorbei ist.“ Sie wünschte, sie könnte sich eine Zukunft ausmalen, in der Thomas keine Bedrohung mehr darstellte, aber das konnte sie nicht.

„Harley, du musst mir vertrauen.“ Garrett griff nach ihrer Hand und hielt sie fest. „Das ist mein Job. Mein Spezialgebiet. Ich bringe die Alarmanlage zum Laufen und sorge dafür, dass du und das Baby geschützt seid. Das verspreche ich dir. Ich werde dich damit nicht allein lassen.“

Sie vertraute ihm. Wenn er sich etwas vorgenommen hatte, würde er es auch zu Ende bringen. Genauso wie bei den Renovierungsarbeiten, die er am Haus durchgeführt hatte. Sie vor Thomas zu beschützen, wäre das Gleiche. Und es stimmte, dass sie nicht ohne ihn sein wollte.

Sie wünschte nur, dass er mehr auf ihre Sorgen hören würde. Er spürte die Angst nicht so wie sie und sie hatte keine Worte, die stark genug waren, um ihre Befürchtungen auszudrücken.

Aber er hatte recht. Weglaufen war keine Lösung. Es würde nur bedeuten, dass sie an einem anderen Ort, wo sie niemanden hatte, der sie unterstützte, in Angst lebte.

„In Ordnung“, sagte sie schließlich. „Ich bleibe.“

„Gut.“ Er zog ihre Fingerknöchel an seine Lippen und küsste sie. „Alles wird gut, Süße.“

Sie wollte daran glauben, aber sie hatte in ihrem Leben schon zu viele Enttäuschungen ertragen, um seine Zuversicht zu teilen.

12

„Harley!“, rief Garrett, als er die Treppe hinaufstieg. Er hatte sie den ganzen Tag über kaum gesehen. Sie hatten nicht einmal beim Essen miteinander gesprochen, denn er hatte durchgehend gearbeitet und sich nur von Proteinriegeln ernährt. Patrick und Matthew waren zurückgekommen, um ihm mit der Alarmanlage zu helfen, und er wollte die Zeit, die sie erübrigen konnten, optimal nutzen. Die Anlage war noch nicht perfekt, aber schon viel besser als vorher. Er würde weiter daran arbeiten, bis sie so viel Schutz wie möglich bot.

Er hatte bereits Kameras an allen Ecken des Hauses sowie im Erdgeschoss angebracht. Die dortigen Türen und Fenster waren jetzt mit Alarmen ausgestattet, die anschlugen, wenn sie von außen geöffnet oder aufgebrochen wurden. Er wünschte sich eine bessere Nachtsicht und einen schnelleren Zugriff über die App, aber das würde bald kommen, wenn die letzten Komponenten installiert waren. Er musste nur geduldig sein, egal wie schwer es war.

„Hier“, sagte Harley aus dem Hauptschlafzimmer. Er hatte jede Nacht bei ihr verbracht, aber er betrachtete das Zimmer immer noch als ihres. Sie schien ihr eigenes Zimmer als Rückzugsort zu brauchen, also räumte er es normalerweise bis zur Schlafenszeit.

Er fand sie in einem der Sessel, die ein großes Fenster flankierten, vor. Die Vorhänge waren vor dem Nachthimmel zugezogen, und sie saß mit angezogenen Beinen und einem Buch in den Händen da.

„Gutes Buch?", fragte er, nahm auf dem gegenüberliegenden Sessel Platz und betrachtete sie. Ihre Haut war blass und sie hatte wieder dunkle Augenringe, so wie damals, als sie zum ersten Mal hergekommen war. Eine Zeit lang war es besser geworden, aber jetzt, da Thomas sein böses Gesicht gezeigt hatte, schien sie die Last ihrer Vergangenheit wieder zu spüren. Er würde alles tun, um ihr diese Last abzunehmen. Die Alarmanlage sollte helfen, aber solange die Situation mit Thomas nicht geklärt war, würde sie nicht zur Ruhe kommen.

„Ich weiß es nicht. Ich kann mich nicht konzentrieren." Seufzend legte sie das Buch auf den Beistelltisch. „Ich habe Thomas heute vom Küchenfenster aus gesehen. Er ist am Ufer des Sees entlang gegangen. Nicht auf meinem Grundstück, aber in der Nähe."

„Die Kameras haben ihn aufgezeichnet." Garrett hatte ihn fast eine Stunde lang dabei beobachtet, wie er in einem öffentlich zugänglichen Bereich herumlungerte. Da Garrett keine rechtliche Handhabe hatte, ihn zu verjagen, hatte er ihn einfach im Auge behalten.

„Du hast davon gewusst?" Ihre Stimme wurde lauter. „Warum hast du es mir nicht gesagt?"

„Ich wollte nicht, dass du dir Sorgen machst. Wenn er noch näher gekommen wäre, hätte ich mich darum gekümmert", sagte er, aber sie kniff die Lippen zusammen und war eindeutig nicht zufrieden mit seiner Antwort. „Ich werde alles in meiner Macht Stehende tun, um dich zu beschützen, Harley."

„Ich fühle mich nicht sicher", beharrte sie. „Du kennst Thomas nicht. Er ist launisch. Im Moment ist er nicht aggressiv, weil er das Erbe will, das Sebastian mir hinterlassen hat. Er wird nett sein, sogar charmant, in der Hoffnung, dass ich nachgebe. Darauf wartet er."

„Du hast doch nicht vor, zu ihm zurückzukehren, oder?" Garrett hielt seinen Tonfall mild, denn sie hatte das Recht, ihre eigenen Entscheidungen zu treffen, aber er hoffte, dass sie verstand, dass es ein großer Fehler wäre, mit Thomas zusammenzubleiben.

„Nein." Sie zögerte und er hatte das Gefühl, dass ihm das, was jetzt kam, nicht gefallen würde. „Aber ich habe mir überlegt, dass es vielleicht besser wäre, die Scheidung aufzuschieben, bis er wieder in Florida ist. Der Anwalt hat heute angerufen und ich habe erwähnt, dass Thomas in der Stadt ist. Es wäre nicht schwer herauszufinden, wo er sich aufhält, also schlug Mr. Burke vor, ihm die Scheidungspapiere zuzustellen, während er hier ist. Er sagte, so müssten wir nicht die Grenzen dieses Bundesstaats überqueren oder so ähnlich."

Garrett wusste genau, wo sich Thomas aufhielt. Anderson hatte Mittel und Wege, um an Informationen zu kommen. Es war ihm gelungen, Thomas in einem Motel am Rande von Hartsville ausfindig zu machen.

„Aber das will ich nicht", fuhr sie fort. „Wenn er erfährt, dass ich die Scheidung wirklich durchziehe, wird er wütend und unberechenbar sein. Es ist besser, noch zu warten, damit er nicht in meiner Nähe ist, wenn er die Papiere bekommt."

„Wenn es das ist, was du willst", sagte Garrett und versuchte, es aus ihrer Perspektive zu sehen. „Aber zögere nicht zu lange. Du brauchst den rechtlichen Schutz eines laufenden Scheidungsverfahrens, um zu verhindern, dass er sich dir nähert oder etwas von deinem Erbe für sich beansprucht."

„Ich weiß. Ich bin nur … Er macht mir Angst. Ich habe gesehen, wozu er fähig ist." Ein Schauer durchfuhr sie bei den schrecklichen Erinnerungen, die sie haben musste. Garrett wünschte, er könnte sie auslöschen, aber er wusste, dass das nicht möglich war. Was er tun konnte, war, sie jetzt zu beschützen und dafür zu sorgen, dass ihre Zukunft gesichert war.

„Er wird dich nie wieder anrühren. Ich werde es nicht zulassen. Das verspreche ich dir", sagte er und wünschte, seine Worte hätten die Macht, ihr die Angst zu nehmen.

„Ich brauche dich", flüsterte sie.

„Du hast mich." Das wurde mit jedem Tag, den er mit ihr verbrachte, wahrer. Er hoffte, dass sie das erkannte. Er stand auf, nahm sie in seine Arme und trug sie zum Bett. Sie hatte bereits das übergroße Shirt an, in dem sie schlief, also schlug er die Decke zurück und legte sie auf die Matratze. Er beugte sich hinunter, um ihre süßen Lippen zu küssen. Als ihre Arme sich um seinen Hals legten und ihn festhielten, verlor er sich fast in ihr.

„Warte. Ich ziehe mich aus", murmelte er und richtete sich auf. Da er wusste, dass sie ihn im schwachen Licht der Leselampe beobachtete, ließ er sich Zeit, spannte seine Muskeln an und lieferte ihr eine Show. Als er sein T-Shirt und seine Jeans auszog, waren ihre Augen auf ihn gerichtet und verschlangen ihn regelrecht. Sie kicherte, als er seine Brustmuskeln tanzen ließ, und er grinste sie an, weil er wollte, dass sie glücklich war. Er drehte ihr den Rücken zu, als er seine Boxershorts herunterließ, wobei er darauf achtete, seine Gesäßmuskeln anzuspannen.

„Netter Hintern", sagte sie. „Aber ich würde gern die Vorderseite sehen."

„Ach ja?" Er sah sie über seine Schulter an. „Wie viel davon?" Er war steinhart.

Sie bewegte sich zum Rand des Bettes, sodass sie direkt hinter ihm war. Ihre Finger berührten sanft seinen Hintern. „Dreh dich um."

Als er es tat, strich sie mit ihrer Hand über ihn, von seinen Hoden bis zur Spitze seiner Erektion. Er holte tief Luft. Es fühlte sich so verdammt gut an. Dann tat sie es noch einmal. Sie beugte sich weiter vor und ließ ihre Zunge über seinen Schwanz gleiten, bevor sie ihn ganz in den Mund nahm. Langsam zog sie sich zurück und streifte ihn mit ihren Zähnen, bevor sie fest an der Spitze saugte. Himmel, es war unglaublich.

Er konnte seine Augen nicht von ihr und dem, was sie mit ihm machte, abwenden. Es kostete ihn all seine Selbstbeherrschung, nicht in ihrem Mund zu kommen. Das wollte er nicht, solange er sich noch nicht um sie gekümmert hatte, also berührte er ihre Wange, um ihre Aufmerksamkeit zu erregen. „Harley, du musst aufhören."

„Hältst du nicht mehr aus, Soldat?" Sie grinste ihn an. Die Schatten in ihren Augen waren verschwunden.

„Nicht jetzt, aber wir können darauf zurückkommen." Er griff nach ihrem Shirt und zog es ihr über den Kopf. Er wollte alles von ihr sehen und jeden Zentimeter ihres Körpers berühren.

Als er sich zu ihr ins Bett legte, begann er an ihren Oberschenkeln und küsste die zarte Haut dort. Langsam arbeitete er sich nach oben vor und ließ seine Lippen über ihre Hüftknochen und um ihren Bauchnabel herum wandern. Sie richtete sich auf, spreizte ihre Beine und sagte ihm leise, was sie wollte. Er kam ihrem Wunsch gern nach, ließ seine Zunge zwischen ihre Schenkel gleiten und nahm ihre Klitoris in den Mund. Sie war so feucht für ihn, so heiß. Noch nie hatte es ihn so erregt, sie zu schmecken, ihre Reaktionen zu spüren und zu wissen, dass sie ihn wollte. Er machte weiter und lauschte ihren lustvollen Schreien, bis er ein Ziehen an seinen Haaren spürte.

„Hör auf", flüsterte sie. „Ich will dich reiten."

Gegen diesen Satz hatte kein Mann etwas einzuwenden, also rollte er sich auf den Rücken. Er musste auf die Innenseite seiner Wange beißen, um nicht sofort zu kommen, als sie sich über ihn beugte und ihm ein Kondom überstreifte.

„Ich werde nicht mehr lange durchhalten, Süße“, sagte er.

Sie setzte sich mit einer geschmeidigen Bewegung auf ihn und raubte ihm den letzten Rest seines Verstands. „Ich auch nicht, aber wir machen das zusammen.“ Sie begann, sich zu bewegen, und ihre Hände stützten sich auf seinem Oberkörper ab, während sie ihre Hüften hob und senkte. Ihre Brüste wippten vor seinen Augen und ihre harten Brustwarzen riefen nach ihm, also hob er den Kopf, um erst die eine und dann die andere in seinen Mund zu nehmen.

Seine Hände lagen auf ihren Hüften und führten sie. Er konnte nicht sagen, wer von ihnen zuerst kam, aber das war auch egal, denn sie kosteten ihre Orgasmen gemeinsam aus. Sie sank auf seine Brust, während beide schwer atmeten. Er schlang seine Arme um sie, hielt sie fest und liebte alles an diesem Moment.

Schließlich rollte sie sich von ihm herunter. Er stand auf, um das Kondom zu entsorgen, aber als er zurückkam, schmiegte sie sich eng an ihn. Sie waren lange Zeit still und er dachte schon, sie sei eingeschlafen, als sie sprach. „Macht es dir etwas aus, wenn ich die Scheidung hinauszögere? Ich meine, spielt es eine Rolle für … uns?“

Der Themenwechsel überraschte ihn, aber er hatte kein Problem damit, zu antworten. „Der Zeitpunkt deiner Scheidung wird nichts an meinen Gefühlen für dich ändern.“ Ihre Scheidung war eine Formalität, mehr nicht. Er wollte mit ihr zusammen sein. Das war alles, was er wusste.

Sie schwieg eine Weile. „Okay“, sagte sie schließlich. „Dann werde ich noch ein bisschen damit warten.“

Ihm gefiel ihre Entscheidung nicht, aber er konnte damit leben, solange er mit ihr zusammen war. Die einstweilige Verfügung war jedoch eine andere Geschichte. Er wollte sie jetzt nicht erwähnen, aber er hatte das Gefühl, dass er es tun musste. „Du brauchst die einstweilige Verfügung, damit du rechtliche Schritte einleiten kannst, wenn Thomas sich dir wieder nähert."

Sie seufzte. „Mr. Burke hat gesagt, dass es immer lange dauert, so etwas in die Wege zu leiten, vor allem, weil ich in der Vergangenheit nie die Polizei wegen Thomas gerufen habe. Dadurch ist nichts aktenkundig. Mr. Burke arbeitet trotzdem daran."

„Das ist gut", sagte Garrett, obwohl er sich des Gefühls nicht erwehren konnte, dass es nicht gut genug war. Nicht annähernd. Er musste einen Weg finden, diesen Prozess zu beschleunigen. Während er darüber nachdachte, wie er das tun könnte, streichelte er ihren Rücken, was sie immer beruhigte. Sobald sie eingeschlafen war, schlüpfte er aus dem Bett.

Im Erdgeschoss führte er zunächst eine Überprüfung der Alarmanlage durch, um sicherzustellen, dass sie ordnungsgemäß funktionierte. Als er sich davon überzeugt hatte, widmete er seine Aufmerksamkeit den Dateien, die Harley ihm zur Verfügung gestellt hatte und die Thomas' Sprach- und Textnachrichten enthielten. Er ging sie noch einmal durch. Die meisten stammten aus den letzten Wochen, aber sie hatte auch einige ältere aufbewahrt, die auf eine Vorgeschichte von Belästigung, wenn nicht sogar Missbrauch, schließen ließen. Er rief Kenton an, denn dieser kannte sich mit den örtlichen Behörden am besten aus.

„Wenn ich die einstweilige Verfügung gegen Thomas beschleunigen will, wen rufe ich dann an?", fragte Garrett.

„Ist etwas passiert? Ist er wieder auf Harley losgegangen? Ich kann in zehn Minuten da sein, wenn du mich brauchst."

„Nein, es gibt nichts Neues. Ich kann nur nicht länger warten. Harley hat Angst und ich kann es nicht ertragen, sie so zu sehen."

„Das verstehe ich. Richterin Darrow ist deine beste Wahl. Sie ist eine Freundin meiner Eltern. Gib mir ein paar Minuten, und ich besorge ihre Kontaktdaten von meiner Mutter und schicke sie dir“, sagte Kenton. „Richte Harley aus, dass wir alle auf sie aufpassen. Ihr passiert nichts.“

„Ich versuche immer wieder, sie davon zu überzeugen“, erwiderte Garrett, „aber sie ist nicht daran gewöhnt, dass ihr jemand hilft.“

„Gib ihr Zeit.“

„Okay. Danke, Kumpel.“ Zeit war etwas, wovon Garrett nicht viel hatte. Der Tag, an dem er sich auf dem Stützpunkt melden musste, rückte näher und er wollte vorher alles für Harley tun, was in seiner Macht stand.

Als Kenton ihm Richterin Darrows E-Mail-Adresse und Telefonnummer schickte, zögerte Garrett nur eine Sekunde, bevor er die Dateien mit Thomas‘ Drohungen weiterleitete. Er wusste, dass er damit vielleicht zu weit ging, aber er musste dafür sorgen, dass Harley in Sicherheit war. Die einstweilige Verfügung war ein notwendiger Schritt in diesem Prozess. Harley würde das verstehen. Das musste sie einfach.

13

Am nächsten Morgen schloss Garrett die Tür des Arbeitszimmers, nachdem er Harley einen Kuss gegeben und ihr einen Eiweißshake gebracht hatte, den sie bei ihrer täglichen Zoom-Besprechung trinken konnte. Sie musste bis zum Ende des Tages ein großes Projekt fertigstellen und hatte ihm gesagt, dass sie sehr beschäftigt sein würde. Das war für ihn in Ordnung, denn er musste selbst noch ein paar Projekte zu Ende bringen, bevor er zu seinem nächsten Einsatz abkommandiert wurde.

Und das war jederzeit möglich.

Er ging zurück in die Küche, räumte die Reste des Frühstücks weg und dachte über die E-Mail nach, die er in den frühen Morgenstunden erhalten hatte. Sein Team war für einen Auslandseinsatz in Bereitschaft versetzt worden.

Normalerweise würde ihn der Gedanke daran, wieder da draußen zu sein und einen wichtigen Auftrag auszuführen, in einen Adrenalinrausch versetzen. Schließlich war er dafür ausgebildet worden und hatte geschworen, seine Pflicht für sein Land zu tun. Doch dieses Mal war alles anders. Er hatte vorgehabt, sich die Trennung von Harley leichter zu machen, indem er an den Wochenenden zurückkehrte, um bei ihr zu sein.

Er hatte ihr nichts von dem möglichen Einsatz erzählt, weil er nicht sicher war, wie sie es aufnehmen würde. Ihre Beziehung war ganz frisch und sie hatten noch kein ernsthaftes Gespräch über ihre Zukunft geführt. Trotzdem konnte er sich des Gefühls nicht erwehren, dass er mit ihr an seiner Seite wirklich lebendig war – vielleicht sogar lebendiger, als wenn er mit seinem Team auf einer Mission war. Für sein rationales Gehirn ergab das nicht viel Sinn. Vielleicht musste es das auch nicht.

Er wusste, dass er sie nicht verlassen konnte, ohne sich zu vergewissern, dass das Haus für sie und das Baby absolut sicher war. Deshalb hatte er Patrick vorhin eine Textnachricht geschrieben und ihn um Hilfe bei einem Problem mit der Stromversorgung gebeten. Er und Sebastian waren der Meinung gewesen, dass die meisten alten Stromleitungen im Haus vorerst noch akzeptabel waren, aber er wollte nicht, dass Harley Schwierigkeiten bekam, wenn er nicht mehr da war, um sie zu beseitigen.

Er hörte, wie Patricks Truck vorfuhr. Bevor er hinausging, um ihn zu begrüßen, schaltete er den Alarm auf dem Tastenfeld neben der Haustür aus. „Hey, Kumpel. Danke, dass du gekommen bist."

„Kein Problem", sagte Patrick. „Ist etwas nicht in Ordnung?"

Garrett schüttelte den Kopf und trat auf die Veranda hinaus. „Nur ein paar Dinge, um die ich mich kümmern möchte." Er senkte seine Stimme, auch wenn er nicht dachte, dass Harley ihn hören könnte. „Ich werde vielleicht früher als erwartet zu einem Auslandseinsatz aufbrechen. Ich muss dafür sorgen, dass das Haus für Harley und das Baby bereit ist."

„Verstanden.“ Natürlich verstand Patrick, was in Garrett vorging. Er verließ Imogen und ihre Kinder für Missionen, die mitunter Monate dauerten. Bevor sie ins Haus gehen konnten, fuhr ein Lieferwagen vor. „Hast du etwas bestellt?“ Wie Garrett war auch Patrick immer vorsichtig.

„Ja, ein paar Sachen für das Baby.“ Garrett ignorierte Patricks hochgezogene Augenbraue und nahm den großen Karton vom Fahrer entgegen.

„Was für Sachen?“, fragte Patrick und folgte ihm ins Haus.

„Sachen, die das Haus kindersicher machen.“ Nachdem er sich über das Thema informiert und jede Menge Online-Bewertungen gelesen hatte, hatte er verschiedene Produkte bestellt. „Ich kann nicht vorhersagen, wann ich zurückkomme, wenn ich nach Übersee gehe, und ich möchte nicht, dass Harley sich darüber Sorgen machen muss.“ Er stellte den Karton auf den Küchentisch und riss ihn auf.

„Verdammt.“ Patrick blickte über Garretts Schulter. „Willst du das alles heute noch installieren *und* die Leitungen reparieren?“

„Ich hoffe es.“ Es gab keine Zeit zu verlieren, denn er konnte jederzeit zum Stützpunkt gerufen werden. Seit er die E-Mail gelesen hatte, hatte er das Gefühl, dass in seinem Kopf eine Stoppuhr tickte.

„Wir werden Unterstützung brauchen.“ Patrick zückte sein Handy und verschickte eine Gruppennachricht, in der er die anderen SEALs bat, zu ihnen zu kommen. Die Antworten ließen nicht lange auf sich warten. „Verstärkung ist unterwegs. Lass uns mit der Verkabelung beginnen.“

Die beiden verlegten auf dem Dachboden und im Keller neue Stromkabel, damit die Wahrscheinlichkeit, dass eine Sicherung ausgelöst wurde, geringer war. Als die anderen Männer eintrafen, arbeiteten sie sich durch das ganze Haus und montierten Steckdosenabdeckungen, Treppenschutzgitter und Schrankschlösser.

„Bist du sicher, dass ich das anbringen soll?“ Matthew hielt eine Toilettensitzverriegelung hoch. Er hatte darauf bestanden, zu helfen, auch wenn die Aufgaben, die er erledigen konnte, durch seine immer noch heilende Hand eingeschränkt waren. „Ich meine, das Kind ist ja noch winzig. Es ist weit davon entfernt, auf der Toilette zu spielen.“

Patrick, Kenton und Anderson warfen sich Blicke zu, sagten aber nichts.

„Ja, ich bin sicher. Ich will nicht, dass Harley später etwas tun muss. Sie hat schon genug um die Ohren.“ Weitere Blicke wurden ausgetauscht. „Was?“, fragte Garrett.

„Schon gut, Kumpel“, sagte Kenton. „Ich bin fast ausgerastet, als ich zurückkehrte und Mia und die Mädchen in meinem Haus vorgefunden habe. Die beiden waren damals noch Kleinkinder und sie hatte keine Kindersicherungen angebracht, weil … weil sie Mia ist.“ Das sorgte bei allen für Gelächter. Mia hatte den Ruf, das Leben anders anzugehen. Sie glaubte, wenn man Kinder daran erinnerte, Schränke nicht zu öffnen und ihre Finger nicht in Steckdosen zu stecken, würden sie es auch nicht tun. Kenton grinste. „Natürlich konnte ich so nicht leben, also haben wir einen Kompromiss geschlossen. Deshalb frage ich dich: Hast du mit Harley darüber gesprochen?“

„Meine Zeit ist begrenzt und ich musste Entscheidungen treffen“, erklärte Garrett. Es erschien ihm dringlicher als noch ein paar Tage zuvor, als er die Sachen bestellt hatte. „Ich glaube, sie wird sich darüber freuen.“

„Okay, das reicht als Begründung“, sagte Patrick. „Ich helfe dir im Badezimmer, Matthew.“ Als die beiden in das Badezimmer im Erdgeschoss gingen, hörte Garrett Patrick sagen: „Mach einfach mit, Kumpel. Du würdest es verstehen, wenn du an Garretts Stelle wärst. Es ist schwer, wegzugehen, wenn jemand auf einen angewiesen ist.“

Ja, das war es. Es wäre vielleicht nicht so schlimm, wenn Harley nicht von einem gewalttätigen Ehemann bedroht werden würde. Aber Garrett hatte das Gefühl, dass er auch ohne diese Gefahr wegen des Einsatzes beunruhigt wäre. Sie zu verlassen, würde die Hölle sein.

~

„Was zum Teufel …“ Harley stand im Badezimmer und starrte auf eine Art Mechanismus auf der Toilette, der am Morgen noch nicht dort gewesen war. „Was ist das für ein Ding?“ Sie fummelte daran herum und versuchte, den Deckel zu öffnen.

Sie hatte stundenlang gearbeitet und war gerade mit ihrem Projekt fertig geworden. Ihre große Belohnung dafür waren ein Toilettenbesuch und vielleicht ein Snack. Sie drückte wieder auf den Knopf am Deckel und zog an dem Riemen, der den Sitz unten hielt. Nichts. Was für ein Irrsinn war das, eine schwangere Frau am Pinkeln zu hindern?

Vielleicht waren die Toiletten im Obergeschoss nicht mit solchen Vorrichtungen versehen. Sie wollte gerade hinaufgehen, als sie einen Mann auf der Veranda sah. Ihr stockte der Atem, bevor sie Matthew erkannte. Entschlossen marschierte sie zur Haustür und öffnete sie in der Hoffnung, dass er das Geheimnis kannte, wie man den Klodeckel hochbekam.

„Hey, Harley“, sagte er.

„Was ist das für ein Ding auf der Toilette?“, fragte sie. Sie musste zu dringend pinkeln, um Zeit mit höflichen Floskeln zu verschwenden.

„Das ist ein Sicherheitsschloss. Es verhindert, dass der Deckel geöffnet wird“, antwortete er.

Ja, das war ihr bewusst, aber warum in aller Welt war es auf ihrer Toilette? „Weißt du, wie man es bedient? Ich habe es mit dem Knopf oben versucht.“

„Der Knopf ist laut Verpackung ein Ablenkungsmanöver“, erklärte Matthew. „Du musst das Ding auf beiden Seiten eindrücken, um den Schließmechanismus zu lösen.“

„Gut zu wissen.“ Sie rannte zurück ins Badezimmer und tat, was er gesagt hatte. Und tatsächlich, es funktionierte, und zwar gerade noch rechtzeitig. Ihr Drang zu pinkeln, würde in den nächsten Monaten wahrscheinlich noch schlimmer werden. Auf keinen Fall wollte sie sich mit Toilettenschlössern herumschlagen, solange sie nicht notwendig waren.

Als sie aus dem Badezimmer kam, fand sie Matthew im Eingangsbereich vor. Sie hatte Garrett einiges zum Thema ‚Sicherheitsmaßnahmen für Babys‘ zu sagen, vor allem angesichts der Tatsache, dass ihr Entbindungstermin noch Monate entfernt war, aber sie wollte es nicht an Matthew auslassen. Das hatte der arme Kerl nicht verdient. Er hatte genug eigene Probleme.

„Tut mir leid“, sagte er, als ob es seine Schuld wäre.

„Es ist okay. Ist Garrett da?“ Das Haus schien bis auf Matthew leer zu sein.

„Er und die anderen sind zum Essen gegangen.“

„Und du bist für den Wachdienst eingeteilt worden?“, vermutete sie.

„So ähnlich. Es macht mir nichts aus. Es ist schön hier. Friedlich.“

„Ich liebe die vordere Veranda“, stimmte sie ihm zu. Sie könnte sich vorstellen, Stunden dort zu verbringen, sobald das Wetter wärmer wurde. Die hintere Veranda mit Blick auf den See wäre auch ein herrlicher Ort zum Entspannen. Sie erinnerte sich daran, dass sie froh darüber war, hier zu sein und das alles zu haben, auch wenn sie mit Problemen zu kämpfen hatte.

„Wie geht es deiner Hand? Tut sie inzwischen weniger weh?“ Sie war nicht sicher, ob sie danach fragen sollte, aber es erschien ihr unhöflich, es nicht zu tun. Garrett hatte ihr erzählt, wie es zu der Verletzung gekommen war. Wie ihr Bruder hatte auch Matthew versucht, unschuldige Menschen zu retten. Er verdiente ihren Respekt und sie mochte ihn. Trotz seiner Verletzung hatte er eine positive Einstellung und war freundlich.

Er zuckte mit den Schultern. „Es geht voran."

Harley wusste nicht, ob das stimmte, aber sie ließ es auf sich beruhen. Sie hatte nicht vor, ihn zu zwingen, darüber zu reden. Sie spähte aus dem Fenster neben der Haustür und verkrampfte sich, als sie sah, wie ein Auto von der Straße auf ihr Grundstück einbog.

„Das ist Mia", sagte Matthew. Sie gingen gemeinsam auf die Veranda hinaus.

Als Mia aus ihrem Auto ausstieg und eine Gebäckschachtel und eine Thermoskanne vom Rücksitz holte, wurde Harley wieder bewusst, wie glücklich sie sich schätzen konnte, nicht nur das Haus, sondern auch eine Gruppe von Freunden, die auf sie aufpassten, zu haben. Das hatte sie Sebastian und Garrett zu verdanken.

„Hallo!", rief Mia. „Ich habe Leckereien mitgebracht."

„Du verwöhnst mich", erwiderte Harley mit einem Lächeln, „aber danke."

„Ich kann es nicht leiden, wenn am Ende des Tages alles weggeworfen wird. Wenn wir genug haben, spenden wir die Reste an die örtliche Tafel. Heute sind es nur ein paar Sachen." Sie stellte die Thermoskanne auf der Treppe ab und öffnete die Schachtel, damit Matthew sich etwas Süßes aussuchen konnte.

„Werden deine Mädchen das nicht wollen?", fragte Matthew.

„Ich backe die ganze Zeit mit ihnen", sagte Mia. „Glaub mir, sie bekommen jede Menge Süßigkeiten. Bitte bediene dich."

„Danke.“ Matthew nahm sich einen großen Keks. „Ich werde einen Spaziergang am See machen. Schreit, wenn ihr mich braucht.“

„Er ist ein guter Kerl“, murmelte Mia, als Matthew um die Ecke des Hauses gebogen war.

„Das sind sie alle.“ Harley bat Mia herein und führte sie in die Küche.

„Stimmt. Es sind großartige Kerle“, sagte Mia. „Kenton ist kein Mann, mit dem ich mir jemals etwas hätte vorstellen können, aber Liebe ist Liebe.“

„Ist er nicht dein Typ?“ Harley holte Teller und Tassen aus dem Schrank, und sie setzten sich an den Tisch.

Mia lachte. „Ganz und gar nicht. Er ist viel zu ordentlich und behauptet, ich sei zu chaotisch. Wir treffen uns irgendwo in der Mitte, wenn es darauf ankommt. In dieser Hinsicht sind wir gut füreinander.“

„Das kann nicht einfach sein“, sagte Harley. „Ich meine, wie schaffst du es, wenn er für längere Zeit weg ist?“ Das beschäftigte sie schon länger und Mia war jemand, den sie danach fragen konnte.

Mia legte ein paar Kekse auf Harleys Teller und schenkte ihr Kaffee ein. „Keine Sorge, er ist koffeinfrei“, erklärte sie schnell, bevor sie antwortete. „Also, es gibt das Gute, das Schlechte und das Hässliche. Was willst du zuerst?“

„Das Hässliche.“ Harley hatte ein Leben lang Erfahrung im Umgang mit dem Schlimmsten gesammelt, also befasste sie sich immer zuerst damit.

„Okay. Für mich ist das Hässlichste, mitansehen zu müssen, wie sehr Emma und Ava ihn vermissen. Am Anfang erzähle ich ihnen immer, wie toll es ist, Zeit nur für uns Mädchen zu haben, aber das funktioniert nicht unbegrenzt. Wenn er länger weg ist, sind sie manchmal untröstlich. Wenn sie älter sind, werden sie das hoffentlich besser verstehen. In dem Alter, in dem sie jetzt sind, ist das unmöglich. Es bricht mir das Herz, wenn ich sehe, wie sehr er ihnen fehlt."

Harley konnte sich vorstellen, wie schwierig das sein musste. Wenigstens wussten die Mädchen noch nicht, in welcher Gefahr Kenton schwebte, während er im Einsatz war. „Und … das Schlechte?"

„Alles andere", seufzte Mia. „Allein ins Bett gehen, allein aufwachen, keine Küsse im Garten, lange Abende allein, wenn die Mädchen schon schlafen … Ich vermisse ihn jeden Tag, wenn er weg ist. Seine Stimme, sein Lächeln …" Mia bekam für einen Moment einen entrückten Gesichtsausdruck. „Und dann sind da noch die Alltagsprobleme. Wenn das Auto eine Panne hat oder der Abfluss im Waschbecken verstopft ist, ist er nicht da, um zu helfen. Ich muss mich um alles kümmern. Seine Eltern sind wundervoll – ich muss sie nur anrufen –, aber es ist nicht dasselbe." Sie nahm einen Schluck Kaffee und schwieg einen Moment, bevor sie weitersprach. „Es gibt niemanden, mit dem ich Entscheidungen gemeinsam treffen kann. Das war eines der Dinge, die mich überrascht haben, als wir zusammenkamen. Ich hatte mich jahrelang allein um die Mädchen gekümmert und dachte, es ginge mir gut. Aber nachdem ich mit Kenton zusammengekommen war, merkte ich, dass ich das nicht mehr wollte. Wir sind ein Paar mit einer richtigen Partnerschaft. Es ist nur so, dass wir manchmal auf verschiedenen Seiten des Globus sind."

Wie Mia war auch Harley daran gewöhnt, allein auf sich gestellt zu sein, aber in der kurzen Zeit, in der sie Garrett kannte, hatte sie sich immer mehr auf ihn verlassen. Sie machte sich ernsthafte Sorgen, wie sie weitermachen sollte, wenn er weg war, und das nicht nur, weil sie seinen Schutz brauchte. Sie brauchte *ihn.* Sie wollte ihn bei sich haben … Oder vielleicht wollte sie ihn einfach nur … mehr, als sie jemals für möglich gehalten hätte. Ja, er übertrieb es manchmal, so wie bei der Kindersicherung, aber er hatte das Herz am rechten Fleck.

„Und was ist das Gute daran, mit einem SEAL zusammen zu sein?“, fragte sie.

Mias breites Lächeln blitzte auf. „Wenn er nach einem Einsatz zur Tür hereinkommt. Es ist, als würde man sich noch einmal verlieben. Die Mädchen stürzen sich zuerst auf ihn. Nachdem sie ihre Umarmungen und Küsse bekommen haben, bin ich dran. Und ich lasse ihn nicht so schnell wieder los. Die erste Nacht, in der er zurück ist, ist ... magisch.“

Die Nächte mit Garrett waren jetzt schon so. Harley konnte sich nicht einmal vorstellen, wie gut es nach einer Trennung sein würde. Das war also das Gute, das Schlechte und das Hässliche, aber sie musste weiterfragen. „Überwiegt das Gute den Rest?“

„Das muss es“, antwortete Mia und zuckte mit den Schultern, „denn ich kann ihn nicht aufgeben. Das ist unvorstellbar, also machen wir es möglich. Wünschte ich mir manchmal, er hätte einen Job, bei dem er jeden Abend nach Hause kommt? Natürlich tue ich das, aber ein SEAL zu sein, ist ein wesentlicher Teil von ihm. Ich kann nicht verlangen, dass er sich ändert.“

Harley verstand das, denn für Garrett schien das Gleiche zu gelten. Sie schätzte Mias Ehrlichkeit, aber sie musste sich fragen, ob sie so gut damit umgehen könnte wie Mia, Imogen und Violet. Es konnte nicht einfach für sie und ihre Beziehungen sein. Trotzdem wirkten die Paare in Garretts Freundeskreis glücklich.

Die Frage war, ob sie das Zeug dazu hatte, mit einem SEAL zusammen zu sein. Vielleicht war es aber auch voreilig, sich darüber Gedanken zu machen. Garrett hatte nichts davon gesagt, dass sie ihre Beziehung nach den kommenden Wochenenden, an denen er sie besuchen wollte, fortsetzen würden.

Dennoch fühlte sich ihre Bindung besonders an, Welten entfernt von allem, was sie jemals erlebt hatte. Sie hatte sich schon immer nach einer echten Beziehung mit einem Mann gesehnt, in der sie geliebt und wertgeschätzt wurde, und sie konnte sich vorstellen, dass sich zwischen ihr und Garrett so etwas entwickeln könnte. Trotz aller Herausforderungen, die eine Beziehung mit einem SEAL mit sich brächte, konnte sie nicht anders, als zu hoffen, dass sie mehr als nur eine kurze Affäre haben würden.

14

Harley tippte den Code auf der Tastatur der Alarmanlage ein, damit sie auf die Veranda gehen konnte. Sie hatte gerade ihre Arbeit für den Tag beendet und wollte draußen sein. Das frühlingshafte Wetter, das sie vom Wohnzimmerfenster aus sehen konnte, hatte schon den ganzen Nachmittag nach ihr gerufen. Sie brauchte einen Spaziergang, um sich die Beine zu vertreten und die Wärme der Sonne zu spüren.

Eine Runde um das Haus und vielleicht ein paar Minuten unten am See würden ihr genügen. Sie erreichte gerade die unterste Verandastufe, als sie hörte, wie sich die Haustür hinter ihr öffnete. Harley seufzte. In den letzten zwei Tagen hatte Garrett sie immer wieder aufgefordert, im Haus zu bleiben. Sosehr sie ihr Zuhause auch liebte, sie fühlte sich allmählich darin gefangen.

„Wohin gehst du?“, fragte er.

„Ich mache einen Spaziergang. Ich muss aus dem Haus“, sagte sie und setzte ihren Weg fort.

„Harley, warte.“ Sie konnte hören, wie er über die frisch reparierte Veranda eilte. „Wenn du spazieren gehst, muss ich bei dir sein. Du kannst dich nicht allein draußen aufhalten.“

Sie drehte sich um und war plötzlich genervt von ihm. Sie verstand zwar, dass er sie nur beschützen wollte, aber trotzdem. „Ernsthaft? Ich brauche nur eine Minute und Thomas hat sich seit vier Tagen nicht mehr blicken lassen.“ Seit sie ihn in der Nähe des Sees gesehen hatte, war ihre Angst vor ihm immer mehr abgeflaut. „Wahrscheinlich ist er nach Florida zurückgekehrt. Er muss schließlich auch arbeiten, weißt du.“ Thomas war sehr gewissenhaft, wenn es um seine Jobs ging.

Garrett zuckte zusammen. „Ja, das stimmt.“ Er rieb sich den Nacken.

„Was ist los?“ Sie hatte im Moment keine Geduld für irgendwelche Spielchen.

„Ich habe Anderson gebeten, Nachforschungen über Thomas anzustellen, und was er gefunden hat, ist nicht gut. Ich nehme an, du wusstest nicht, dass er für ein Verbrechersyndikat tätig ist.“

„Was?“ Sie schüttelte den Kopf. „Er verkauft tagsüber Gebrauchtwagen und ist an ein paar Abenden pro Woche Türsteher in einem Club.“ Thomas hatte schon immer Geheimnisse gehabt, aber organisiertes Verbrechen? Das war lächerlich.

„Der Job als Autoverkäufer ist in Ordnung, aber der Club, für den er arbeitet, gehört der Mafia“, erklärte Garrett. „Thomas hat dort beträchtliche Spielschulden und wenn er sie nicht abarbeitet … nun, sagen wir einfach, dass seine Arbeitgeber keine netten Leute sind.“

„Das kann ich nicht glauben.“ Sie war in dem Club gewesen und Thomas‘ Chef hatte sie freundlich empfangen. Es schien ein ganz normaler Ort zu sein. „Und selbst wenn das wahr sein sollte … wäre das nicht eher ein Grund für ihn, schnell nach Hause zurückzukehren, damit er weiterarbeiten kann?“

„Es *ist* wahr. Anscheinend hat er hohe Sportwetten abgeschlossen. Vor allem auf Football-Spiele."

Dieser Teil ergab *durchaus* Sinn. Thomas verpasste nie ein Spiel und neigte dazu, sehr emotional auf Siege und Niederlagen zu reagieren. Sie rieb sich den linken Arm. Als seine Lieblingsmannschaft einmal ein Spiel verloren hatte, hatte er ihr den Arm verdreht, weil sie ihn gebeten hatte, den Fernseher leiser zu machen.

„Thomas ist vielleicht noch verzweifelter, als wir dachten. Er will an dein Erbe, Harley."

„Wie lange weißt du schon davon?"

„Seit ein paar Tagen", gab er zu, was zu seiner erhöhten Wachsamkeit passte.

„Du hättest es mir sagen können." Sie verschränkte ihre Arme vor der Brust.

„Ich wollte dich nicht beunruhigen."

Das war nach hinten losgegangen. Es war schon schlimm genug, herauszufinden, dass ihr Ehemann Spielschulden hatte, aber sie hatte bereits gewusst, dass Thomas ein Mistkerl war. Jetzt hatte Garrett – dem sie vertraut hatte – entschieden, was sie wissen durfte und was nicht. Es fühlte sich wie Bevormundung und Kontrolle an. Wut stieg in ihr auf, als sie ihn anstarrte.

Hatte sie wieder denselben Fehler gemacht und dem falschen Mann vertraut?

„Es tut mir leid", sagte Garrett. „Aber du musst verstehen, warum es so wichtig ist, dass du im Haus bleibst – und dass ich bei dir bin, wenn du nach draußen gehst. Damit ich dich beschützen kann."

„Du wirst aber bald abreisen", erwiderte sie. Er hatte ihr gesagt, dass sein nächster Auftrag ihn möglicherweise für mehrere Monate nach

Übersee führen würde. Also doch keine Wochenendbesuche, wie sie es anfangs besprochen hatten. Sie würde allein hier sein. Die ganze Zeit.

Trotz ihrer Wut machte ihr das Angst – was sie noch mehr irritierte. Sie hatte die meiste Zeit des letzten Jahres damit verbracht, Angst zu haben, und sie hatte es satt.

„Ich weiß. Ich wünschte … Die Alarmanlage wird helfen." Er verstummte und ein flüchtiger, schuldbewusster Ausdruck zog über sein Gesicht.

„Ich kann nicht für immer in diesem Haus gefangen sein", sagte sie. „Das kann ich einfach nicht, Garrett. Das musst du doch einsehen."

„Süße …"

„Ich will in Sicherheit sein. Ich will, dass mein Baby in Sicherheit ist. Aber ich kann nicht vierundzwanzig Stunden am Tag im Haus bleiben bis … bis wann? Wann wird das enden?" Sie konnte sich keinen guten Ausgang der Situation vorstellen. Wollte sie für immer im Ungewissen leben und darauf warten, dass Thomas sie wieder bedrohte? Er hatte ihr schon zu viel von ihrem Leben genommen.

Die einzige Schlussfolgerung, die sie ziehen konnte, war, dass sie ohne Garretts Schutz nicht hierbleiben konnte. Sie hatte den Gedanken, wegzugehen, schon vor ein paar Tagen verdrängt, aber ihr Bedürfnis zu fliehen war wieder da, und zwar stärker als je zuvor. Irgendwohin zu gehen, wo Thomas sie nicht finden konnte, schien die einzige Möglichkeit zu sein. Sobald sie Zugang zu Sebastians Bankkonten hatte, konnte sie abhauen und sich woanders ein neues Leben aufbauen.

„Ich weiß es nicht", sagte Garrett. „Ich …"

„Ich gehe weg", unterbrach sie ihn. „Ich kann nicht länger hierbleiben. Ich werde einen Ort finden, an dem ich in Sicherheit bin, und dorthin ziehen. Diesmal werde ich vorsichtiger sein und keine Spuren hinterlassen, denen Thomas folgen könnte." Sie dachte laut nach. „Es muss einen Weg geben, zu verschwinden."

Es gab Menschen, denen es gelang. Sie zogen quer durchs Land und fingen neu an. Das könnte sie auch tun. Vielleicht in einer Großstadt an der Westküste, wo ein Neuankömmling kein Aufsehen erregen würde. Sie könnte ihren Job kündigen und einen neuen finden. Ihre Fähigkeiten und Erfahrungen wären überall nützlich.

„Das kannst du nicht tun", widersprach Garrett.

„Warum nicht? Was ist wichtiger als Sicherheit für mein Baby und mich?" Hatte Garrett persönliche Gründe dafür, zu verlangen, dass sie hierblieb? Sie hatten eine Bindung und sogar eine Art Beziehung aufgebaut, aber keiner von ihnen hatte den nächsten Schritt gewagt und angedeutet, dass daraus mehr werden könnte.

„Dir gehört hier ein Haus." Er gestikulierte hinter sich und ihre Hoffnung verpuffte wie ein geplatzter Luftballon. Er hatte die perfekte Gelegenheit gehabt, ihr zu sagen, was er für sie empfand, und er hatte sie ungenutzt verstreichen lassen. „Du hast Freunde. Menschen, die sich um dich sorgen."

Sie hatte die SEALs und ihre Ehefrauen. Sie hatten sie in ihren Freundeskreis eingeladen.

„Außerdem dachte ich, du magst Hartsville", fuhr er fort.

Ich bin gern mit dir zusammen, wollte sie schreien, aber er achtete sorgfältig darauf, nicht auf eine persönliche Ebene zu gehen, also fühlte sie sich nicht wohl dabei, diesen Aspekt anzusprechen.

„Das tue ich", sagte sie nach einer Weile. „Es ist ein großartiger Ort und ich verstehe, warum Sebastian sich hier niedergelassen hat, aber ich kann nicht in Angst leben." Das Gefühl der Gemeinschaft *war* wunderbar, aber es wog die Bedrohung nicht auf.

„Weglaufen ist keine Lösung. Egal, wo du hingehst, du wirst immer wachsam sein müssen“, warnte er sie.

Sein Argument klang zwar vernünftig, aber verdammt, verstand er nicht, dass sie Angst hatte? In Hartsville zu bleiben, war undenkbar, solange Thomas eine Gefahr darstellte.

„Ich bin hier eine leichte Beute. Verstehst du das nicht? Du hast wahrscheinlich vor gar nichts Angst. Warum solltest du auch?“ Garretts Ausbildung und Größe ließen ihn unantastbar wirken. „Wenn du weg bist und ich in den Supermarkt oder zum Arzt gehen muss, wie soll ich mich dann sicher fühlen? Ich kann mich nicht vor Thomas verteidigen. Ich habe es versucht, als er anfing, mich zu misshandeln. Irgendwann habe ich aufgegeben.“

Sie sah den Schmerz in Garretts Gesicht und wusste es zu schätzen, dass er sich Gedanken darüber machte, was sie erduldet hatte. Trotzdem wollte sie sich am liebsten irgendwo verkriechen und der Angst nachgeben, die sie zu überwältigen drohte. Aber das konnte sie nicht tun. Es ging nicht mehr nur um sie. Sie hatte ein Baby zu beschützen. Ein kleines Leben, das es zu lieben galt.

So wie sie es sah, hatte sie keine andere Wahl. Sie musste Hartsville verlassen. Harley wollte es gerade laut aussprechen, als ihr Handy klingelte. Sie warf einen Blick auf den Bildschirm und war entschlossen, den Anruf nicht entgegenzunehmen, falls die Nummer unbekannt war. Sie konnte es jetzt nicht ertragen, Thomas‘ Stimme zu hören. Das würde sie zerstören.

Aber die Anrufer-ID zeigte die Polizeiwache von Hartsville an, also nahm sie den Anruf entgegen. „Hallo.“

„Guten Tag, ich bin Officer Beckwith von der Polizei in Hartsville. Spreche ich mit Harley Von?“

„Ja.“ Könnte Thomas vielleicht verhaftet worden sein? Es wäre typisch für ihn, sie zu kontaktieren.

„Ich rufe an, um Ihnen mitzuteilen, dass die Richterin Ihre einstweilige Verfügung bewilligt hat. Sie tritt noch heute in Kraft. Thomas Von wurde über die Konsequenzen informiert, falls er sich Ihnen nähert."

„Meine einstweilige Verfügung?", fragte sie, während sie Garretts Gesicht betrachtete. Der schuldbewusste Ausdruck, den sie vorhin bemerkt hatte, tauchte wieder auf.

„Ja, Ma'am", sagte der Beamte. „Wir werden dafür sorgen, dass regelmäßig Streifenwagen an Ihrem Haus vorbeifahren. Wenn Sie Mr. Von sehen, wählen Sie sofort den Notruf. Das ist sehr wichtig. Viele Leute zögern in solchen Fällen – wenn es sich um Familienangehörige handelt –, die Behörden zu informieren, weil sie glauben, dass sie mit der Person reden können. Das ist nie eine gute Idee."

„Ich verstehe. Danke für den Rat." Sie legte auf und wandte sich an Garrett. „Du hast das getan, nicht wahr? Du hast Druck gemacht."

„Ich musste es tun, Harley", sagte er. „Es musste erledigt werden, also habe ich deine Sprachnachrichten an die Richterin geschickt."

Ihre Welt brach bei seinen Worten zusammen. Sie hatte darauf vertraut, dass er ihren Wunsch, noch zu warten, respektieren würde. Garrett hatte trotzdem gehandelt, ohne auf ihre Meinung zu achten, und er hatte es ihr nicht einmal gesagt, weil er so überzeugt davon war, dass er es besser wusste.

„Thomas wird jetzt wütend sein. Das habe ich dir doch erklärt. Ich dachte, du verstehst das", sagte sie. Ihre Stimme brach und verriet ihre Gefühle, aber sie fuhr fort. „Du hast die Situation noch schlimmer gemacht."

„Harley, die einstweilige Verfügung ist der beste Weg, dich zu schützen, während ich weg bin." Sein Tonfall war so beruhigend, als würde er mit einem Kind sprechen. „Ich könnte nicht weggehen, wenn ich nicht wüsste, dass du rechtlichen Schutz hast."

„Das war *meine* Entscheidung.“

„Das bestreite ich nicht und es tut mir leid, dass ich dich verärgert habe, aber ich musste etwas unternehmen. Ich musste es tun.“ Er trat einen Schritt näher zu ihr. „Harley, ich würde alles tun, um dich zu beschützen. Du musst wissen, dass ich den Gedanken nicht ertragen kann, dass dir etwas zustößt. Das würde mich umbringen. Ich werde dein Leben nicht riskieren – oder es dich riskieren lassen.“

„Aber du ‚beschützt‘ mich, indem du Entscheidungen für mich triffst“, argumentierte sie. Ein Teil von ihr wollte nachgeben, sich von Garrett umarmen lassen und sich in seiner Stärke verlieren. Sie weigerte sich und zwang sich stattdessen, selbst stark zu bleiben. „Du hast mein Vertrauen missbraucht und Informationen, die ich mit dir geteilt hatte, ohne mein Wissen weitergegeben. Das ist das Schlimmste, was du mir hättest antun können. Du weißt, was ich durchgemacht habe. Die Entscheidungen, die du getroffen hast …“ Sie schüttelte den Kopf, weil sie Angst vor dem hatte, was sie sagen wollte, aber wusste, dass sie es trotzdem tun musste. „Diese Entscheidungen lassen mich an dem zweifeln, was zwischen uns ist.“

Sie erkannte, dass seine Beweggründe gut waren. Sie kamen von Herzen … aber das war keine ausreichende Rechtfertigung. Nicht mehr. Mit Garrett zusammen zu sein und die Ehen seiner Freunde zu sehen, hatte ihre Perspektive verändert. Zum ersten Mal in ihrem Leben verstand sie, was es bedeutete, in einer liebevollen, gleichberechtigten Beziehung zu sein, und sie wollte keine Beziehung, in der sie nicht respektiert wurde. Sie musste sich zurückziehen und die Sache beenden, bevor sie sich noch mehr in ihn verliebte.

„Du solltest jetzt gehen“, sagte sie und kratzte all ihre Entschlossenheit zusammen, um die Worte herauszubringen.

Seine Augenbrauen hoben sich vor Überraschung. „Harley, das ist nicht klug. Ich kann dich nicht so zurücklassen.“

„Es ist mein Haus, Garrett. Ich treffe hier die Entscheidungen. Nimm deine Sachen und geh. Bitte.“ Wenn er dagegen argumentierte, würde sie zögern, also musste es schnell enden. „Jetzt.“

Er bewegte seine Hände, als ob er nach ihr greifen wollte, aber sie wich ihm aus und stieg die Stufen zu der Veranda hinauf.

„Können wir darüber reden? Bitte, Harley.“ Er stützte seine Hände in die Hüften und sah zu ihr auf.

„Haben *wir* über die Weiterleitung meiner persönlichen Dateien an eine Richterin geredet?“

Er senkte den Kopf, bevor er an ihr vorbei ins Haus marschierte. Durch die offene Tür sah sie ihm nach, während er die Treppe ins Obergeschoss hinaufging. Sie wartete auf der Veranda auf ihn. Als er ein paar Minuten später zurückkam, ließ er seinen Seesack auf den Boden fallen und blieb vor ihr stehen.

„Bitte versprich mir, dass du nicht wegläufst“, sagte er zu ihrem Erstaunen. Sie hatte erwartet, dass er ihr vorschlagen würde, bei ihr zu bleiben, oder dass er ihr vielleicht sogar seine Liebe gestand. Nichts davon schien auf seiner Agenda zu sein. „Thomas hat dich schon einmal aufgespürt und er kann es wieder tun. Es ist schwieriger zu verschwinden, als die Leute denken.“

Damit hatte er wahrscheinlich recht, räumte sie im Stillen ein. Der Gedanke, wegzulaufen, hatte immer noch einen gewissen Reiz, aber sie würde ihm dieses eine Zugeständnis machen. Zumindest im Moment. „Ich verspreche es.“

„Und aktiviere die Alarmanlage.“

„Ich verspreche nicht, dass ich für immer im Haus bleibe.“ Sie wollte keine Gefangene sein, egal wie viel Angst sie hatte.

„Aktiviere einfach die Alarmanlage und lass sie eingeschaltet, während du drinnen bist." Sein Blick war flehend, also nickte sie. „Auf Wiedersehen, Harley."

Sie öffnete den Mund, aber nichts kam heraus, als ihre Gefühle sie überwältigten. Sie zwang einen Mann, der ihr am Herzen lag, sie zu verlassen. Bevor ihr die Tränen kommen konnten, eilte sie ins Haus und schloss die Tür. Sie tippte die Zahlenkombination auf der Tastatur ein, um ihr Versprechen zu halten. Dann riskierte sie einen Blick aus dem Fenster neben der Tür. Garrett stand mit seinem Handy da und starrte auf den Bildschirm. Zweifellos überprüfte er die App, die ihm mitteilte, dass die Alarmanlage aktiviert war.

Dann stieg er in seinen Truck und fuhr davon. Harley taumelte ins Wohnzimmer und brach auf dem Sofa zusammen.

15

Harleys Tränen flossen in Strömen, als sie in ein Sofakissen schluchzte und sich verraten und verlassen fühlte. Vielleicht hatte sie überreagiert, aber angesichts der Schwangerschaft, der Bedrohung durch Thomas und Garretts Weggang konnte sie nicht aufhören zu weinen.

Nach einigen Minuten zwang sie sich, sich aufzusetzen, und griff nach einem Taschentuch. Sie wischte sich die Augen ab, aber die Tränen kamen immer wieder. Es half auch nicht, dass ihr Schluchzen im Raum widerzuhallen schien. Ohne Garrett fühlte sich das Haus leer und viel zu groß für sie an. Das alles verstärkte die tiefe Einsamkeit, mit der sie seit dem Tod ihrer Mutter zu kämpfen hatte.

Sie schluckte die Tränen herunter und versuchte, sich Mut zu machen. Sie war nicht so allein, wie sie es zu anderen Zeiten in ihrem Leben gewesen war. Sie konnte Freunde anrufen. Ihre Bekanntschaft mit den SEALs und ihren Frauen hatte vielleicht wegen Garrett begonnen, aber sie hatte das Gefühl, dass sie auch ihre Freunde waren.

Sie überlegte nur kurz, bevor sie nach ihrem Handy griff und Imogen anrief. Da sie an der Vorschule unterrichtete, sollte sie um diese Zeit zu Hause sein, und sie war so nett und fürsorglich.

„Hi, Harley", sagte Imogen nach dem ersten Klingeln. „Ich wollte gerade anrufen, um dich und Garrett zum Essen einzuladen. Ich mache Lasagne und …"

„Ich kann nicht", unterbrach Harley sie. „Garrett ist weg und ich …" Ein Weinkrampf hinderte sie daran, weiterzusprechen.

„Oh, Harley, was ist passiert?"

Harley erzählte ihr stockend von Garretts übertriebener Wachsamkeit und davon, wie er die einstweilige Verfügung hinter ihrem Rücken durchgesetzt und ihr die Entscheidung aus der Hand genommen hatte. Sie musste mehrmals tief Luft holen, um sich zu beruhigen, bevor sie sich alles von der Seele reden konnte.

„Ich kann deine Reaktion verstehen, aber so sind SEALs nun einmal", sagte Imogen, als Harley fertig war. „Ich behaupte nicht, dass er recht hatte, aber Garrett ist so, wie er ist. Er kümmert sich um die Menschen, die ihm wichtig sind."

„Bin damit auch ich gemeint?" Harley konnte die Frage kaum flüstern. Das war der Kern der ganzen Sache. Wenn sie ihm so viel bedeutete, verstand sie nicht, wie er einfach handeln konnte, ohne sie erst zu fragen, selbst wenn es in ihrem besten Interesse war. Er wusste, wie wenig Kontrolle sie bislang über ihr Leben gehabt hatte, und sie hatte gedacht, er würde begreifen, was es ihr bedeutete, ihre eigenen Entscheidungen zu treffen.

„Natürlich bist du das."

„Das hat er nie gesagt." Harley hatte auf eine Liebeserklärung gewartet, aber sie war nicht gekommen.

„So machen sie das nicht. Das kannst du mir glauben. Worte können für solche Kämpfernaturen schwer sein, aber er hat es dir gezeigt, nicht wahr?", fragte Imogen sanft.

Das hatte er, musste Harley sich eingestehen. Er hatte es ihr dadurch gezeigt, wie er an dem Haus gearbeitet und versucht hatte, alles zu erledigen, bevor er weggehen musste. Dadurch, wie er alles getan hatte, um sie zu beschützen. Ganz zu schweigen von den tausend kleinen Dingen, wie die Zubereitung von Mahlzeiten, die ihr schmeckten, oder das Einlassen eines Bades für sie. Und die Art und Weise, wie er sie nachts im Arm gehalten hatte, sprach Bände. Ja, er hatte es ihr auf seine Art gezeigt.

„Ich denke schon." Ihre Tränen versiegten und sie atmete tief durch, als sie spürte, wie sich ihr Körper und ihre Gefühle ein wenig beruhigten.

„Okay. Die Frage ist …"

Bei dem Klirren von zerbrechendem Glas sprang Harley vom Sofa auf. Sie ließ ihr Handy fallen, das unter den Couchtisch rutschte, aber sie rührte sich nicht, um es aufzuheben. Ihre Aufmerksamkeit war ganz auf Thomas gerichtet, der durch das zerbrochene Esszimmerfenster stieg und in den Raum kam. Er hielt ein Messer in seiner Hand. Ihr wurde schlecht.

„Thomas", keuchte sie.

„Ich habe dich gefunden, mein Schatz." Er lächelte auf eine Art und Weise, an die sie nicht gewöhnt war. „Wie dumm von dir, dass du dachtest, ich würde dich nicht erwischen. Ich musste nur warten, bis dein Wachhund weg war."

„Du musst von hier verschwinden." Sie fand ihre Stimme wieder, auch wenn sie zitterte. „Ich habe eine einstweilige Verfügung gegen dich erwirkt, also darfst du gar nicht hier sein."

Thomas lachte und zog ein zerknittertes Blatt Papier aus seiner Tasche. „Die Polizei hat mir eine Kopie gegeben." Er knüllte es zusammen und warf es über seine Schulter. „Das hat nichts zu bedeuten. Weißt du, was etwas bedeutet, mein Schatz?" Als sie nicht antwortete, trat er näher an sie heran. „Das Erbrecht. Darüber habe ich mich informiert. Wenn es kein Testament gibt, bekommt der Ehepartner alles."

Sie wich vor ihm zurück, aber ihre Beine stießen gegen den hölzernen Couchtisch. Der Druck der Tischkante an ihren Waden erinnerte sie daran, dass ihr Handy darunter lag. Konnte Imogen hören, was vor sich ging? Hatte sie alles mitbekommen und Hilfe geholt? Wenn ja, musste Harley sich Zeit verschaffen. Sie musste Thomas zum Reden bringen. „Ich begreife nicht, was du meinst, Thomas." Sie erhob ihre Stimme, um durch die Leitung besser gehört zu werden.

„Es ist ganz einfach. Wenn du tot bist, kriege ich alles." Er gestikulierte wild. „Dieses Haus, das Geld deines Bruders – ja, sogar das Boot. Das ist verdammt großartig."

Oh Gott! Er wollte sie umbringen. Das war sein Plan. Sie ermorden und bekommen, was ihr gehörte. Und sie war mit ihm in diesem Zimmer gefangen. Sie konnte nicht entkommen. Er war schnell und stärker als sie. Das wusste sie aus Erfahrung. Schlimmer noch, er war skrupellos.

„Ich gebe dir, was du willst. Geld … was auch immer. Geh einfach weg." Das Letzte, was sie tun wollte, war, ihm alles zu überlassen, was Sebastian gehört hatte. Sie wollte ihm sagen, dass er sich zum Teufel scheren sollte. Dass nichts davon ihm gehörte und auch nie gehören würde. Aber wenn sie ihn provozierte, würde er zuschlagen. Sie musste ihn besänftigen.

„Auf keinen Fall. Ich habe mich über den Wert des Hauses informiert. Es wird mir ein Vermögen einbringen. Wahrscheinlich ist sein Wert sogar noch gestiegen, seit dein Freund so viel Arbeit hineingesteckt hat. Zusammen mit dem Geld auf den Bankkonten ist es mein goldenes Ticket."

„Um deine Spielschulden zu begleichen?" Sie sollte ihn nicht reizen, aber etwas in ihr wollte, dass er wusste, was sie herausgefunden hatte. In der Vergangenheit hatte er die ganze Macht in ihrer Beziehung gehabt, aber jetzt nicht mehr.

Er kniff die Augen zusammen und richtete das Messer auf sie. „Woher weißt du davon?"

Sie zuckte mit den Schultern und versuchte, lässig zu wirken, aber sie wartete angespannt auf den Moment, in dem er auf sie losgehen würde. Er spielte bislang nur mit ihr und hielt ein paar Meter Abstand. Das hatte er immer gern gemacht, bevor er sie verprügelte. „Ich habe etwas gehört …"

„Von diesem SEAL. Er denkt, er sei etwas Besonderes. Ich würde ihm auch gern ein paar Stiche verpassen. Das werde ich wohl tun, wenn ich mit dir fertig bin." Thomas machte einen weiteren Schritt auf sie zu, während er das Messer vor sich hielt. „Es geht ganz schnell, wenn du dich nicht wehrst."

„Thomas, denk nach." Ihre Knie zitterten, aber sie blieb standhaft. „Damit kommst du nicht durch. Die Sicherheitskameras im Haus zeichnen dich auf. Es ist helllichter Tag, um Himmels willen. Die Polizei ist wahrscheinlich schon auf dem Weg." Zumindest betete sie darum und hoffte, dass Imogen Hilfe gerufen hatte.

Sie sah eine Art von Wahnsinn in seinen Augen, die sie nur einmal zuvor gesehen hatte – an dem Tag nach ihrem Geburtstag, als er sie körperlich und verbal so furchtbar misshandelt hatte. Thomas war nicht mehr mit Vernunft zu erreichen, aber sie musste einen letzten Versuch wagen. Also sagte sie das Einzige, was ihr einfiel, um ihn aufzuhalten.

„Ich bin mit deinem Baby schwanger", platzte sie heraus.

„Netter Versuch", knurrte er, „aber du weißt, dass ich immer verhütet habe." Am Anfang ihrer Ehe hatte er ihr erklärt, dass sie später Kinder haben würden, weil er wollte, dass sie erst einmal nur zu zweit waren.

„Nicht immer. An meinem Geburtstag hast du es nicht getan", erinnerte sie ihn. Vor jener Nacht hatten sie mindestens zwei Monate lang keinen Sex mehr gehabt, aber Thomas hatte zur Feier des Tages seinen Charme spielen lassen. Er war wieder der Mann gewesen, für den sie ihn gehalten hatte, als sie zusammengekommen waren. Er hatte sie zu einem schicken Abendessen ausgeführt und ihr eine wunderschöne Halskette geschenkt. Kurzzeitig hatte sie törichterweise gehofft, dass er sich geändert hätte und ihre Ehe doch noch gut werden könnte.

Aber am nächsten Tag hatte der Albtraum von Neuem begonnen. Er hatte sie geschlagen, das Haus durchwühlt, Möbel umgeworfen und den Inhalt der Küchenschränke auf den Boden geleert. Dann hatte er sie gezwungen, als Dank für sein Geschenk alles aufzuräumen. Das war der Tag gewesen, an dem sie beschlossen hatte, dass sie fliehen musste – aber erst als Sebastian sie kontaktiert hatte, hatte sie einen Weg gesehen, diesen Plan in die Tat umzusetzen.

„Oh ja, da hast du recht. Du bist also schwanger?" Das hämische Grinsen, das sie zu fürchten gelernt hatte, zeigte sich auf seinem Gesicht. „Komisch, dass du denkst, ich würde mich um ein Kind kümmern, das man noch nicht einmal sehen kann."

Garrett hatte sich darum gekümmert. Sie biss sich auf die Zunge, um es nicht laut zu sagen. Er hatte das ganze Haus kindersicher gemacht, auch wenn das nicht nötig gewesen wäre.

„Es ist dein Kind", sagte sie stattdessen. „Bedeutet dir das denn gar nichts?"

Das tat es nicht. Das hatte er klargestellt, aber das Gespräch über das Baby hatte ihr etwas Zeit verschafft und ihre Entschlossenheit gestärkt. Sie musste ihr Kind beschützen. Sie musste fliehen. Konnte sie es schaffen, vor ihm wegzulaufen und hinter dem Haus zu verschwinden? Und wenn ja, wohin würde sie fliehen?

Thomas musste gesehen haben, wie sie einen Blick auf die offene Tür warf, denn er rannte auf sie zu und packte sie an den Haaren. „Ich schätze, das Baby ist zuerst dran."

Sie schrie, als er das Messer auf ihren Bauch richtete.

Nachdem er Harleys Zuhause verlassen hatte, fuhr Garrett die kurze Strecke zu Patricks und Imogens Haus und lenkte seinen Truck in ihre Einfahrt. Er blieb einige Minuten sitzen, während er das Lenkrad fest umklammerte.

Warum zum Teufel war er weggegangen? Harley hatte das Recht, ihn ihres Hauses zu verweisen – er würde sich nie darüber hinwegsetzen, weil er nicht wollte, dass sie das Gefühl hatte, das Haus gehörte ihr nicht –, aber er hätte am Ende ihrer Einfahrt parken können, um die Situation im Auge zu behalten. Wachdienst war ihm vertraut und er würde viel mehr in Kauf nehmen als eine unbequeme, schlaflose Nacht in seinem Truck, wenn es darum ging, Harley zu beschützen.

Aber jetzt, da er hier war, verspürte er den starken Drang, die Dinge mit seinem Freund zu besprechen. Vielleicht hatte Patrick einen Rat, wie er die Sache in Ordnung bringen könnte. Garrett wusste genug über die Anfänge seiner Beziehung mit Imogen, um zu glauben, dass er einige nützliche Erkenntnisse für ihn hätte. Seufzend stieg Garrett aus und ging auf das Haus zu.

„Hey, was ist los?", fragte Patrick, der draußen arbeitete, als er Garrett sah.

„Harley hat mich rausgeworfen“, platzte Garrett heraus.

Patrick legte den Hobel weg, mit dem er ein Stück Holz bearbeitet hatte. „Warum?“

„Ich habe die Beweise für die einstweilige Verfügung eingereicht, ohne es ihr zu sagen.“

„Scheiße, Kumpel. Frauen mögen es nicht, wenn man ihre Grenzen missachtet.“

„Ich musste es tun“, protestierte Garrett. „Was könnte sonst passieren, während ich im Einsatz bin? Wer würde sie beschützen, wenn die Polizei nicht in Alarmbereitschaft wäre?“

„Ich wohne gleich die Straße herunter.“

„Du kannst auch nicht garantieren, dass du hier sein wirst. Du könntest auch im Einsatz sein.“ Genauso wie alle seine SEAL-Kameraden in der Gegend. Er musste sich auf die örtliche Polizei verlassen, aber er befürchtete, dass sie nicht schnell genug reagieren würde, um zu verhindern, dass Harley wieder in Angst versetzt oder sogar verletzt wurde. So wie neulich. Er wollte, dass Thomas im Gefängnis landete, wenn er Harley wieder angriff, und die einstweilige Verfügung ließ ihn zumindest darauf hoffen.

„Das ist wahr“, stimmte Patrick ihm zu. „Aber was ist die Lösung? Wir können nicht einfach auf Thomas losgehen und die Bedrohung eliminieren.“

„Ganz genau. Solange er nichts unternimmt, kann ich nichts tun.“ Die Polizei und auch seine Vorgesetzten wären nicht erfreut, wenn Garrett Thomas ohne direkte Provokation bedrohte oder angriff. Es war unerträglich. Harley hatte gesagt, sie sei eine leichte Beute, und Garrett hatte das Gefühl, dass ihm die Hände gebunden waren, obwohl er unbedingt handeln wollte.

„Lass mich nachdenken“, sagte Patrick. „Vielleicht wäre Harley damit einverstanden, vorübergehend hier bei uns oder bei Kenton oder Anderson zu wohnen. Dann wäre sie nicht allein.“

„Das ist immer noch eine kurzfristige Lösung.“ Und es hing davon ab, ob sie Harley dazu überreden könnten. Sie war bereit, aus der Stadt zu fliehen, um Thomas zu entkommen, aber würde sie es in Betracht ziehen, bei ihren Freunden zu bleiben? Möglicherweise. „Einen Versuch ist es aber wert.“

„Lass uns mit Imogen reden und ihre Meinung dazu hören.“ Patrick führte ihn in die Küche, wo Imogen an der Theke lehnte und telefonierte. Als sie die beiden sah, zeigte sie auf ihr Handy und murmelte: „Harley.“

Garrett war erleichtert, dass Harley sich an eine Freundin gewandt hatte. Vielleicht würde sie einwilligen, mit ihm zu reden, und ihm die Chance geben, sich zu entschuldigen. Er wollte gerade darum bitten, mit Harley zu sprechen, als eine Benachrichtigung von der Sicherheits-App auf seinem Handy einging. Im selben Moment weiteten sich Imogens Augen.

„Oh mein Gott. Er ist da“, flüsterte Imogen.

„Thomas?“, fragte Patrick, als seine Frau den Lautsprecher aktivierte. Schwache Stimmen drangen durch die Leitung.

Garrett öffnete die App und ging die Informationen durch. Das Fenster des Esszimmers, das auf die Veranda gerichtet war, war eingeschlagen worden und hatte Thomas Zugang zum Haus ermöglicht. Garrett schaltete auf eine der Innenkameras im Erdgeschoss um und sah Thomas mit Harley im Wohnzimmer. Er hatte ein Messer, aber Gott sei Dank war er noch einige Meter von ihr entfernt.

Garrett wollte gerade zur Tür rennen, als Patrick ihn am Arm packte.

„Ich muss los", knurrte Garrett und schüttelte seinen Griff ab. Harley brauchte ihn.

„Warte", befahl Patrick und schloss schnell ein Fach über dem Kühlschrank auf. Er holte eine SIG Sauer P320 und eine P226 heraus. Letztere reichte er Garrett zusammen mit Munition.

„Ich rufe die Polizei. Seid vorsichtig", flüsterte Imogen, bevor sie zur Tür hinausgingen.

Während sie die Straße zu Harleys Haus hinunterliefen, gab Patrick Anweisungen: „Wir nähern uns dem Haus von der Seeseite aus. Dort wird er uns nicht sehen können. Hier entlang." Patrick nahm eine Abkürzung über das Grundstück eines Nachbarn.

Garrett war froh, dass Patrick Ruhe bewahrte, denn er spürte Panik in sich aufsteigen, aber als sie am Ufer des Sees entlang zu Harleys Haus rannten, erinnerte er sich an seine Ausbildung und erreichte fast den kontrollierten, aber wachsamen Geisteszustand, den er auf Missionen hatte. *Fast*. Noch nie hatte für ihn so viel auf dem Spiel gestanden.

Eine Sekunde lang gingen seine Gedanken zurück zu der Razzia in Südamerika, bei der Sebastian getötet worden war. Er hatte versucht, Zivilisten in Sicherheit zu bringen, obwohl er sich dabei selbst in Gefahr gebracht hatte. Garrett fühlte sich immer noch schuldig am Tod seines Freundes, aber er konnte nicht zulassen, dass dies sein Handeln beeinträchtigte. Er hatte Sebastian an jenem Tag im Stich gelassen, aber Harley würde er nicht im Stich lassen.

Er und Patrick näherten sich der Rückseite des Hauses. Jeder ging an einer Ecke in Deckung und hielt sich von den Fenstern fern. Mit der App entriegelte er die Hintertür, dankbar dafür, dass Patrick diese Funktion empfohlen hatte. Mit den Handzeichen, die sie bei ihren Einsätzen benutzten, gab Patrick ihm zu verstehen, dass er sich zur Vorderseite des Hauses schleichen würde, während Garrett hinten hineinschlüpfte.

Garrett blieb kurz stehen und lauschte, als er Stimmen im Wohnzimmer vernahm. Er hörte das Wort „schwanger“. Harley musste Thomas von dem Kind erzählen, in der Hoffnung, dadurch sein Mitgefühl zu erregen. Aber Thomas war ein egoistischer Mistkerl und Garrett bezweifelte, dass das irgendeine Wirkung haben würde.

Er entsicherte die Waffe, während er lautlos das Arbeitszimmer durchquerte. Die Flügeltüren, die zum Wohnzimmer führten, waren teilweise geöffnet. Das war gut. Er konnte Harley und Thomas noch nicht sehen, aber ihre Stimmen wurden immer deutlicher.

„Es ist dein Kind“, sagte Harley. „Bedeutet dir das denn gar nichts?“

Garrett pirschte sich näher an die Tür heran. Noch zwei Schritte und er könnte bei ihnen im Zimmer sein.

„Ich schätze, das Baby ist zuerst dran.“

Als Harley schrie, stürzte Garrett hinein und verschaffte sich in Sekundenschnelle einen Überblick über die Situation. Thomas hatte sie an den Haaren gepackt und hielt das Messer umklammert, um ihr damit in den Bauch zu stechen. Glücklicherweise hatte Garrett in seiner Position eine freie Schussbahn. Ohne zu zögern, gab er zwei Schüsse ab und traf Thomas in die Brust. Die Wucht des Aufpralls schleuderte den Mann zurück und weg von Harley. Das Messer schlitterte über den Boden.

Patrick stürmte durch die Vordertür und rannte in den Raum, aber er ließ sofort seine Waffe sinken, als er sah, dass Thomas am Boden lag. In der Ferne heulten Sirenen.

„Ich warte draußen auf die Polizei“, sagte Patrick und verschwand.

„Ist er … tot?“ Harleys Stimme war kaum zu hören.

„Ja, er ist tot“, bestätigte Garrett. Thomas hatte bereits die versteinerten Gesichtszüge einer Leiche. „Sieh nicht hin, Süße.“ Er legte die Waffe auf einen Beistelltisch und zog sie in seine Arme, wobei er ihren Kopf an seine Schulter drückte. Sie erschauderte und er strich mit seinen Händen über ihren Rücken, in der Hoffnung, sie zu trösten.

Es war vorbei. So furchtbar und schrecklich es auch gewesen war – es war endlich vorbei.

16

Garrett schloss die Haustür hinter dem letzten Polizeibeamten. Draußen war es dunkel geworden, während er mehrmals dieselben Fragen beantwortet hatte, aber er verstand, dass ein tödlicher Schuss ordnungsgemäß untersucht werden musste. Trotzdem war er froh, dass sie fertig waren. Es war nur Patricks und Kentons Einfluss in der Stadt zu verdanken, dass es so schnell gegangen war.

Vielleicht könnten Harley und er jetzt reden.

Sie saß mit Violet, Mia und Imogen am Esszimmertisch. Ihre Haut war blass und er sah, wie ihre Hand zitterte, als sie ein Glas Wasser an ihre Lippen hob. Die vier Frauen unterhielten sich leise.

Alle waren gekommen, um Harley und ihn zu unterstützen. Patrick und Anderson hatten das zerbrochene Fenster mit Brettern vernagelt, und Mia hatte Harley dazu überredet, eine mitgebrachte Suppe zu essen. Das war eines der Dinge, die er an seinen Freunden am meisten schätzte: Wenn es schwierig wurde, waren sie ohne zu zögern zur Stelle.

„Ich werde nicht weggehen." Harley erhob ihre Stimme. „Ich muss die Nacht hier verbringen. Ich habe Angst, dass ich nicht mehr zurückkomme, wenn ich weggehe. Das ist mein Haus und ich bleibe hier."

Die anderen Frauen tauschten Blicke aus. „Ich bleibe bei dir", bot Violet an. „Anderson kann die Nacht über auf Nate aufpassen."

„Ich kann hierbleiben." Garrett wollte nirgendwo anders sein. Harley hatte ihn vorhin gebeten zu gehen, aber jetzt war alles anders, nicht wahr? Thomas war tot. Die Bedrohung war weg.

„Nein", sagte Harley und sah ihn direkt an. „Violet und ich kommen schon klar."

Die Entschlossenheit in ihrem Blick traf ihn wie ein Schlag gegen die Brust. Er wollte sie unterstützen. Es war seine Verantwortung, an ihrer Seite zu sein. Aber vielleicht hatte er dieses Privileg verwirkt. Er musste ihre Entscheidung respektieren, so wenig sie ihm auch gefiel.

„Wie du willst", sagte er. „Danke, dass ihr hergekommen seid." Er nickte den Frauen zu und trat auf die Veranda hinaus.

„Brauchst du einen Schlafplatz für die Nacht, Garrett? Ich muss nach Hause, damit unsere Babysitterin gehen kann", sagte Patrick von dort, wo er im Schatten stand. Sobald die Vernehmung im Haus geendet hatte, waren die anderen Männer auf die Veranda gegangen, damit Harley sich nicht bedrängt fühlte.

„Sieht so aus." Der Gedanke, dass er wieder genau so weit war, wie er vorhin mit Patrick gewesen war, erschien ihm unwirklich. Aber Harley war jetzt in Sicherheit. Wenn er schon nicht bei ihr sein konnte, so konnte er sich wenigstens damit trösten.

„Dann komm mit", forderte Patrick ihn auf und wandte sich an die anderen SEALs. „Ihr seid auch willkommen. Ich habe eine gute Flasche Bourbon aufbewahrt."

„Violets Mutter passt auf Nate auf und irgendwann muss ich sie ablösen, aber ich könnte eine Weile bleiben“, sagte Anderson.

„Meine Mutter hat die Mädchen und ich denke, Mia wird bald nach Hause gehen“, meldete sich Kenton zu Wort. „Was ist mit dir, Matthew?“

„Meine Zeit gehört mir.“ Wie Garrett hatte auch Matthew keine Verantwortung für eine Familie. Garrett hatte immer geglaubt, dass sie beide – und Sebastian – die bessere Lebenseinstellung hatten, aber jetzt war alles anders.

„Wir sehen uns dann dort, Leute“, sagte Patrick.

Garrett ging mit ihm und Imogen nach Hause und zog sich in den ruhigen Garten hinter dem Haus zurück, während sie nach ihren Kindern sahen. Patrick hatte es gut hier. Ein schönes Zuhause und eine liebevolle Familie. Garrett hatte angefangen, sich vorzustellen, diese Dinge mit Harley zu haben.

Jetzt war dieser Traum geplatzt und hatte ihn am Boden zerstört zurückgelassen – und es war seine eigene Schuld. Er hatte alles zwischen ihnen kaputtgemacht.

„Machst du Feuer?“, rief Patrick von der Hintertür aus. „Es wird kühl heute Nacht.“

Garrett fragte sich, ob Patrick spürte, dass er eine Aufgabe brauchte, die ihn davon abhielt, noch mehr zu grübeln. Während er Holzscheite von dem Haufen neben der Garage holte und sie symmetrisch an der Feuerstelle aufstapelte, dachte er darüber nach, wie sich der Tag entwickelt hatte. Er bedauerte nicht eine Sekunde lang, Thomas erschossen zu haben. Er wünschte nur, Harley hätte nicht so viel durchgemacht und wäre nicht auch noch Zeugin seines Todes geworden.

Als das Feuer zu knistern begann, kamen seine Kumpels nach draußen und versammelten sich. Patrick verteilte Gläser und schenkte allen Bourbon ein. „Das war keine offizielle Mission, aber wir können trotzdem auf den Erfolg anstoßen. Harley ist in Sicherheit – und dieser Mistkerl wird niemandem mehr wehtun", sagte er. Nachdem alle einen Schluck getrunken hatten, ließen sie sich auf den Gartenstühlen am Feuer nieder.

„Thomas ist tot und ich bin froh darüber, aber ich kann den Tag nicht als Erfolg bezeichnen", sagte Garrett.

„Gib ihr Zeit", riet Anderson ihm. „Das alles ist bestimmt sehr schwierig für sie."

„Für dich auch, Garrett", fügte Kenton hinzu. „Vielleicht würde es dir helfen, darüber zu reden. Wir sind unter uns und wir verurteilen dich nicht."

Garrett blickte zu Matthew, der sein Glas in seiner unversehrten Hand hielt und den Bourbon abwesend schwenkte, bevor er aufmunternd nickte. Sie waren alle Freunde, aber Matthew kannte ihn am besten und hatte wahrscheinlich schon erraten, was der Kern seines Problems war.

„Ich hasse es, zu versagen", begann Garrett nach ein paar Minuten Schweigen. „Und ich habe es in letzter Zeit öfter getan als jemals zuvor in meinem Leben." Niemand erwiderte etwas, also fuhr er fort. „Ich habe Sebastian enttäuscht und Harley auch. Nur auf eine andere Art und Weise."

„Du hast Harley heute das Leben gerettet", sagte Patrick. „Und dem Baby auch. Das ist eine Tatsache."

„Nachdem ich sie in Gefahr gebracht hatte." Harley hatte ihm gesagt, dass die Zustellung der Scheidungspapiere oder der einstweiligen Verfügung an Thomas wie das Schwenken einer roten Fahne vor einem Stier sein würde – aber er hatte nicht auf sie gehört. Wenn das der Grund war, warum der Kerl heute zugeschlagen hatte, dann war Garrett an dem Angriff schuld. Indem er hinter Harleys Rücken versucht hatte, sie zu beschützen, hatte er sie in noch größere Gefahr gebracht. Harley musste schreckliche Angst gehabt haben, als sie mit Thomas allein gewesen war. Sie hatte nicht wissen können, dass er und Patrick auf dem Weg waren. Außerdem hatte er sie erst im letzten Moment erreicht. Fünf Sekunden später und Thomas hätte sie wahrscheinlich erstochen. Garrett würde diese Szene niemals aus seinem Gedächtnis verbannen können – und auch niemals vergessen, wie sie danach in seinen Armen gezittert hatte.

„Das liegt nicht an dir“, widersprach Kenton. „Das war die Schuld ihres Mannes.“

„Aber ich habe ihr versprochen, sie zu beschützen.“ Dieses Versprechen hatte er gebrochen, wenn auch unabsichtlich. „Und Sebastian …“ Er wusste nicht, was er als Nächstes sagen sollte, also leerte er sein Glas.

Matthew musterte ihn. „Ist es das, was dir keine Ruhe lässt? Kolumbien und die Zivilisten, die Sebastian herausholen wollte? Du hast ihn nicht enttäuscht, falls du das denkst.“

Verdammt noch mal. Matthew hatte es auf den Punkt gebracht. Als Garrett an diesem Nachmittag zu Harleys Haus gelaufen war, hatte er sich an ihre letzte Mission erinnert. Die Situationen schienen sich seltsamerweise zu ähneln. Sebastian hatte sich geopfert, um anderen zu helfen, aber er war nur aufgrund von Garretts Entscheidungen in diese Lage geraten. Dann hatte er Garrett die Sicherheit seiner Schwester anvertraut, die daraufhin fast von ihrem gewalttätigen Ehemann erstochen worden wäre.

Während die Polizei ihn vernommen hatte, war es ihm gelungen, diese Gedanken zu unterdrücken, aber jetzt waren sie wieder da. Die beiden Vorfälle vermischten sich in seinem Kopf.

„Warum solltest du dafür verantwortlich sein, was Sebastian passiert ist?“, fragte Kenton.

Die drei SEALs aus dem anderen Team waren nicht dabei gewesen, also kannten sie nicht alle Details der Mission in Kolumbien. Sie wussten nichts von den Schuldgefühlen, die Garrett mit sich herumtrug.

„Das ist er nicht“, sagte Matthew. „Erzähle du es – oder ich werde es tun.“

Das wollte Garrett nicht. Es fiel ihm nicht leicht, seine Gefühle zu zeigen, aber wenn er es tun musste, war dies der richtige Ort dafür. Widerwillig erklärte Garrett, dass er und Sebastian zu viele Stunden wach gewesen waren und nicht an der Razzia hätten teilnehmen sollen.

„So arbeiten wir ständig“, meinte Patrick, als Garrett verstummte. „Wir sind Experten für Schlafentzug im Einsatz. Was war in diesem Fall anders?“

„Ich war derjenige, der darauf bestand, dass es mir gut ging und ich mitgehen wollte, als der Rest des Teams auf das Gelände vorrückte. Da Sebastian und ich alles zusammen machten, meldete er sich ebenfalls freiwillig. Wäre er nicht bei der Razzia dabei gewesen, wäre er noch am Leben. So einfach ist das. Ich habe eine Entscheidung getroffen, durch die mein bester Freund getötet wurde.“

„Unsinn“, entgegnete Anderson. „Bei dir hört sich das an, als wäre er ein Kind gewesen, das hinter dir hergelaufen ist. Sebastian war ein erwachsener Mann und ein erfahrener SEAL. Er hat seine eigene Entscheidung getroffen. Ich kannte ihn gut genug, um sagen zu können, dass er mit deiner Version der Geschichte oder der Tatsache, dass du dir selbst die Schuld gibst, nicht einverstanden wäre.“

Garrett schüttelte den Kopf. Ja, Andersons Argumentation war logisch, aber sie änderte nichts daran, wie er empfand, und die Situation mit Harley machte alles noch schlimmer.

„Das habe ich dir schon vor Wochen versucht zu sagen“, warf Matthew ein. „Als du mich im Krankenhaus besucht hast.“

Matthew und die anderen verwundeten SEALs waren vor dem Rest des Teams aus medizinischen Gründen evakuiert worden. Sobald Garrett in die Vereinigten Staaten zurückgekehrt war, war er direkt zum Krankenhaus gefahren, um Matthew zu besuchen. Er erinnerte sich an das Gespräch, aber er hatte sich mehr Sorgen um Matthew gemacht, als sich mit seinen eigenen Gefühlen auseinanderzusetzen. Daran hatte sich auch in der Zwischenzeit nichts geändert.

„Hör zu“, sagte Kenton. „Die Dinge, die wir als SEALs sehen, eignen sich nicht für ein höfliches Tischgespräch beim Abendessen. Es ist pures Chaos und jeder von uns geht damit auf seine eigene Weise um. Mia erinnert mich gern daran, dass ich für alles einen Plan A und einen Plan B habe, von einer komplexen Mission bis hin zu dem, was ich zum Frühstück esse. Das ist meine Art, Dinge mental zu managen, die in der Realität oft unkontrollierbar sind. Ich versuche, Ordnung ins Chaos zu bringen und auf Notfälle vorbereitet zu sein. Das funktioniert nicht immer, aber so gehe ich mit dem um, was wir tun. Wir alle haben so etwas, aber selbst mit all diesen Bewältigungsstrategien muss man manchmal abwarten, bis die Gefühle hochkochen, und sie dann herauslassen. Und das kann dauern. Du musst dir Zeit geben.“

„Ich bin nicht sicher, ob es helfen wird. Nichts wird etwas daran ändern, was passiert ist.“ Garrett wollte seine Gefühle nicht herauslassen, weil er befürchtete, dass sie ihn überwältigen würden.

„Das ist der Punkt. Was passiert ist, ist passiert. Das musst du akzeptieren“, sagte Anderson.

„Dein Problem ist, dass du in Extremen denkst“, fügte Matthew hinzu. „Entweder war etwas ein voller Erfolg oder es war ein totales

Desaster. Dazwischen gibt es für dich nicht viel. Meistens schaffst du es, etwas als Erfolg zu verbuchen. Du hast Glück."

„Wie zum Teufel soll ich Sebastians Tod verbuchen?" Er konnte ihn nicht einfach als Verlust verbuchen und vergessen.

„Das ist eine Frage, die du dir selbst beantworten musst. Die Mission ist vorbei und wir können nichts daran ändern, wie sie abgelaufen ist. Aber sie war kein kompletter Fehlschlag. Viele Zivilisten wurden gerettet, jede Menge Drogen wurden aus dem Verkehr gezogen und in der Folge hast du Harley kennengelernt und sie gerettet. Trotz der Dinge, die schiefgelaufen sind – und du weißt, dass ich das nicht verharmlosen will –, ist dieser Teil ein Erfolg. Und ich werde es noch einmal sagen: Sebastian hat an jenem Tag seine eigenen Entscheidungen getroffen."

Es war seltsam, dass Matthew, der sonst immer zu Scherzen aufgelegt war, so ernst und düster sprach … aber er hatte recht. Die Mission hatte gute und schlechte Ergebnisse gebracht, und Garrett musste beides akzeptieren. Das bedeutete, dass er versuchen musste, seine Schuldgefühle wegen Sebastian loszuwerden.

Das würde nicht über Nacht passieren. „Scheiße", murmelte Garrett.

„Ja", stimmte Matthew ihm zu. „Sebastian wäre stinksauer, wenn er sehen würde, wie du dich quälst. Er würde dir sagen, dass du dein Leben genießen sollst."

Garrett konnte Sebastian diese Worte sagen hören. Sein Ziel im Leben war es gewesen, seinen Freunden zu helfen und jeden Moment zu genießen. Wenn sein Leben nicht viel zu früh geendet hätte … Aber genau damit kämpfte Garrett immer noch. „Das wird nicht einfach sein."

„Da hast du recht", pflichtete Matthew ihm bei. „Das ist für keinen von uns einfach. Unser Leben hat sich an jenem Tag verändert." Matthew hatte eine körperliche Erinnerung an die fehlgeschlagene

Mission, die ihn daran hindern könnte, den Beruf, den er liebte, weiterhin auszuüben. Bei der Razzia in Kolumbien war so viel verloren gegangen und keiner von ihnen konnte sich erklären, woran genau die Mission gescheitert war.

„Du brauchst mehr Zeit", sagte Patrick nach einer Weile. „Du solltest mit deinem Vorgesetzten darüber reden, ob du vorerst in den Vereinigten Staaten bleiben und als Ausbilder tätig sein kannst."

Er hatte seinen Vorgesetzten schon früher am Abend kontaktiert, um ihn darüber zu informieren, was mit Thomas vorgefallen war. Es würden noch mehr Fragen auftauchen, wenn die Navy den Vorfall untersuchte, aber Garrett machte sich keine Sorgen deswegen, da die Aufnahmen der Überwachungskameras eindeutig zeigten, dass er die Schüsse zu Harleys Verteidigung abgefeuert hatte. Patricks Vorschlag hatte jedoch etwas für sich. Garrett brauchte Zeit, um mit Sebastians Tod fertigzuwerden. Er konnte nicht einfach alles verdrängen. Er wünschte zwar, er könnte es, aber dann würde es ihn im schlimmsten Moment wieder einholen. Und wenn er als SEAL zu einem ungünstigen Zeitpunkt zusammenbrach, könnte das bedeuten, dass noch mehr Menschen starben.

Und dann war da noch Harley. Durch eine Tätigkeit auf dem Stützpunkt könnte er in der Gegend bleiben, was ihm vielleicht eine Chance bei ihr verschaffen würde. Sie war wütend über das, was er getan hatte, um die einstweilige Verfügung durchzusetzen. Das begriff er und er konnte ihren Standpunkt nachvollziehen. Sie hatte bisher kaum die Gelegenheit gehabt, über ihr eigenes Leben zu bestimmen, und ihre ganze Welt war in Aufruhr geraten. Aber jetzt, da er akzeptierte, dass er im Unrecht war, bestand die Chance, dass sich ihre Wut nach einer Weile legte.

Vielleicht brauchten sie beide Zeit. Und dann … dann würde er sehen, ob sie wieder zusammenfinden könnten.

Weil er das wollte. Er hatte nicht gemerkt, wie sehr er es wollte, bis sie ihn weggeschickt hatte.

17

Harley steckte ein paar Ingwer-Kaugummis in das Außenfach ihrer Tasche, die sie für den Tagesausflug gepackt hatte, und ging hinunter zum Steg. Ihr Boot dümpelte auf dem Wasser. Sie würde eine Entscheidung treffen müssen, sobald der Nachlass geklärt war. Da sie nicht wusste, wie man das Boot steuerte, sollte sie es wahrscheinlich verkaufen, aber sie glaubte nicht, dass sie sich dazu durchringen könnte. Wie das Haus war es ein Teil von Sebastian und sie wollte an allem festhalten, was zu ihm gehört hatte.

Einschließlich seines besten Freundes. Sie seufzte. Sie hatte Garrett seit einer Woche nicht mehr gesehen. Er war noch in der Stadt und wohnte bei Patrick und Imogen, aber er war nicht mehr bei ihr vorbeigekommen. Er hatte ihr ein paar Textnachrichten geschickt, um zu fragen, ob es ihr gut ging und ob sie etwas brauchte, aber das war auch schon alles.

Die kurzen Wochen, die sie miteinander verbracht hatten, waren vorbei. Das tat weh, vor allem, weil sie seine Anwesenheit um sich herum spürte. Er schien überall in ihrem Zuhause zu sein, von der

Speisekammer bis hin zu ihrem einsamen Bett. Bald würde er nicht mehr in der Gegend sein – das tat ihr auch weh.

Als ein Boot an ihren Steg heranfuhr und anhielt, zwang sie ein Lächeln in ihr Gesicht.

„Hallo, Freundin", sagte Mia. „Bist du bereit für unseren Ausflug?" Die Ehefrauen der SEALs hatten sich täglich bei ihr gemeldet und sie zum Abendessen oder zu Einkaufstouren eingeladen. Meistens hatte sie abgelehnt, aber die Aussicht, einen schönen Frühlingstag draußen zu verbringen, war zu verlockend gewesen.

„So bereit, wie ich nur sein kann. Mit Booten kenne ich mich nicht wirklich aus, aber ich werde es wagen." Sie befand sich am Anfang des zweiten Schwangerschaftstrimesters und ihrem Magen ging es im Allgemeinen gut. Trotzdem hatte sie ein paar Anfälle morgendlicher Übelkeit gehabt und sie wollte nicht, dass es wieder so weit kam. Wie würde ihr Körper auf die Bootsfahrt reagieren? Gleich würde sie es herausfinden.

„Warst du noch nie auf einem Boot?", fragte Kenton und bot ihr seine Hand an, um ihr beim Einsteigen zu helfen.

„Kein einziges Mal. Das klingt wahrscheinlich seltsam von jemandem, der in Florida gelebt hat, aber es ist wahr. Ich hatte nie die Gelegenheit dazu." Sie betrat das Boot. Mia und ihre Nichten saßen hinten auf Kissen, also ging sie zu ihnen.

„Ich halte es für dich ruhig", versprach Kenton. „Es sind nur etwa zwanzig Minuten Fahrt bis zur Insel." Er und Matthew standen an den Steuerknüppeln und schon bald glitt das Boot durch das Wasser.

Der See schimmerte im Sonnenschein in herrlichen Blautönen. Eine Brise zerzauste ihr Haar und sie fühlte sich während der ersten paar Minuten gut. Dann schlug eine Welle gegen das Boot und ließ es hin und her schwanken. Harley schnappte nach Luft, als sie spürte, wie sich ihr Magen umdrehte.

„Alles okay?", fragte Mia und berührte besorgt ihren Arm.

„Ja, ich glaube schon." Sie griff nach einem der Ingwer-Kaugummis, die Garrett ihr gekauft hatte, und steckte ihn in ihren Mund. Bei anderen Gelegenheiten hatten sie ihr bereits gegen Übelkeit geholfen. Leider erinnerten sie Harley auch an Garrett und daran, wie fürsorglich er gewesen war. Sie wollte wieder seufzen, aber sie ließ es nicht zu.

„Ich bin froh, dass du heute mit uns kommst", sagte Mia, die ihren Stimmungsumschwung zu spüren schien.

„Ich konnte nicht Nein sagen. Heute ist es so schön und ich musste aus dem Haus."

„Es ist ein zu großes Haus, um allein darin zu wohnen."

„Stimmt …" Harley fühlte sich mutig, weil sie eine Bootsfahrt wagte, aber die wahre Mutprobe war, nach dem Tod ihres Bruders und ihres Ehemannes weiterzumachen. Sie trauerte zwar nicht um Thomas, aber es war trotzdem ein traumatisches Ereignis gewesen.

Und dann war da noch der Verlust von Garrett. Obwohl er noch lebte und es ihm gut ging, war seine Abwesenheit irgendwie schmerzlicher als die von Sebastian.

„Geht es um Garrett?", fragte Mia so leise, dass Kenton und Matthew sie nicht hören konnten.

Harley zuckte zusammen. Eigentlich wollte sie nicht darüber reden, aber Mia war so nett, dass sie es doch tat. „Ja. Ich … ich weiß nicht, was ich von dem halten soll, was wir hatten. War es eine echte Beziehung? Oder nur eine Affäre wegen unserer gemeinsamen Trauer um Sebastian und der Tatsache, dass wir zufällig im selben Haus wohnten?"

„Aber du vermisst ihn, oder?"

„Ja, das tue ich.“ So sehr. In diesem Moment schwankte das Boot, und ein wenig Gischt kam über die Bordwand und traf die beiden.

„Tut mir leid“, sagte Kenton und wandte sich von der Steuerung ab, um sie anzusehen. „Der Wind hat sich gedreht, aber ich bringe uns in ruhigeres Fahrwasser.“

„Keine Sorge!“, rief Mia.

„Du hast Glück. Er ist ein guter Kerl“, sagte Harley mit einem Nicken in Richtung von Kenton.

„Das sind sie alle, auch Garrett.“ Mia sah ihren Mann mit einem liebevollen Ausdruck in ihren Augen an und drehte sich dann wieder zu Harley um. „Lass mich dir etwas sagen: SEALs können anfangs schwer zu lieben sein, weil sie keine halben Sachen machen. Wenn es ein Problem gibt, suchen sie unerbittlich nach einer Lösung. Wenn sie jemanden beschützen müssen, tun sie das mit allem, was sie haben. Aber sie lieben auch auf diese Weise.“ Mia lächelte. „Daran muss ich mich manchmal erinnern, wenn ich mich über Kenton ärgere, weil er so übertreibt.“

Harley erkannte die Wahrheit in ihren Worten. Garrett war definitiv jemand, der zu hundert Prozent bei der Sache war, und das hatte seine Vorteile. Das bewiesen die vielen Projekte, die er in wenigen Wochen am Haus fertiggestellt hatte. Aber dieser Charakterzug hatte auch dazu geführt, dass er ihr etwas Kostbares genommen hatte: ihre Kontrolle. Sie wusste nicht, ob Garrett bereit war, sich zu ändern und künftig nicht mehr die Zügel in die Hand zu nehmen, ohne sie zu fragen – und wenn nicht, ob sie damit leben konnte, so wie Mia es gelernt hatte. Sie sehnte sich aber immer noch nach ihm.

Sie lehnte sich gegen das Kissen und versuchte, die Bootsfahrt zu genießen, während Mia ihren Nichten Vögel und Wolkenformationen zeigte. Das Wasser wurde nicht rauer, aber Harleys Toleranz dafür schwand. Sie war dankbar, als sie die kleine Insel erreichten, wo bereits ein anderes Boot angedockt war. Sie hatte gedacht, dass es nur ihre Gruppe sein würde.

„Wie hat dir die Fahrt gefallen?“, fragte Kenton, als er ihr aus dem Boot half.

„Ich überlasse dir den Dienst in der Navy. Ich glaube, ich bin eine Landratte.“ Ihr Tonfall war spielerisch, aber sie war froh darüber, wieder festen Boden unter den Füßen zu haben. „Auf Booten zu sein, ist definitiv nichts für mich.“ Sie drehte sich um, als sie hinter sich Gelächter hörte – ein tiefes Glucksen, das sie sofort erkannte.

Garrett stand weiter unten am Steg bei Patrick, Imogen und ihren Kindern. Sein weißblondes Haar glänzte in der Sonne, als er ihrem Blick begegnete. Er sah so gut aus, dass sie am liebsten zu ihm gerannt wäre und ihre Arme um ihn geschlungen hätte. Aber das konnte sie nicht tun. Und sie konnte auch nicht weggehen. Irgendwie musste sie den Tag mit ihm verbringen.

Das Schlimmste würde sein, ihre Gefühle zu kontrollieren, während so viele Augen auf sie gerichtet waren. Sie spürte die Erwartungshaltung der anderen. Alle hofften auf ein glückliches Ende für sie und Garrett.

„Ahoi!“, rief Violet, als ein drittes Boot am Steg einlief. Anderson war am Steuer und hielt ihren gemeinsamen Sohn Nate im Arm. „Wir sind wohl die Letzten.“

Harley machte sich auf den Weg, um sie zu begrüßen. Sie war erleichtert darüber, nicht mehr im Mittelpunkt zu stehen und Violet wiederzutreffen, die auf den Steg trat und sie in eine Umarmung zog. „Alles wird gut“, flüsterte Violet. „Wir sind hier alle Freunde. Amüsiere dich einfach.“

„Ich werde es versuchen.“ Sie zwang sich zu einem Lächeln. Sie würde ihr Bestes tun, um Spaß zu haben. Und die Gruppe war so groß, dass sie nicht allein mit Garrett sein würde. Sie musste nicht einmal direkt mit ihm reden, wenn sie nicht wollte.

Oder wollte sie genau das?

Die Antwort auf diese Frage war irrelevant. Was sie gehabt hatten, war vorbei. Sie waren nur zufällig auf demselben Ausflug. Keine große Sache.

Um ihr unangenehmes Gefühl zu verdrängen, konzentrierte sich Harley darauf, beim Entladen der Boote zu helfen. Niemand wollte ihr erlauben, die schweren Kühlboxen hochzuheben, aber es gab immer noch genug für sie zu tun, als sie alles für das Picknick zu einem kleinen Strandabschnitt trugen.

Die Männer bauten ein Volleyballnetz auf, während Harley und die anderen Frauen Picknickdecken ausbreiteten und das Essen auspackten. Doch dann, als Harley gerade eine der Kühlboxen öffnete, kam Garrett auf sie zu und griff nach einem Bier. Instinktiv wich sie zurück.

Ihr Fluchtweg wurde durch das Wasser hinter ihr abgeschnitten und sie geriet fast in Panik. Dann sah sie Ava und Emma am Strand und nutzte die Gelegenheit, mit den beiden zu spielen.

„Was sollen wir zeichnen?", fragte sie die Mädchen und versuchte, lässig zu klingen. Jede von ihnen hatte eine kleine Plastikschaufel und zeichnete damit Muster in den Sand.

„Eine Blume", antwortete Ava.

„Nein, ein Herz", verlangte Emma.

„Blume." Avas Kinn ragte hervor.

„Herz." Emmas Hände wanderten zu ihren Hüften.

Oje. Harley war vielleicht vom Regen in die Traufe geraten. Sie hatte keine Ahnung, wie sie einen Streit zwischen den Mädchen verhindern sollte, aber sie konnte auch nicht einfach weglaufen, denn zwischen ihr und den anderen Erwachsenen stand ein 1,90 Meter großer Navy SEAL.

„Bittet Harley, euch ein Herz mit einer Blume darin zu zeichnen!“, rief Mia, die gerade Sandwiches machte.

Gott segne sie, dachte Harley.

„Kannst du das?“, fragten die Mädchen unisono.

„Ich glaube schon.“ Harley ließ sich auf die Knie fallen und zeichnete sorgfältig die Umrisse eines Herzens. „Gut?“

„Und jetzt eine Blume. Genau da.“ Ava zeigte auf die Mitte des Herzens.

Harley war keine große Künstlerin, aber sie tat ihr Bestes, um eine Blume zu zeichnen, die wie ein Gänseblümchen aussah. Als sie aufblickte, um die Zustimmung der Mädchen einzuholen, stand Garrett immer noch nur ein paar Meter entfernt und starrte sie an. Sie ließ den Kopf sinken, sodass ihr Haar ihr Gesicht verdeckte.

„Garrett, kannst du das für mich wegräumen?“ Das war Imogens Stimme und Harley war wieder einmal dankbar für ihre netten Freundinnen. Sicher, sie hatten versucht, sie und Garrett zu verkuppeln, aber sie hatten auch bemerkt, wie unwohl sie sich fühlte.

„Zeit für das Essen“, verkündete Violet einen Moment später, und Harley ließ sich von Ava und Emma zu einer Decke ziehen, auf der Ellery das Sagen zu haben schien. Das Mädchen im Grundschulalter ordnete sorgfältig Teller, Tassen und Servietten. Sie tat genau das, was Harley als Kind immer machen wollte, nur dass das Essen auf dieser kleinen Party echt war.

Sie dachte daran zurück, wie Garrett bei ihrer imaginären Teeparty in dem geheimen Zimmer mitgespielt hatte, um sich dann für ihren ersten Kuss über den Tisch zu beugen. Unwillkürlich wanderte ihr

Blick zu ihm. Er saß auf einem Baumstamm neben Matthew und lächelte über etwas, das sein Freund sagte. Er schien ihre Aufmerksamkeit zu spüren, denn er sah zu ihr hinüber und ertappte sie dabei, wie sie ihn anstarrte. Ihre Blicke trafen sich, die Sekunden verstrichen und Sehnsucht erfüllte sie. Sie wusste nicht, was sie tun sollte. Bevor sie sich entscheiden konnte, stellte eines der Mädchen ihr eine Frage und lenkte ihre Aufmerksamkeit wieder auf sichere Themen.

Den ganzen Nachmittag über war sie damit beschäftigt, mit den Kindern zu spielen oder mit allen außer Garrett zu reden. Je später es wurde, desto zuversichtlicher wurde sie, dass sie es schaffen würde.

„Letztes Spiel. Jeder macht mit!“, rief Anderson. Im Laufe des Tages hatten verschiedene Gruppen Volleyball gespielt, aber Harley hatte nur einmal mitgespielt – während Garrett mit den Kindern einen Spaziergang über die Insel gemacht hatte.

„Ich kann immer noch den Ball schmettern.“ Matthew hielt seine unversehrte Hand mit einem schiefen Grinsen hoch.

„Nehmt eure Positionen in der Nähe des Netzes ein“, sagte Anderson und teilte die anderen in Teams ein. „Okay, Mia und Harley, ihr seid mit Garrett und Matthew zusammen. Damit sind Imogen, Violet, Patrick und ich in einem Team.“

„Ich muss nicht spielen“, sagte Harley. „Ich kann auf die Kinder aufpassen.“

Anderson zeigte auf eine Decke unter einem schattigen Baum, wo die jüngeren Kinder schliefen und Ellery ein Buch las. Mit einem Lächeln blickte das Mädchen auf und winkte. „Wir haben das im Griff.“

Da es keinen eleganten Ausweg gab, nahm Harley ihren Platz am Netz ein, wohlwissend, dass Garrett direkt hinter ihr stand. Er schlug auf und das Spiel begann. Der schnelle Ablauf zwang Harley, sich zu konzentrieren. Sie schaffte es, einen Ball anzunehmen und zurückzuspielen, ohne Garrett zu nahe zu kommen.

„Matchball!“, schrie Anderson wenig später, als er für sein Team aufschlug. Der Ball flog in ihre Richtung, aber knapp über ihren Kopf. Sie könnte ihn vielleicht erreichen. Als sie zum Sprung ansetzte, bemerkte sie, dass Garrett ebenfalls auf den Ball zusteuerte, und wich zurück, um den Körperkontakt mit ihm zu vermeiden.

„Ich habe ihn“, sagte er und schmetterte den Ball über das Netz. Sein Winkel war falsch. Der Ball landete im Aus und bescherte der anderen Mannschaft den letzten Punkt.

„Gewonnen!“ Anderson und Patrick führten auf ihrer Seite des Netzes einen Siegestanz auf.

„Tut mir leid“, murmelte Harley, die wusste, dass sie den Sieg hätte verhindern können, wenn sie in Garretts Nähe nicht so nervös gewesen wäre.

„Hört zu!“, rief Kenton. „Wir müssen zusammenpacken und um Punkt achtzehn Uhr auf den Booten sein, damit wir vor Einbruch der Dunkelheit nach Hause kommen. Das ist in zwanzig Minuten. Hier sind eure Aufgaben.“ Er gab jedem Anweisungen. Als er zu Garrett und Harley kam, sagte er: „Ihr beide seid für die Outdoor-Ausrüstung zuständig. Sie wird auf Andersons Boot verstaut.“

„Ich kann die Bälle und das Sandspielzeug einsammeln“, bot sie an.

„Mia macht das schon mit den Kindern.“ Garrett zeigte auf die Stelle, an der Mia die Kinder ihre Spielsachen in einen Korb legen ließ. „Hilfst du mir, das Volleyballnetz abzubauen?“

Da sie keine Alternative sah, arbeitete sie die ersten Minuten schweigend mit ihm zusammen, aber das fühlte sich noch unangenehmer an als eine gestelzte Unterhaltung. „Wann musst du zu deinem Einsatz?“, fragte sie schließlich. Sie hatte die irrationale Hoffnung, dass es für sie einfacher werden würde, sobald er weg war. Gleichzeitig fürchtete sie, dass er weit weg und in Gefahr sein würde. Es war ein Wechselbad der Gefühle, in dem sie sich nicht zurechtfand.

„Ich muss nicht auf einen Einsatz“, sagte er. „Ich habe mich für die Stelle als Ausbilder hier in den Vereinigten Staaten beworben.“

„Und das wurde bewilligt?“ Sie hatte immer den Eindruck gehabt, dass er dorthin gehen musste, wohin die Navy ihn schickte.

„Unter diesen Umständen, ja.“

„Welche Umstände?“ Meinte er damit, dass seine vorherige Mission noch untersucht wurde, oder war es etwas anderes?

„Harley …“, begann Garrett.

„Die Zeit läuft, Leute. Lasst uns die Boote beladen!“, rief Kenton.

Harley warf einen Blick auf Kenton und sah, wie Mia ihre Hand auf seinen Arm legte, um ihn zu unterbrechen, aber es war zu spät. Garrett wandte sich bereits ab und schulterte die Tasche mit dem Netz. Was auch immer er hatte sagen wollen, war verloren.

18

Harley verband ihren Bluetooth-Lautsprecher mit ihrem Handy und spielte ihre Lieblingsmusik ab, während sie die Küche aufräumte. Die Musik vertrieb die Stille im Haus, aber sie trug nicht dazu bei, die Leere zu füllen. Nachdem sie das frisch gespülte Geschirr weggeräumt hatte, drehte sie sich im Kreis, um sich aufzumuntern. Aber es war sinnlos.

Sie war einsam – und das gefiel ihr nicht. Es ergab keinen Sinn. Die meiste Zeit ihres Lebens hatte es ihr an bedeutungsvollen Beziehungen zu anderen gefehlt. Jetzt hatte sie genau das. Mia, Violet und Imogen hatten nach dem Angriff abwechselnd einige Tage bei ihr verbracht, und sie konnte jede von ihnen anrufen, um zu reden … aber das war nicht genug. Nicht mehr.

Die Musik wurde zu etwas Langsamem und Romantischem. Es war ein Lied, das sie geliebt hatte, als sie jünger und voller Hoffnung gewesen war, dass sie die große Liebe finden würde. Thomas hatte ihr diesbezüglich eine schmerzhafte Lektion erteilt, aber dann war Garrett in ihr Leben getreten. Und für eine Weile hatte sich alles verändert.

Er hatte ihr Zuhause mit seiner starken, liebevollen Präsenz erfüllt und sie hatte sich auf ihn verlassen können. Sie hatte von einer Zukunft mit ihm geträumt, die zum Greifen nah schien, bis er sie hintergangen und sie ihn weggeschickt hatte. Er war trotzdem gekommen, um sie vor Thomas zu retten, aber jetzt fühlte sie sich von ihm abgeschnitten. Verloren.

Ihn auf der Insel zu sehen, hatte ihr nur noch bewusster gemacht, wie sehr sie ihn vermisste. Und wie hatte sie reagiert? Sie war ihm aus dem Weg gegangen, was dumm war. Sie hätte die Gelegenheit nutzen sollen, um mit ihm zu reden und herauszufinden, ob er für sie genauso empfand wie sie für ihn.

Sie war an jenem Abend nach Hause gekommen und hatte nicht einschlafen können. Also war sie in der stillen Dunkelheit durch das Haus gewandert, hatte mit ihren Gefühlen gerungen und sich gefragt, was er ihr wohl sagen wollte, als sie das Netz zusammengepackt hatten. Noch bevor die Sonne aufging, war sie zu einer Erkenntnis gelangt: Sie war in Garrett verliebt, aber sie wusste nicht, wie sie mit ihm in Kontakt treten sollte.

Und sie war feige. Sie war in ihrem Leben schon so oft zurückgewiesen worden und befürchtete, dass sie es nicht verkraften würde, wenn sie Garrett ihr Herz zu Füßen legte, nur um zu erfahren, dass er ihre Gefühle nicht erwiderte. Also hatte sie nichts getan, außer mehr Zeit verstreichen zu lassen. Verärgert warf sie das Geschirrtuch beiseite. Sie musste ihn sehen. Jetzt. Es konnte nicht länger warten.

Wenn er sagte, dass in seinem Leben kein Platz für sie war, würde sie einen Weg finden, das zu akzeptieren. Aber zumindest würde sie wissen, woran sie war.

Sie schaltete die Musik aus und wollte ihn anrufen, doch in der plötzlichen Stille hörte sie draußen das Klopfen eines Hammers. Der Handwerker, den sie angeheuert hatte, um ein paar Projekte zu beenden, war an diesem Tag nicht da, deshalb überraschte sie das Geräusch.

Mit einem plötzlichen Anflug von Hoffnung eilte sie zur Haustür. Sie schaltete den Alarm aus und trat auf die Veranda.

Da stand er und baute eine große Holzkiste zusammen. Sie spürte, wie ihr Herz in ihrer Brust schneller schlug. Auf der Ladefläche seines Trucks sah sie Säcke voller Erde und Paletten mit kleinen Pflanzen. Sie nahm alles in sich auf, bevor sie ihre Aufmerksamkeit wieder auf Garrett richtete.

„Garrett." Mehr bekam sie nicht heraus. Er war zu ihr gekommen und sie musste wissen, warum.

„Hi, Harley." Er ließ seinen Hammer sinken. Normalerweise hatte er ein strahlendes Lächeln, aber es war verschwunden. Sein Gesichtsausdruck war … unsicher. „Ich… ich lege deinen Garten an."

„Meinen Garten?"

„Ja. Du wolltest Gemüse anbauen und ich habe es dir ausgeredet." Sie erinnerte sich an das Gespräch im Gartencenter. „Ich habe mich geirrt. Du hast viel Sonne, wenn du die richtigen Stellen in deinem Garten auswählst. Ich baue dir Hochbeete, damit du dich nicht so tief bücken musst, um deine Pflanzen zu pflegen."

„Das ist nett von dir", sagte sie. „Das bedeutet mir sehr viel."

Er ging ein paar Schritte auf die Veranda zu. „Ich habe mich auch in anderen Dingen geirrt. Ich hätte auf das hören sollen, was *du* wolltest, anstatt mich darauf zu konzentrieren, das zu tun, was ich für richtig hielt."

„So bist du eben." Das hatte sie mithilfe ihrer Freundinnen begriffen. SEALs waren SEALs. Sie waren auf eine bestimmte Art und Weise gepolt, aber das bedeutete nicht, dass sie nicht lernen konnten,

Kompromisse einzugehen. Wollte er mit dieser Geste zeigen, dass er es konnte? Oh, wie sehr sie das hoffte.

„So sollte ich nicht sein“, sagte er. „Nicht, wenn es um dich geht. Harley, es tut mir leid. Ich war so damit beschäftigt, das Haus zu reparieren, mein Wort gegenüber Sebastian zu halten und mich um die Bedrohung durch Thomas zu kümmern, dass ich gar nicht gemerkt habe, wie ich mich in dich verliebt habe. Ich *bin* in dich verliebt.“

„Wirklich?“ Ihre Stimme war ein Flüstern. All die Jahre, in denen sie allein und isoliert gewesen war, lösten sich bei seinen Worten in Luft auf.

„Ganz und gar. Aber ich verstehe, dass ich mir dein Vertrauen verdienen muss. Ich werde alles tun, was nötig ist, um wieder dahin zu kommen, wo wir waren.“ Er trat noch näher, bis er auf der untersten Stufe stand und zu ihr aufsah. „Ich will dich nicht kontrollieren. Ich will dich lieben. Ich will mit dir in diesem Haus wohnen. Ich will mein Leben mit dir verbringen, sodass wir alles teilen können. Das Gute, das Schlechte und alles dazwischen. Wenn du mir die Chance dazu gibst.“

Sein Gesicht war so ernst, dass sie lächelte, und es schien ihn zu ermutigen, sein Anliegen weiter vorzutragen. „Ich will bei dir sein, wenn die Tomaten und Gurken geerntet werden können. Ich will eine Schaukel im Garten bauen. Ich will hier sein, wenn das Baby geboren wird, und ich will dafür sorgen, dass es Geschwister bekommt.“

Das Baby, das sie unter dem Herzen trug, war nicht von Garrett, aber sie war zuversichtlich, dass es für ihn keinen Unterschied zwischen diesem Kind und denen, die sie beide miteinander haben würden, geben würde.

„Ich will das alles, aber ich weiß auch, dass es nicht einfach ist, mit einem SEAL zusammen zu sein.“ Zweifel schlichen sich wieder in sein Gesicht. „Ich werde immer wieder im Einsatz sein, aber ich komme zu dir nach Hause, sobald ich kann. Das verspreche ich dir."

Sie ging zwei Stufen hinunter, sodass sie auf der Stufe über ihm stand und sie sich auf Augenhöhe befanden. Dann legte sie ihre Hände sanft auf seine Schultern. „Bist du fertig?"

„Ich könnte noch mehr sagen, aber alles läuft darauf hinaus, dass ich dich liebe und mit dir zusammen sein will", sagte er und seine Augen glühten vor Hoffnung.

„Okay, jetzt habe ich dir ein paar Dinge zu sagen", begann sie. „Ich möchte, dass du weißt, dass mir die Zeit mit dir eine neue Welt eröffnet hat. Zum ersten Mal überhaupt fühle ich mich mit Menschen und einem Ort verbunden. Ich kann gar nicht ausdrücken, wie magisch das für mich ist. Ich gehöre hierher. Das spüre ich. Und so wunderbar das auch ist – das Wissen, dass ich deine Liebe habe, macht es noch besser."

„Du hast sie." Er lächelte zum ersten Mal, seit sie miteinander sprachen, und seine Hände legten sich um ihre Taille. „Du hast alles. Alles von mir."

„Gut. Denn ich brauche dich, damit dieses schöne Haus ein Zuhause werden kann. Unser Zuhause. Ich liebe dich, Garrett. Ohne dich ist das hier nur ein schöner Ort. Aber mit dir können wir das Leben führen, von dem ich immer geträumt habe. Ich weiß, dass es nicht perfekt sein wird, und wenn du im Einsatz bist, werde ich dich furchtbar vermissen. Aber ich werde Freunde haben, die mir helfen, das durchzustehen. Wenn du zu mir zurückkommst, werden das ganz besondere Tage sein."

„Und ganz besondere Nächte?", fragte er und zog sie an sich.

„Auf jeden Fall." Sie strich mit ihren Fingern über seine Wangenknochen und wollte ihn küssen, bis ihre Lippen taub wurden, aber zuerst prägte sie sich diesen Moment ein. Es gefiel ihr, dass er auf den

Stufen der Veranda stattfand, die sie bereits liebte. Genau diese Stelle würde in den kommenden Jahren der Schauplatz vieler glücklicher Wiedersehen sein.

Garrett nahm eine ihrer Hände und küsste die Handfläche, bevor seine Lippen zur Innenseite ihres Handgelenks wanderten und eine langsame, quälende Reise zu ihrem Mund begannen. Als er ihn endlich erreichte und sie richtig küsste, war es das Warten wert. Nach ein paar Minuten hob er sie hoch und trug sie zur Haustür.

„Was ist mit dem Garten?“, fragte sie und legte ihren Kopf an seine Schulter.

„Später“, sagte er. „Jetzt will ich dir zeigen, wie sehr ich dich liebe.“

Nichts hatte sich jemals besser angehört. Als sie im Haus waren, schloss er die Tür hinter ihnen und gemeinsam machten sie sich auf den Weg in ihre Zukunft.

ENDE VON DIE MITBEWOHNERIN DES SEALS

HARTSVILLES SEAL HELDEN BUCH 4

Die Scheineheffrau des SEALs, 23 Februar 2021

Das Überraschungsbaby des SEALs, 2 März 2021

Die plötzliche Familie des SEALs, 9 März 2021

Die Mitbewohnerin des SEALs, 7 Januar 2025

Die Behandlung des SEALs, 14 Januar 2025

Die Affäre des SEALs, 21 Januar 2025

Magst du sexy SEALS? Dann lies weiter für eine exklusive Leseprobe von Leslie Norths ***Die Behandlung des SEALs*** und ***Operation Schnuller: SEALs und Überraschungsbabys.***

VIELEN DANK!

Vielen Dank, dass ihr mein Buch gekauft, heruntergeladen und gelesen habt. Es fällt mir schwer, in Worte zu fassen, wie sehr ich meine Leser schätze. Wenn es euch gefallen hat, dann denkt bitte daran, eine Bewertung zu schreiben. Ich höre so gern von meinen Lesern! Ich möchte euch auch weiterhin glücklich achen. ☺

P.S.: Hättest du gerne exklusive Leseproben, Gewinnspiele, Rezensionsexemplare, viele Extras und Bilder von Bad Boys?

Dann besuche:
www.leslienorthbooks.com/leslie-north-deutsch

ÜBER LESLIE

Sind Sie neu bei Leslie North? Leser empfehlen, mit dem Buch „Der Autoritäre" zu beginnen! Stellen Sie sich eine sonnige Mary Poppins aus Minnesota vor, die bei einem mürrischen irischen Milliardär als Kindermädchen angestellt ist. Die Geschichte ist eine Mischung aus Humor, Rache, Leidenschaft, Herzschmerz, Hoffnung und witzigen Wortgefechten. Oder, wie eine Leserin es ausdrückte: „Diese Geschichte hat mich in den romantischen und albernen Momenten zum Lachen gebracht."

Leslie North ist das Pseudonym einer mysteriösen USA-Today-Bestseller-Autorin, die romantische Komödien und zeitgenössische Liebesromane wie eine Chefin (eine sehr herrische Chefin) schreibt. Der Umhang der Anonymität lässt sie ihrer wildesten Kreativität freien Lauf, insbesondere in diesen sexy, ohnmachtserregenden Szenen, die einen erröten lassen.

Tatsächlich gesteht sie, dass sie ihre fiktive Persona Leslie North mehr liebt als ihr alltägliches Ich! Ihre Bestseller sind bekannt für ihre starken Charaktere, insbesondere für die kämpferischen und scharfzüngigen Heldinnen, die sich nicht scheuen, einen Alpha-Boss herauszufordern. Und der Humor? Sagen wir einfach, dass Sie die Menschen in Ihrer Umgebung vor plötzlichen Lachanfällen warnen müssen.

Leslies Affinität für Liebesromane begann, als sie in ihrer örtlichen Bibliothek über einen abgegriffenen Liebesroman stolperte. Kurz darauf begann sie zu schreiben, und der Rest war, wie man so schön sagt, Geschichte – eine, die einen zum Lachen und zum Weinen bringt. Heute lebt sie in einem gemütlichen Häuschen an der britischen Küste, wo sie lange, gemütliche Spaziergänge mit ihren beiden Dalmatinern George und Fergie unternimmt, die so verspielt sind, wie sie klingen.

Sie ist ganz verrückt nach Leserfeedback, also wenn Sie ihr etwas zu sagen haben, nur zu – machen Sie ihr eine Freude.

Finden Sie Leslie auf:

Webseite leslienorthbooks.com/leslie-north-deutsch

Lovelybooks lovelybooks.de/autor/Leslie-North

instagram.com/leslienorthbuecher

facebook.com/LeslieNorthDE

KLAPPENTEXT

Die Behandlung des SEALs: Ein Navy SEAL-Militär-Liebesroman über einen verwundeten Navy SEAL und die schöne Physiotherapeutin, die ihm hilft

Sie hilft ihm, seinen Körper zu heilen, aber was ist mit seinem Herzen?

Die Physiotherapeutin Kinley James tut nichts lieber, als ihren Patienten zu helfen – bis sie zufällig entdeckt, dass einer von ihnen ein Mafia-Killer ist. Jetzt weiß sie zu viel und das bedeutet, dass ihr Leben in Gefahr ist. Zum Glück ist ihr neuer Patient Matthew Templeton nicht nur attraktiv, sondern auch ein tapferer Navy SEAL.

Matthew kämpft damit, sich von einer schweren Verletzung zu erholen *und* zu lernen, wie er seiner kürzlich verwaisten Nichte ein Vater sein kann. Er ist fest entschlossen, die Reha-Maßnahmen durchzuziehen, damit er zu seinem geliebten Job zurückkehren kann – und er ist nicht gerade begeistert, als Kinley ihn warnt, dass das vielleicht nicht realistisch ist. Doch Kinley ist nicht nur eine warmherzige und schöne Frau. Sie kann auch wunderbar mit seiner Nichte umgehen.

Und er wird auf keinen Fall zulassen, dass ihr etwas passiert.

Zunächst ignoriert Kinley die immer gefährlicheren ‚Unfälle', die sich in ihrer Umgebung ereignen, aber Matthew macht sich Sorgen … und keiner von beiden kann leugnen, dass sie sich immer stärker zueinander hingezogen fühlen. Kann Matthew Kinley beschützen und ihr seine Liebe gestehen, bevor es zu spät ist?

EXKLUSIVER AUSZUG

Kapitel Eins

Matthew Templeton schnallte seine Nichte in ihrem Kindersitz ab, balancierte sie auf einer Hüfte und versuchte, sich ihren winzigen

Disney-Prinzessinnen-Rucksack über die Schulter zu werfen. Er passte gerade so über seinen Arm. Da seine immer noch heilende rechte Hand die schmalen Riemen nicht greifen konnte, war das die beste Art, ihn zu tragen.

Als sie die Treppe zu Kentons und Mias viktorianischem Haus hinaufgingen, drückte Anaya ihr Gesicht an Matthews Hals. „Ich habe Angst", flüsterte sie.

„Du brauchst keine Angst zu haben, Kleine. Das sind meine Freunde." Und ehrlich gesagt waren sie ein Geschenk des Himmels, denn sie sprangen ein und passten auf sie auf – nicht, dass er erwartete, dass eine Zweijährige dies verstehen würde. Nein, Anaya wusste nur, dass ihre Mama weg und dadurch alles neu und fremd war.

Er hasste es, sie nach allem, was passiert war, in einem fremden Haus bei ihr unbekannten Menschen zurückzulassen. Anaya schien sich damit abgefunden zu haben, dass ihre Mama nicht mehr nach Hause kommen würde, aber diese Erfahrung hatte sie verständlicherweise aus dem Gleichgewicht gebracht und machte sie manchmal unsicher. Matthew selbst war immer noch dabei, sich damit abzufinden – der Tod seiner älteren Schwester bei einem Autounfall drei Wochen zuvor hatte ihn schwer getroffen, vor allem weil es bedeutete, dass die Zweijährige in seinen Armen niemanden mehr auf der Welt hatte außer ihm.

Als er ein Kind gewesen war, hatte es immer nur ihn, seine Mutter und seine Schwester gegeben. Mom war vor drei Jahren gestorben. Jetzt war Candace tot und sie hatte Matthew zu Anayas Vormund bestimmt. Das Gericht würde es offiziell machen, sobald Candace' Testament rechtskräftig wurde. Tatsächlich war es bereits Realität – Matthew hatte jetzt ein Kind.

Das hatte er nie erwartet. Aber er würde es hinbekommen. Irgendwie.

Die reich verzierte Holztür öffnete sich, bevor Matthew anklopfen konnte. „Hey“, sagte Kenton. Hinter ihm rannten seine Zwillinge Emma und Ava herbei, um zu sehen, wer ihre Besucher waren.

„Ist sie das Mädchen, das mit uns spielen soll?“, fragte Ava.

Anaya hob den Kopf und der Anflug eines Lächelns zeigte sich auf ihrem Gesicht, als sie die Zwillinge sah.

„Das ist Anaya“, stellte Matthew sie vor.

„Komm.“ Emma gestikulierte in Anayas Richtung. „Wir spielen Verkleiden.“

„Okay?“, fragte Matthew seine Nichte, die sich bereits in seinen Armen wand, um herunterzukommen. Eine Sekunde später rannten die Mädchen zu seiner Erleichterung ins Wohnzimmer. „Ich weiß das wirklich zu schätzen“, sagte er zu Kenton. „Ich muss mit der Physiotherapie anfangen.“

„Keine Sorge. Ich bin ein Profi im Umgang mit kleinen Mädchen. Ich habe alle Bücher gelesen.“ Kenton lachte, als Matthew ihm einen skeptischen Blick zuwarf. „Okay, ich habe viele Bücher gelesen, aber das meiste, was ich weiß, stammt aus praktischer Erfahrung. Sie wird schon klarkommen.“

„Das denke ich auch, aber es ist das erste Mal, dass ich sie verlasse, seit ich nach Charleston gefahren bin, um sie dort abzuholen.“ Matthew wusste, dass er dringend aufbrechen musste. Trotzdem war es schwer, Anaya zurückzulassen, selbst bei einem SEAL-Kameraden, dem Matthew sein eigenes Leben anvertrauen würde.

„Geh schon. Nimm dir ein paar Stunden Zeit für dich und finde heraus, was Dr. James für deine Hand tun kann. Sie ist die Beste.“

„Ich weiß. Deshalb bin ich hier.“ Matthew war vorübergehend nach Hartsville gezogen, um mit der angesehenen Handspezialistin zusammenzuarbeiten, aber es war auch gut, in der Nähe einiger seiner SEAL-Kameraden zu leben, vor allem nachdem ihre letzte Mission schiefgelaufen war und die Verletzung herbeigeführt hatte, die sein ganzes Leben auf den Kopf stellte.

Er musste sich auf seine Genesung konzentrieren, damit er in den aktiven Dienst zurückkehren konnte. Seiner Hand ging es nach den Operationen besser, aber sie war noch lange nicht zu hundert Prozent wiederhergestellt. Jeden Tag kämpfte er damit, einfache Aufgaben zu bewältigen, und jetzt musste er sich auch noch um Anaya kümmern … Das Leben hatte ihn in den letzten Monaten vor gewaltige Herausforderungen gestellt.

Aber er würde alles wieder in den Griff bekommen. Er würde herausfinden, was Dr. James ihm als Therapie verordnete, und alles geben. Dann hätte er endlich wieder ein Ziel und das wäre viel besser als das Warten, zu dem er nach den Operationen und während der Heilung der Verbrennungen verdammt gewesen war.

„Daddy, willst du der Prinz sein?“ Emma lief zu Kenton und ergriff seine Hand. Die beiden anderen Mädchen waren ihr dicht auf den Fersen. Anaya trug bereits eine Krone auf dem Kopf und eine Perlenkette um den Hals. Ihr ging es offenbar gut, was bedeutete, dass Matthew sich auf den Weg machen konnte.

„Bekomme ich eine Umarmung?“ Er kniete sich hin und öffnete seine Arme für sie. Sie schmiegte sich schnell und fest an ihn, bevor sie mit den Zwillingen davonrannte.

„Bis später – und lass dir Zeit!“, rief Kenton, während er den Kindern ins Wohnzimmer folgte. „Ich mache das schon.“

Matthew eilte durch die Haustür und fuhr zum medizinischen Zentrum. Er betrat die Praxis der Physiotherapeutin und nahm im Wartebereich Platz, wobei er sein Handy im Auge behielt, falls

Kenton ihm eine Textnachricht schickte. Er wusste, dass er aufhören musste, sich Sorgen zu machen. Anaya würde auch ohne ihn zurechtkommen. Er war allerdings nicht sicher, wie er sich ohne sie fühlen würde. Vielleicht ein bisschen verloren.

Die drei Wochen seit Candace' Tod waren wie im Flug vergangen. Zwei Wochen in Charleston und dann nach Hartsville, um dort ein Haus zu mieten und zu lernen, wie man sich um ein Kleinkind kümmerte. Seine Freunde hatten alle angerufen und ihre Hilfe angeboten, aber er hatte zunächst nur mit Anaya allein sein wollen. Die Sozialarbeiterin, die im Rahmen des Vormundschaftsverfahrens mit ihm gesprochen hatte, hatte gesagt, dass sie eine Bindung aufbauen müssten.

Er glaubte, dass sie das getan hatten, und es hatte seinem Leben einen Sinn und einen neuen Fokus gegeben, sich um sie zu kümmern, auch wenn er mit seinen körperlichen Einschränkungen zu kämpfen hatte.

„Matthew?", rief eine zierliche Frau in einer schwarzen Sporthose und einem hellblauen Shirt, als sie durch eine Tür kam.

„Das bin ich." Er stand auf, ging auf sie zu und streckte automatisch seine rechte Hand aus, um ihre zu schütteln. Das war etwas, das er sich einfach nicht abgewöhnen konnte, auch nicht als seine Hand noch bandagiert gewesen war.

„Freut mich, Sie kennenzulernen. Ich bin Dr. James – oder Kinley, falls Ihnen das lieber ist." Sie drückte seine Hand, wenn auch nur leicht, um ihm nicht wehzutun. Ihm gefiel, dass sie nicht zögerte und ihn nicht mit Samthandschuhen anfasste. Ihr Blick verließ sein Gesicht und wanderte seinen Arm hinunter, wo sich ihre Handflächen berührten. Beurteilte sie ihn bereits?

„Folgen Sie mir." Sie führte ihn an einem kleinen Fitnessbereich vorbei zu einem Behandlungsraum. „Wir werden die Untersuchung heute hier durchführen." Sie drehte sich um und sah ihm dabei zu, wie er den Raum betrat, wobei sie den Kopf ein wenig zur Seite neigte. „Setzen Sie sich schon einmal auf den Untersuchungstisch."

Er hasste die gepolsterten Untersuchungstische mit dem zerknitterten Papier und die Fragen, von denen er wusste, dass sie kommen würden, aber wenigstens war die Frau angenehmer als einige der Militärärzte, mit denen er bislang zu tun gehabt hatte. Er betrachtete sie, während sie einen Laptop aufklappte. Ihre gewellten, braunen Haare, die sie zu einem Pferdeschwanz zusammengebunden hatte, sahen weich aus. Er ertappte sich dabei, dass er sich fragte, wie sie offen aussehen würden. Sie hatte große, braune Augen, die ihn in ihren Bann zu ziehen schienen. Und obwohl er wusste, dass sie seine Physiotherapeutin und kein potenzielles Date war, konnte er nicht umhin zu bemerken, wie sich ihr durchtrainierter, aber kurvenreicher Körper beim Gehen bewegte.

So wie er sich Dr. James vorgestellt hatte, sah sie nicht aus und sie war um Jahre jünger, als er angesichts ihres Rufs in ihrem Fachgebiet erwartet hatte. Etwa so alt wie er, wenn er raten müsste.

Sie setzte sich auf einen niedrigen Drehhocker und wandte ihm mit einem professionellen, aber freundlichen Gesichtsausdruck ihre Aufmerksamkeit zu. „Ich habe die Berichte über Ihre Operationen und die Notizen der Navy-Ärzte gelesen, aber ich möchte mir direkt beim Patienten ein Bild von der Situation machen. Ich verstehe, dass es keinen Spaß macht, darüber zu reden, und dass Sie das Ganze wahrscheinlich schon eine Million Mal durchgegangen sind, aber es würde mir wirklich helfen, wenn Sie mir erzählen könnten, wie es zu der Verletzung gekommen ist."

Er hob eine Augenbraue. SEAL-Einsätze waren geheim und dieser Einsatz wurde immer noch von der Führungsebene untersucht, weil er in einem Desaster geendet hatte. Sein Teamkamerad und Freund

Sebastian Valenti hatte auf dem Areal eines Drogenkartells in Kolumbien das ultimative Opfer gebracht. Und Matthew war nicht der Einzige, der im Krankenhaus gelandet war.

„Nur wie Sie verwundet wurden", sagte sie, als er zögerte. „Ich muss keine Details wissen, die Sie mir nicht mitteilen dürfen. Hier geht es um Sie, nicht um die Mission. Sie haben Ihren Job dort bereits erledigt – jetzt bin ich an der Reihe damit, meinen Job hier zu erledigen."

Seltsamerweise half ihm diese Sichtweise. „In Ordnung." Er fuhr sich mit der linken Hand über das Gesicht und versuchte zu entscheiden, wo er mit seiner Erzählung beginnen sollte. „Ich habe versucht, eine Bombe zu entschärfen. Es war ein komplizierter Mechanismus, der ... Das spielt keine Rolle. Ich hatte meinen rechten Handschuh ausgezogen, um besser arbeiten zu können. Letztendlich habe ich zu lange gebraucht."

„Also hat die Wucht der Explosion Ihnen die Knochen gebrochen und die Verbrennungen verursacht?"

„Ja, aber ich wurde dabei auch nach hinten geschleudert und bin auf meiner rechten Hand gelandet." Der Schmerz war so stark gewesen, dass er befürchtet hatte, seine Hand wäre weggesprengt worden. Er hatte verdammtes Glück gehabt, dass das nicht der Fall war – und dass er sich nicht noch weitere schwere Verletzungen zugezogen hatte.

„Das stimmt mit dem überein, was die ersten Röntgenbilder gezeigt haben", murmelte sie. „Also gut. Können Sie mir sagen, was Sie sich von dieser Therapie erhoffen?"

War das nicht offensichtlich? „Ich muss zurück in den aktiven Dienst."

„Als Sprengstoffexperte?"

„Nun, ja.“

„Haben Sie noch andere Ziele?“

„Ich habe vor Kurzem die Vormundschaft für meine Nichte übernommen. Ihre Mutter, meine Schwester, ist bei einem Autounfall ums Leben gekommen. Anaya ist erst zwei Jahre alt, also muss ich in der Lage sein, für sie zu sorgen. Die Hand“, er hob sie hoch, „macht es mir schwer, ihr beim Anziehen oder beim Zubinden ihrer Schnürsenkel zu helfen.“ Unter anderem. Anaya die Haare zu frisieren, war nahezu unmöglich, aber das lag zum Teil an seinen mangelnden Fähigkeiten und Erfahrungen auf diesem Gebiet.

„Eine Zweijährige?“ Ihre Stimme wurde weicher. „Das arme Kind. Seine Mutter auf diese Weise zu verlieren … Und Sie haben Ihre Schwester verloren … Das tut mir leid.“

Er nickte. Er war nie sicher, was er sagen sollte, wenn ihm jemand Mitgefühl entgegenbrachte. Wenn er sich unwohl fühlte, machte er am liebsten einen Witz. Aber nicht in dieser Situation. Darin war keinerlei Humor.

„Ein Kind zu betreuen, ist eine große Herausforderung, aber ich finde es großartig, dass Sie sich um sie kümmern. Ich werde alles tun, was ich kann, um Ihnen zu helfen, die dafür erforderliche Fingerfertigkeit wiederzuerlangen. Aber jetzt lassen Sie uns erst einmal mit der Untersuchung beginnen.“ Ihr Tonfall war sachlich, als sie ihm erklärte, was er tun sollte. „Legen Sie sich für den ersten Teil der Untersuchung auf den Rücken. Sie werden ein gewisses Unbehagen verspüren, aber wenn Sie richtige Schmerzen haben, müssen Sie es mir sagen.“

Matthew legte sich so auf den Rücken, dass seine rechte Seite ihr zugewandt war, während sie seine Schulter und seinen Ellbogen untersuchte und seinen Arm auf verschiedene Arten beugte. Nach einigen Minuten bat sie ihn, sich aufzusetzen. Sie ergriff sein Handgelenk und drehte es, um seine Hand hin und her zu bewegen. Als sein Atem stockte, hielt sie inne. „Tut das weh?“

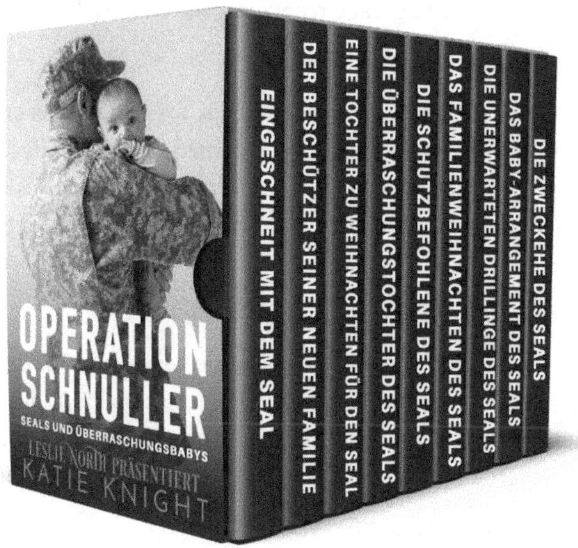

KLAPPENTEXT

Liebe und Babys können selbst die härtesten Herzen zum Schmelzen bringen …

Neun knallharte SEALs sind diesen sexy und klugen Frauen – und ihren kleinen Wonneproppen – nicht gewachsen. Lehnen Sie sich zurück und entspannen Sie sich mit dieser epischen Sammlung von Bestsellerautorin Katie Knight!

Eingeschneit mit dem SEAL

Lila hätte nie gedacht, dass sie nach einer turbulenten Romanze mit einem heißen Navy SEAL schwanger würde. Dann erfährt sie, dass der Vater des Babys im Kampf gefallen ist. Lila ist mit ihrem Leben zufrieden – wenn auch ein bisschen einsam. Bis Preston, der vermeintlich tote Navy SEAL, aus heiterem Himmel auftaucht, gerade rechtzeitig zu Weihnachten.

Der Beschützer seiner neuen Familie

Die Welt von Navy SEAL Owen wird auf den Kopf gestellt, als er sich plötzlich um ein entzückendes Kleinkind kümmern muss. Wenigstens hat er die Hilfe seiner Schwägerin Sam. Aber als Sams medizinische Forschung die Sicherheit seiner neuen Familie gefährdet, muss er sie beschützen – um jeden Preis.

Eine Tochter zu Weihnachten für den SEAL

Der ehemalige Navy SEAL Zach Walker konnte Marissa nie vergessen. Als er den Auftrag erhält, ein Haus zu überwachen, ist er schockiert, dass Marissa direkt nebenan wohnt. Aber er ist noch überraschter, als er erfährt, dass ihre gemeinsame magische Nacht vor all den Jahren ihn zum Vater gemacht hat …

Die Überraschungstochter des SEALs

Als Charlottes beste Freundin Alexis ermordet wird und ihr Baby allein zurückbleibt, bittet sie den ruppigen Navy SEAL Gabe um Hilfe. Dann stellt Alexis' Ex – der möglicherweise ihr Mörder ist – einen Antrag auf das Sorgerecht. Charlotte und Gabe müssen zusammenarbeiten, um Alexis' Baby in Sicherheit zu bringen. Sich zu verlieben war allerdings nie Teil des Plans …

Die Schutzbefohlene des SEALs

Der ehemalige Navy SEAL Jed Tremayne ist nicht mehr in seinem Element, als seine beiden besten Freunde sterben und ihre Tochter Nala in seiner Obhut zurücklassen. Jed heuert Tess Frederick als Nalas Kindermädchen an. Alles, was Tess tun muss, ist, ihr Herz vor dem sexy SEAL zu schützen. Wenn es nur so einfach wäre …

Das Familienweihnachten des SEALs

John Collins hat die Navy SEALs verlassen, aber er kämpft mit dem Zivilleben. Dann entdeckt er, dass ein alter One-Night-Stand ihn zum Vater gemacht hat … Und sein Sohn möchte seinen Vater zu Weihnachten kennenlernen. Aber John hätte nie gedacht, dass der Funke, den er für die Mutter des Jungen gespürt hat, immer noch brennt …

Die unerwarteten Drillinge des SEALs

Cora Caspian ist das Kindermädchen der bezaubernden Drillinge, seit sie geboren wurden. Doch als ihre Eltern sterben, wird ein ehemaliger Navy SEAL zum Co-Vormund der Mädchen. William Royce ist ein Alphamann und ein Muskelpaket – nicht gerade das, was die Mädchen brauchen. Und schon gar nicht, was Cora braucht – auch wenn er der heißeste Mann ist, den sie je gesehen hat!

Das Baby-Arrangement des SEALs

Als die schöne Detektivin Maria Trevor Daniels bittet, ein Kind mit ihr zu zeugen, ohne irgendwelche Bedingungen zu stellen, ist der kampferprobte Navy SEAL verblüfft, wie explosiv die Chemie zwischen ihnen ist. Ein Jahr später ist Trevor der Hauptverdächtige in einem Mordfall und braucht Marias Hilfe. Sie kann nicht nein sagen, auch wenn sie Gefahr läuft, sich neu zu verlieben …

Die Zweckehe des SEALs

Für Navy SEAL Nate Shaw ist die Liebe eine verlorene Schlacht. Aber als bei seinem kleinen Bruder Krebs diagnostiziert wird, bietet Nate Emily an, die Frau zu heiraten, die seinen Bruder adoptiert hat. Dann erhält Emily beunruhigende Drohungen. Und je mehr die Drohungen eskalieren, desto stärker wird die schwelende Anziehung zwischen ihr und Nate.

EXKLUSIVER AUSZUG

Eingeschneit mit dem SEAL

Kapitel Eins

Vor drei Jahren ...

Es gab schlechtere Arten, einen Juniabend zu verbringen, als einer schönen Frau dabei zuzusehen, wie sie im Regen tanzte.

Preston Lawson lehnte eine Schulter an die Seite der Hütte, die er für die Woche gemietet hatte, und starrte Lila Holden über den Hof an, als sie herumwirbelte und lachte, während der Regen ihr hübsches rotbraunes Haar und ihr weißes T-Shirt durchnässte, sodass beides an ihrem Körper klebte.

Und was für ein schöner Körper es war. Kurvig und weich und anscheinend wie für ihn gemacht. Sie passte perfekt zu ihm, und zwar nicht nur körperlich, sondern auch emotional.

Und genau deshalb musste Preston sich von ihr verabschieden.

Sie würde eine feste Beziehung erwarten – und hätte sie auch verdient –, wenn er blieb, und das war etwas, das er ihr nicht geben konnte. Sein Herz verkrampfte sich ein wenig in seiner Brust, aber verdammt noch mal, es war besser, sie zu verlassen.

Außerdem hatte er ohnehin keine Wahl. Er würde in ein paar Tagen mit seinem SEAL-Team auf den nächsten Einsatz geschickt werden und mindestens sechs Monate weg sein. Sicher, in den letzten zwei Monaten war es zwischen Lila und ihm heiß und intensiv gewesen, aber es war am besten, es jetzt im Guten zu beenden und einen sauberen Schnitt zu machen.

„Komm rein, Schatz, bevor du dir den Tod holst", rief er ihr zu. Ihre Antwort war, sich noch schneller zu drehen und ihre Arme weit auszustrecken. Für ein Mädchen, das seine ganze Familie verloren hatte, war sie lebenslustiger als jeder andere Mensch, den er jemals getroffen hatte.

Lila sah zu ihm hinüber und lachte. „Ich habe eine bessere Idee. Wie wäre es, wenn du zu mir nach draußen kommst?"

Er schnaubte und schüttelte den Kopf. Er war vollkommen glücklich unter dem Vordach der Veranda, wo es trocken und warm war. Und doch konnte er seine Augen nicht von ihr losreißen oder den starken Drang, sie nur noch ein bisschen länger festzuhalten, ignorieren. Er war von Natur aus kein vertrauensvoller Mensch – das Leben hatte ihm wiederholt die harte Lektion erteilt, dass nichts ewig währte und die meisten Menschen nur an sich selbst dachten. Das machte die Tatsache, dass Lila sich irgendwie vom ersten Tag an in sein Herz geschlichen hatte, umso unglaublicher. Aber jetzt war sie in seiner Seele. Und sie war ihm so nah wie seine SEAL-Teamkameraden oder die Erinnerung an den Verlust seiner Eltern, der nun schon fast vierundzwanzig Jahre zurücklag.

„Also, was sagst du, Süßer?“ Lila kam auf ihn zu und sah ihn an. Sie hielt eine Hand hoch und krümmte ihren Finger, während sie ihn verlockend ansah. „Willst du ein bisschen Spaß haben?“

Preston drückte den Hauch Melancholie in sich beiseite, griff nach ihrer Hand und zog sie stattdessen auf die Veranda neben sich, sodass sie vor Entzücken quietschte. „Wie wäre es, wenn wir hineingehen und dort Spaß haben?“

Als Antwort schlang sie ihre Arme um seinen Hals und küsste ihn lang und innig. Sein Körper reagierte sofort und er drückte seine Hüften gegen ihre, damit sie das volle Ausmaß ihrer Wirkung auf ihn spüren konnte. Verdammt, er konnte einfach nicht genug von Lila bekommen. Seltsam, da er nie ein Mann gewesen war, der von seinen Gefühlen oder Wünschen getrieben wurde. Tatsächlich tat er normalerweise sein Bestes, um diese Seite von sich zu unterdrücken. Beim Militär war man stolz auf Selbstbeherrschung und analytisches, strategisches Denken, nicht auf irgendwelche Gefühle. Gefühle konnten dazu führen, dass ein Mann im Kampf getötet wurde, wenn er aus Wut oder Frustration heraus reagierte. Nein. Normalerweise hatte Preston seine Gefühle fest im Griff, aber in Lilas Nähe schienen sie alle aus ihm herauszuströmen.

Ein weiterer guter Grund, die Stadt zu verlassen.

Noch eine Nacht. Er würde noch eine Nacht damit verbringen, sie festzuhalten, sie zu berühren und das leise Stöhnen zu hören, das sie ausstieß, wenn sie in seinen Armen die Kontrolle verlor, und dann würde er sie loslassen. Er würde seine Mission antreten und niemals zurückschauen. So musste es sein.

Preston bückte sich leicht und riss Lila in seine Arme. Dann trug er sie in ihre Hütte in der abgelegenen Lodge in der Wildnis und trat die Tür hinter sich zu. Das Prasseln der Regentropfen auf dem Blechdach über ihnen erzeugte ein angenehmes Gefühl der Intimität, als er ihr nasses T-Shirt über ihren Kopf zog und dann mit seinen Fingern über ihre feuchte Haut fuhr. Er liebte, wie sie unter seiner Berührung zitterte.

„Ist dir kalt?“, fragte er und schmiegte sich an ihren Nacken, während er den Verschluss ihres BHs öffnete.

„Nein“, sagte sie, trat von ihm weg, ließ die Träger über ihre Arme gleiten und warf den BH beiseite, sodass ihr Oberkörper nackt war. Prestons Puls beschleunigte sich und sein harter Schwanz drückte sich gegen den Reißverschluss seiner Jeans. Es war schwer vorstellbar, dass dies seine letzte Nacht mit ihr sein würde.

In den vergangenen acht Wochen, seit er Urlaub hatte, waren sie so gut wie unzertrennlich gewesen. Er hatte sie in seiner ersten Nacht hier getroffen. Sie war Kellnerin in dem Restaurant, das an die Lodge angeschlossen war, und er war ein einsamer SEAL, der sich zwischen zwei Einsätzen auf Heimaturlaub befand. Er hatte in der Vergangenheit schon viele Affären gehabt, aber nichts Langfristiges und keine Frau wie Lila.

Sie machte ihn glücklich und zufrieden und ließ ihn von einer anderen Zukunft träumen als der, die er für sich geplant hatte. Sie ließ ihn denken, dass eine Karriere in der Navy nicht alles sein könnte, was er sich wünschte. Das war gefährlich, da das Militär im Grunde alles war, was er kannte. Er hatte sich direkt nach seinem High-School-Abschluss dort verpflichtet, frisch aus seiner x-ten Pflegefamilie, und er hatte nie zurückgeschaut. Bis jetzt.

Das war der letzte Grund, warum er Lila loslassen musste.

Aber noch nicht. Nicht heute Nacht.

Sie schlüpfte aus ihren Shorts und ihrem Höschen und er schien sich nicht schnell genug ausziehen zu können. Zur Hölle mit Finesse. Ihm war alles egal, außer bei ihr zu sein, in ihr zu sein, ihr so nah wie möglich zu sein, solange sie noch zusammen waren.

Sobald sie beide nackt waren, hob er sie wieder hoch und küsste sie sanft, als er sie zu dem Queensize-Bett trug, sie in die Mitte legte und sich neben ihr ausstreckte. Ihre Haut fühlte sich unter seinen Fingerspitzen wie Seide an, so warm und so weich. Er zog eine Spur von Küssen über ihren Hals, zu ihrem Schlüsselbein und zu ihren Brüsten. Dann nahm er eine harte Brustwarze zwischen die Lippen, während er zwischen Daumen und Zeigefinger mit der anderen spielte, um ihrem wunderschönen Körper zu huldigen, so gut er konnte.

Lila fuhr mit ihren Fingerspitzen seinen Rücken hinauf zu seinen Schultern und strich über die kurzen Haare in seinem Nacken. Er erschauderte. Ihr raues Lachen ließ ihn fast auf der Stelle kommen. Sie wölbte sich ihm entgegen und er setzte die Spur von Küssen über ihren Bauch fort.

„Du bist so schön, Süßer“, sagte sie und ihre Stimme war heiser vor Verlangen.

Er lächelte gegen ihren Unterleib. „Männer sind nicht schön. Wir sind robust, hart und sexy.“

„Und schön.“ Sie sah ihn an und lächelte und seine ganze Welt hellte sich auf.

Schlecht. Das war so, so schlecht. Und trotzdem erstaunlich gut.

Er ignorierte den Ansturm verwirrender Gefühle – Verlangen, Sehnsucht, Verzweiflung, Traurigkeit, Hoffnung –, spreizte sanft ihre Schenkel und strich dann mit seiner Zunge über ihr glattes Zentrum. Lila schnappte nach Luft und fuhr mit ihren Fingern durch sein Haar, als er sie mit seinem Mund und seinen Fingern verwöhnte. Er wollte sicherstellen, dass sie ihn nie mehr vergaß, nachdem er gegangen war. Er wollte, dass sie sich an diese gemeinsame Nacht erinnerte, so wie er es an all den langen, einsamen Tagen, die vor ihm lagen, tun würde.

Es dauerte nicht lange, bis sie ihre Nägel in seine Kopfhaut bohrte, seinen Namen schrie und ihre Fersen in die Matratze grub, während sie unter seinen Fingern hart kam. Er küsste ihre empfindlichste Stelle immer weiter, als sie wieder auf die Erde zurück driftete, dann zog er eine Spur von Küssen zurück zu ihren Lippen. Sie teilten einen weiteren leidenschaftlichen Kuss, als er sich ein Kondom überstreifte und sich dann zwischen ihren Beinen positionierte.

Preston vergrub sich mit einem langen Stoß in ihr und hielt still, während sich ihr Körper an seine Größe anpasste. So warm, so feucht, so eng. Es war der Himmel auf Erden. Der Himmel war in ihren Armen. Der Himmel würde viel zu schnell wieder seine Pforten schließen, also genoss er es besser, solange er konnte.

„Du fühlst dich großartig an“, sagte er und stützte sein Gewicht auf seine Ellbogen. Mit seinen Händen strich er ihr tropfnasses Haar aus ihrem geröteten Gesicht.

„Du dich auch“, sagte sie, schloss ihre Beine um seine Taille und drückte ihre Fersen in seinen Hintern, als sie ihn drängte, sich tiefer in sie zu bewegen. „Ich liebe dich, Preston Lawson.“

Sein Atem stockte und er blinzelte fassungslos und sprachlos auf sie hinab. Er interessierte sich mehr für sie als für irgendjemanden sonst seit sehr langer Zeit. Aber Liebe? Er liebte niemanden. Er ging keine Verpflichtungen ein. Er hatte keine langfristigen Beziehungen, weil er in seiner Lebenssituation nie wusste, wo er am nächsten Tag sein würde – oder ob er den nächsten Tag überhaupt erleben würde.

Anstatt zu verlangen, dass er die Worte erwiderte, zog sie ihn zu sich herunter, küsste ihn und bewegte ihre Hüften im Takt seiner Stöße, sodass sie beide viel früher an den Rand der Ekstase kamen, als Preston erwartet hatte.

Der vertraute Druck an der Basis seiner Wirbelsäule und seiner Hoden verstärkte sich. Er griff zwischen ihre Körper, um ihr glattes Zentrum zu streicheln, und umkreiste ihre empfindlichste Stelle, bis sie aufschrie und sich unter ihm krümmte, als sie wieder zum Orgasmus kam. Preston folgte ihr kurz darauf – er stieß ein, zwei Mal in sie, bis sich seine Muskeln versteiften und sein Rücken sich krümmte, bevor er hart in ihr kam.

Die Zeit stand still, als Wellen der Ekstase über sie wogten und sie schließlich atemlos und gesättigt auf dem Bett lagen, ihre Finger in seinen Haaren und sein Kopf auf ihrer Brust, direkt über ihrem Herzen. Der gleichmäßige Rhythmus drohte, ihn schläfrig zu machen, aber er kämpfte darum, wach zu bleiben. Er war sich schmerzlich bewusst, dass er ihre Liebeserklärung nicht erwidert hatte und dass er irgendetwas sagen musste.

Nicht, weil sie ihm nicht wichtig war, sondern weil sie es war.

„Lila, was du gesagt hast … ich …“

„Shhh“, sagte sie, lächelte auf ihn hinab und legte einen Finger auf seine Lippen. „Ich weiß. Du musst es nicht erwidern. Das erwarte ich nicht von dir. Ich wollte nur, dass du weißt, wie ich empfinde, wenn du in ein paar Tagen wieder abreist. Etwas Schönes zum Mitnehmen nach Übersee. Tu mir einfach einen Gefallen, okay?“

Er legte sich neben sie, zog sie in seine Arme, küsste ihren Scheitel und atmete den süßen Blumenduft ihres Shampoos ein. „Wenn ich es kann, werde ich es tun.“

„Bleibst du mit mir in Kontakt?“, fragte sie mit zaghafter Stimme.

Preston schloss die Augen und zuckte innerlich zusammen. Sie hatte ihm einmal von ihrer Vergangenheit erzählt, davon, wie sie ihre Eltern direkt nach der High-School bei einem Autounfall verloren hatte. Davon, wie ihr Bruder in die Armee eingetreten und im Irak getötet worden war, sodass die arme Lila allein zurückblieb. Sie hatte noch entfernte Verwandte in der Gegend, aber sie hielt keinen Kontakt zu ihnen. Er wusste, wie viel ihre Bitte ihr bedeutete, und es brachte ihn fast um, sie ihr abzuschlagen. „Es tut mir leid,

Schatz, aber das kann ich nicht. Ich wünschte, ich könnte es. Wirklich. Aber ich weiß nie, wo ich als Nächstes stationiert sein werde und ob ich dort überhaupt Kontakt mit der Außenwelt haben darf."

„Ich brauche nicht viel. Nur hin und wieder einen Anruf, damit ich weiß, dass es dir gut geht."

Die Worte hingen wie ein Leichentuch über dem ruhigen Raum, bis er schließlich die Zähne zusammenbiss und sich räusperte. „Schatz, wir haben diese Sache in dem Wissen angefangen, dass wir nicht viel Zeit haben würden. Vielleicht war es deswegen süßer. Und intensiver."

„Nein. Die Süße kommt von dem, was ich für dich empfinde – was ich noch nie zuvor für jemanden empfunden habe. Ich habe gesagt, dass ich dich liebe, Preston, und ich habe es ernst gemeint." Sie schniefte und vergrub ihr Gesicht an seinem Hals. „Ich weiß, ich sollte es nicht tun, und ich weiß, dass es dumm ist, aber ich kann nichts dagegen machen. Wir kennen uns nicht allzu gut und du hast von Anfang an gesagt, dass du keine Beziehungen eingehst. Ich bitte dich nicht, mir mehr zu geben, als du willst oder kannst, aber du sollst wissen, wie ich empfinde. Du musst es wissen. Egal was passiert, nachdem du gegangen bist, egal was die Zukunft bringt, du wirst immer einen Platz in meinem Herzen haben."

„Das klingt überhaupt nicht dumm", sagte er und prägte sich ihre Worte tief in seinem Inneren ein. Seine Brust verkrampfte sich und sein Herz schmerzte, aber er musste stark bleiben. Er musste allein bleiben. Das war einfacher, sauberer und unkomplizierter. Dann hörte er ihr leises Schluchzen und konnte sich nicht länger zurückhalten. Er hob ihr Kinn an und küsste sie sanft, bevor er ihre Tränen mit seinem Daumen wegwischte. „Wenn ich kann, werde ich eines Tages zu dir zurückkommen. Ich verspreche, dass ich es versuchen werde."

www.ingramcontent.com/pod-product-compliance
Lightning Source LLC
LaVergne TN
LVHW050539160826
845677LV00011B/2102

* 9 7 9 8 2 3 0 0 1 1 8 9 7 *